덕중의 정원

덕중의 정원

훈민정음 언해본에 숨겨진 역모의 흔적

김다은 지음

작가의 말

책도 타고난 운명이 있는 것일까.

이 책은 본래 준비 기간 2년, 쓰는 데만 꼬박 1년이 넘게 걸린 500여 페이지에 달하는 소설이었다. 특히 프롤로그와 에필로그와 본문을 통틀어 총 84통의 서찰로만 이어지도록 매우 심혈을 기울였고, 필자가 좋아하는 서간체 소설로써 자리매김하기를 바랐던 작품이었다. 하지만 좋은 책을 많이 만들던 도서출판 '생각의 나무'가 부도가 나면서, 출간된 지 1년여 만에 판매가 중지되어 인세는 제대로 받지 못했다. 이 책에 쏟아부었던 열정과 노력의 무상함에 마음을 다쳤는지 다른 출판사를 찾아 재출간할 엄두를 내지 못했다.

그 후 10년 이상의 세월이 흘렀다. 우연히 만난 한 독자가 불평하기를 훈민정음 언해본에 관한 자료를 찾다가 한 위키 사이트에서 『모반의 연애편지』가 훈민정음 언해본을 다룬 대표적인 소설로 등재된 것을 보았다는 것이다. 그런데 그 책을 구할 수가 없다고 어떻게 된 것이냐고 따졌다. 당시 그 소설은 문화체육관광부 우수교양도서로 선정돼 큰 도서관들에는 들어갔으나, 일반 대중에게 전달될 시간은 부족했음을 깨달았다. 그리고 그

강력하고 인상적인 독자의 항의를 계기로 10여 년 만에 개정판을 내기로
마음먹었다.

이전의『모반의 연애편지』는 소용 박씨가 귀성군에게 보낸 한 통의 연애
편지로 여러 사람이 목숨을 잃은 내용이 역사의 기록이지만, 이 소설에서
는 도리어 귀성군이 소용 박씨에게 전한 한 통의 서찰이 십 년 만에 깨어나
서 우연의 덫과 정치적인 계략의 회오리를 몰고 온다. 역사를 픽션으로 가
공한 것이 아니라 역사적 기록의 빈틈을 보게 된 것이다. 특히 훈민정음이
라는 언어의 정원에서 정치와 연애가 만날 때 어떻게 서로 사맛디 혹은 사
맛디 아니하는지를 보여주게 되었다. 형식에서도 이전 소설과 달리, 꼭 필
요한 경우에만 서간체로 살리고 나머지는 일반 소설처럼 기술하여 독자들
이 읽기에 더 편해졌다.

이처럼 소설의 형식과 내용이 달라지니 단순한 개정판이 아니라 온전한
개정판이 되었다. 같은 이야기가 이렇게 달라지는 이유를 생각해보니, 시
간과 함께 역사에 대한 필자의 의식 변화가 일어난 것이었다. 그러므로 단
순히 죽은 책을 살린 개정판이 아니라, 역사와 문학을 이전과 다르게 인식
한 작가적 성장 과정의 결과물이라 할 것이다. 흔히 개정판을 낼 때는 이
전의 서문을 같이 넣는 것이 관례이지만, 이 소설은 너무 달라진 내용으로
기존 서문은 도리어 잘못된 전언을 줄 여지가 있어서 제거하기로 하였다.
흔히 같은 역사적 모티브를 여러 작가가 다르게 써내는 경우가 있지만, 한
작가가 같은 역사적 모티브를 전혀 다르게 썼으니 이 또한 실험소설이 아
닌가 싶다.

한편, 이 소설에서 '訓훈 民민 正정 音음'이라고 표기한 것은 훈민정음 원
본인 한문본이 아니라 훈민정음 언해본이라는 뜻이다. 일반적으로 한 언어

에서 다른 언어로 표현할 때 '번역'이라고 사용하고, '언해'는 주로 한문을 국어로 바꾸어 표현할 때 사용한다. 그런데 세종 당시 간행되었으리라고 추정하는 훈민정음 언해본은 현재 찾아볼 수 없기에 소설에서는 이를 훈민정음 언해본 원본이라고 표현하였고, 현재 남아 있는 가장 오래된 언해본으로 세조 때 발간된 『월인석보』 1권에 들어있는 것을 소설 소재로 사용하였다.

십 년간의 긴 잠에서 깨어나서 새로운 삶을 살아갈 이 소설의 운명을 독자들도 함께 지켜봐 주길 바란다.

서울 떠나 정선군 아우라지에서 퇴고하고
2023. 7. 30

차례

프롤로그

수양대군이 왕이 되어 떠난 지 벌써 십수 년째다. 대군 시절에 키우던 매를 위해 매달아 놓았던 새집은 빈 채로 여전히 자리를 지키고 있고, 주인이 없어도 연꽃은 무섭도록 굵은 꽃대를 올려 싱싱하게 피며, 연못 속의 금빛 잉어는 살이 쪄 잘 움직이지도 못한다. 나영은 여느 때와 다르게 왕의 사저를 꼼꼼하게 살폈지만, 특별한 변화를 발견하지는 못했다. 어젯밤 꿈을 떠올리며, 뒤뜰의 '덕중의 정원'으로 향했다. 세 소녀가 이 정원에 몰래 숨어들어 놀다가 들켜 난감한 상황이 벌어지는 꿈이었다. 세 소녀는 모두 이곳에서 어린 시절을 함께 보냈지만, 어른이 되면서 전혀 다른 운명의 길을 걸었다.

정원 입구 담벼락에 엉켜 있는 수세미 넝쿨을 보며 나영은 꿈속의 한 소녀를 떠올렸다. 나무나 풀이나 꽃처럼 말을 할 줄 모르는 것들과 말하기를 좋아하던 덕중이었다. 그래서 덕중은 어려서부터 식물들이 어떤 효력을 지녔는지를 자연스럽게 알게 된 듯하다. 처음에는 수세미를 삶아서 끓인 물로 피부를 매끄럽게 만드는 비법을 당시의 군부인에게 알려드린 후부터, 덕중은 호의를 얻게 되었다. 수세미를 키운다는 명목으로 처음에는 안채의

8

뒤뜰을 돌보기 시작하더니, 점점 그곳에 다양한 채소를 심었고 얼마 안 가 먹을거리를 풍성하게 가꾸어 놓았다. 덕중의 소일거리로 키워진 채소가 점점 사람들의 먹을거리로 변하자, 군부인은 더 적극적으로 뒤뜰을 가꾸도록 격려했다. 안채에서 생산적인 일을 하는 것을 자랑스럽게 여겼고, 덕분에 덕중은 다른 여종들처럼 부엌일이나 빨래, 청소를 하지 않아도 되었다.

덕중이 키운 과일과 채소는 점점 그 양이 풍성해져, 수양대군을 찾는 많은 손님까지 대접할 수 있게 되었다. 당시 문종 임금이 승하하고, 어린 임금이 즉위했을 때였다. 지금 생각해보면 당시 열세 살이었던 나영도 열두 살의 어린 왕이 나라를 다스린다는 사실이 불안했으니, 어른들은 더욱 그렇게 느꼈던 모양이다. 그즈음 수양대군은 무슨 일이 있을지 모른다며 항상 옆에 몸집이 큰 바위 같은 장사 두세 명을 데리고 다녔다. 어린 왕을 돕기 위해서인지 수양대군은 주변으로 사람들을 모아들였다. 그중에는 항상 '에취' 하고 큰소리로 기침한 뒤 구부정하지만 팔을 앞뒤로 휘저으며 걷는 팔삭둥이 한명회, 팔을 옆구리에 딱 붙이고 걷거나 목구멍에서부터 닭들이 구구거리듯 말하는 한량이나 다름없던 권람, 우락부락한 홍달손이라는 자까지 드나들었다. 지금은 이 나라의 대신들이 되셨다. 집현전 직제학 신숙주도 어느 땐가부터 수양대군 댁을 드나들었다. 당시 무슨 세상의 회오리가 일어날 줄도 모르고 세 동무인 덕중, 보희, 나영은 당시 군부인의 안채 뒤뜰에서 족한 삶을 살고 있었다.

어느 날 군부인이 덕중에게 안채와 바깥채 사이에 넓게 비어 있는 자투리땅을 '통째로' 사용해도 좋다고 허락했다. 말이 자투리땅이지, 안채와 바깥채 사이의 땅은 수많은 과실수와 나무들이 우거져 있고, 무엇이든지 실컷 가꿀 수 있는, 끝이 보이지 않을 정도로 펼쳐진 큰 땅이었다. 수양대군께서 허락한 일이니 덕중이 원하는 대로 마음껏 야채와 과일을 키워 집안 식구들의 먹거리를 만들라고 하였다. 일손이 필요하면 집안 남자들이나 여자들을 불러다 써도 된다고까지 하였기에, 덕중의 영향력은 집안에서 점점 커지게 되었다. 집안사람들은 덕중이 키운 식물들을 구경하는 것을 즐거워했고, 덕중이 키운 야채와 과일을 먹기 위해 날짜를 세며 기다리곤 했다. 사람들은 그곳을 '덕중의 정원'이라고 불렀다.

　　수양대군이 처음부터 덕중을 여자로 본 것은 아니었다.

　　어느 날 외출했던 수양대군께서 승려 하나를 데려왔다. 빡빡머리에 눈빛이 형형하여 사람들의 시선을 끄는 사람이었다. 하지만 목에는 길게 칼자국이 나 있었다. 수양대군과 그 승려의 인연은 지금 생각해도 예사롭지 않았다. 그는 문종 임금이 막 즉위하신 가을에 승려증을 소지하지 않고 도성 안을 돌아다니다가 붙잡혔고, 목에는 칼이 씌워져 마치 큰 죄인처럼 끌려가고 있었다 들었다. 곁을 지나가던 수양대군이 그 광경을 보고 사헌부 포졸들에게 그 승려가 무슨 죄를 지었느냐고 물었고, 포졸들은 승려증이 없어 원래 호적이 있는 곳으로 돌려보내려 하는데 혹여 도망을 갈까 봐 칼을 씌운 것이라 대답했다. 수양대군은 특별한 죄가 없는데 목에 칼을 씌워 데리고 가는 것은 잔인하다며 칼을 벗기기를 명하였다. 승려는 대로에서 칼을 쓰고 끌려가던 몰골에서 벗어날 수 있었지만, 목에는 이미 길게 상처가 난 뒤였다. 사람들은 수양대군의 덕을 입은 중이라 하여 그를 '덕중'이라 불렀다. 누가 붙인 이름인지 알지 못하고, 이제야 어젯밤 꿈속의 동무 이름과 같다는 것을 깨달으니 조금 이상하기도 하다. 세 소녀가 이 정원에 숨어들어 놀다가 들켰는데, 덕중이 누군가의 손아귀에 붙잡혀 벗어나지 못하던 꿈이었다. 그녀의 얼굴이 점점 검게 변해서 얼굴을 알아보지 못할 정도가 되었을 때, 나영은 무서워 소리를 지르다가 잠에서 깨어났다.

무슨 이유에서인지 승려 덕중은 자주 수양대군 댁에 드나들었다. 그중에 웃지 못할 사건이 생겼으니, 사냥을 즐기시는 수양대군이 몇 마리의 꿩을 사냥해 오다가 승려 덕중에게 들켰다. 살생하면 안 되니 이미 죽은 것은 어쩔 수 없다 쳐도 살아 있는 목숨을 죽여서는 안 된다고 우기다시피 하여, 사냥에서 잡혀 상처를 입었으나 질기게 살아남은 꿩이며 토끼며 다른 짐승들까지 '덕중의 정원'으로 들어가서 살게 되었다. 동무 덕중은 야채를 망치지 않도록 자연수들이 심긴 곳을 그들에게 내주었다. 꿩이나 새를 위해서는 마른 풀로 엮어 만든 그물을 지었고, 토끼나 네발 달린 짐승을 위해서는 작은 울타리들을 만들어 주었다. 시간이 지날수록 더 많은 꿩과 토끼와 새들이 들어왔고, 그들은 점점 불어났으며, '덕중의 정원'은 나무와 화초와 가축과 산새들로 어우러져 하나의 세계를 이루었다.

수양대군이 덕중에게 꿩을 키우게 하다가 사랑에 빠졌다는 항간의 소문은 아마 이런 맥락에서 생겨났을 것이다.

승려 덕중이 등장하면서 '덕중의 정원'에도 변화가 생겼다. 그는 수양대군의 허락 하에 자유롭게 '덕중의 정원'을 드나들었다. 별로 말이 없던 동무 덕중이 이상하게도 승려 덕중과는 곧잘 말을 하였다. 깊은 산속 절간에 살았던 중이었던 만큼 자연스럽게 자연에서 먹을 것을 얻는 법을 터득했을 터이고, 그것을 사랑하는 법도 알고 있어 서로 잘 통했던 것이다. 그는 '덕중의 정원'에 없는 매발톱, 쑥부쟁이, 금낭화, 초롱꽃, 자초기 등 야생초를 가져다주기도 했다. 승려 덕중은 자신이 심고 싶은 화초는 물론이고 그 화초 속에 숨은 벌레까지 몰고 와서 동무 덕중을 놀라게 한 적도 있었다. 동무 덕중은 그 승려와의 만남으로 성격이 조금씩 변했고, 그렇게 다른 이들과도 대화할 줄 아는 소녀가 되어 갔다.

문득 나영은 '덕중의 정원'에 있던 산짐승을 다른 곳으로 떠나보내던 날을 떠올렸다. 수양대군이 왕이 되어 궐로 들어가고, 군부인이 왕후가 되어 따라 들어가면서 세 소녀의 운명이 달라지듯 산짐승들의 운명도 그러했다. 세 소녀 중에 두 명이 궐로 따라 들어가게 되었다. 보희는 지금 왕후를 모시는 보명상궁[1]이 되었고, 덕중은 왕을 모시는 후궁이 되었다. 그들이 궐로 떠나고 나서, '덕중의 정원'은 자연스레 방치되었다. 그때 심어 놓은 과실수들 덕분에 '덕중의 정원'에는 요즘 지천으로 과일이 열리고 있다. 따먹는 식솔이 많지 않으니 과일이 다시 떨어져 거름이 되고, 더 비옥한 땅이 되어 점점 더 풍성한 정원이 되어 갔다. 아예 길이 없어질 정도로 나무와 넝쿨과 풀이 무성한 곳이 되었다. 궐로 따라 들어가는 두 동무와 달리 사가에 홀로 남겨졌을 때는 어린 마음에 서럽기가 그지없었다. 하지만 궐 안의 밥보다 궐 밖의 밥이 얼마나 마음이 편안한지 세월이 많이 지나고서야 알게 되었다. 가끔 사저 안으로 어린 조카를 죽인 왕에게 던지는 소용없는 돌이 십수 년이 지나도 가끔 날아들지만 말이다.

나영은 산짐승들을 키우던 빈 우리를 근심 어린 눈으로 바라보았다. 간밤의 꿈이 말하려는 것이 무엇인지, 다른 사람도 아니고 동무 덕중이 자신

1 왕후의 곁에서 일정을 챙기고 필요한 서류 등을 작성하는 소위 비서와 같은 직책이다.

의 정원에서 놀았다고 해를 받는 모습은 꿈이라도 가당찮은 일이었다. 하지만 나영은 나쁜 일을 예감하는 능력이 유난히 발달한 편이었다. 여자인데도 잠저의 집사가 되어 살림살이를 도맡게 된 것도 이런 능력과 무관하지 않았다. '덕중의 정원'에도 별다른 특이사항이 없어 돌아 나오는데, 멀리서 돌이 아범이 빗자루를 든 채로 뛰어왔다. 그의 평소답지 않은 달음박질에서 이미 나쁜 일이 일어난 것을 알 수 있었다. 궁궐에서 보명상궁이 급하게 나와 그녀를 찾는다고 했다. 겉으로는 평범한 보명상궁이지만 왕후의 비밀 비서가 직접 왔다는 것은 이미 큰 사건을 예고하고 있었다.

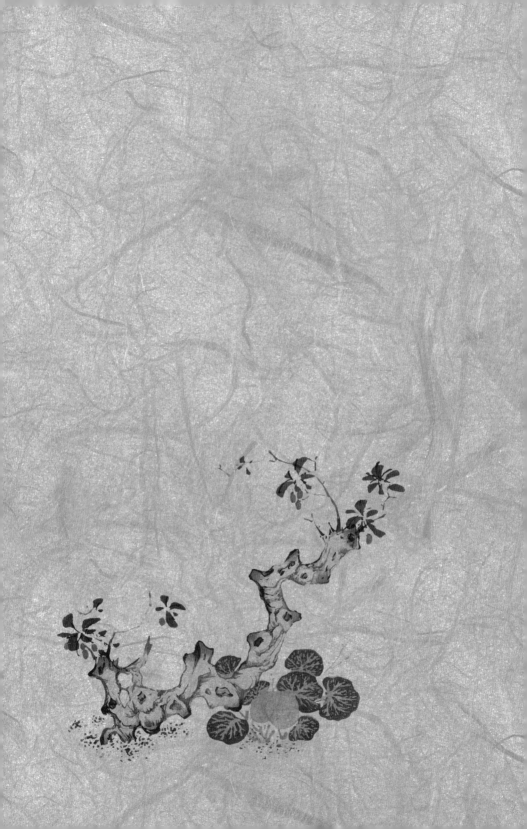

1부

십 년간의
긴 잠에서 깨어난

1

　임영대군이 귀성군과 함께 입궐하여 임금 뵙기를 청하였다. 최근 귀성군이 과거 무과시험에 급제했기에, 사람들은 성은에 감사를 드리고자 이른 아침부터 궐로 달려온 줄 알았다. 문 앞에 서 있던 김 상선은 부자에게 과거 급제에 감축을 드렸다. 한데 기쁜 기색은커녕, 임금을 보러 들어가는 두 사람의 얼굴색이 새파랗게 질린 것이 아무래도 이상했다. 보통 이렇게 이른 시간에는 사람들을 잘 만나지 않지만, 임금은 귀성군을 아꼈다. 임금은 두 사람 모두 들라 허락했다. 거의 유일하게 형제애를 과시하는 임영대군과 그 아들을 반기는 임금의 목소리가 들렸다.

　"그러지 않아도 귀성군을 들라 하려고 했는데, 이렇게 먼저 찾아와주니 역시 귀성군이로다. 예의도 바르고 종친 중에서도 무술이 뛰어나지. 무과시험에 합격했다는 소식을 들었다. 앞으로 숙부와 이 나라를 지키는 든든한 장수가 되겠구나."

　대전에 든 임영대군은 여느 때와 달리 바닥에 온전히 엎드려 문후를 올렸다. 귀성군은 아버지보다 더 납작 엎드려 문후를 올렸다. 아들에 대한 임금의 후한 칭찬과 믿음을 대하면서 오히려 임영대군은 몸속 깊숙이 떨림을 느꼈다. 귀성군에게 다른 질문이 가기 전에, 임영대군은 서둘러 품속에서 봉투 하나를 끄집어냈다.

16

"이것이 무엇인가?"

임금의 물음에 임영대군이 더듬거리며 말했다.

"귀, 귀성군이 받은 서찰이옵니다."

임금은 귀성군의 얼굴을 힐끗 쳐다보았으나, 수그린 얼굴에서 표정을 볼 수 없었다.

"무슨 서찰이기에 이른 아침에 이것을 들고 부자父子가 나를 찾았다는 것인가?"

"연, 연서戀書라 할 것이옵니다."

이번에는 귀성군이 자신도 모르는 사이에 내뱉었다. 임금은 처음에 제대로 들은 것인가 잠깐 멈칫했고, 갑자기 통쾌하게 웃음을 터뜨렸다. 오랜 피부병으로 우울해하고 말이 없었던 임금이 귀성군을 맞으며 저렇게 기쁜 웃음소리를 내뱉으니, 문밖에서 대령하고 있던 아래것들도 서로 쳐다보며 흐뭇해했다.

"귀성군도 이제 연서를 받을 나이가 충분히 되고도 남았다. 귀성군 같은 옥골선풍에게 연서가 오는 것은 당연하다. 그런데 그 연서를 가로채 이렇게 궐까지 고하다니, 너무 잔인한 아비가 아닌가."

임금은 임영대군을 나무란 뒤 귀성군을 감쌌다. 그런데 임영대군과 귀성군은 아무런 말을 하지 못하고 잔뜩 긴장해 있었다. 두 사람이 말을 하지 않자, 임금은 더 큰 목소리로 격려했다.

"귀성군도 이제 사내가 아니더냐. 연서쯤은 혼자 간직할 나이가 되었다. 그것을 아비에게 보여줄 필요는 없느니라. 더더구나 숙부인 나에게까지 보고할 필요는 없느니라."

임영대군과 귀성군이 여전히 침묵을 지키자, 임금은 그들을 민망하게 만들었다고 여겼는지 다음과 같이 하문했다.

"이왕 이렇게 연서를 가지고 왔으니 어느 처자인지 물어보아도 되겠느냐?"

임금은 유쾌한 말투로 물었다. 귀성군이 제대로 대답하지 못하자 임영대군이 내심 떨리는 목소리로 대신 답했다.

"그 서찰을 보낸 것은…… 궐, 궐 안의 여인입니다."

순식간에 대전이 찬물을 끼얹은 듯 조용해지고, 문밖에서 귀를 기울이고 있던 대전 상궁과 김 상선이 놀라서 얼른 듣지 않은 척 자세를 바로잡았다. 그들은 그제야 임영대군과 귀성군이 아침부터 입궐한 것이 예사롭지 않음을 감지했다. 궐 안의 여인이 궐 밖 귀성군에게 연서를 보냈다는 이야기에 임금도 금방 말을 꺼내지 못했다. 얼음같은 침묵이 흘렀다.

"궐 안의 여인이라면, 그것이 누구란 말이냐? 정확하게 이름을 말해 보거라."

"덕, 덕…… 덕중입니다."

대전 상궁은 재빨리 궁녀 중에 덕중이라는 이름이 있는지 찾아보았지만, 떠오르는 이름이 없었다. 안도의 한숨을 막 쉬려는 순간, 임금의 착잡한 목소리가 들려왔다.

"덕중이란 이름은 길거리에 개똥처럼 널려 있지 않느냐. 연서를 쓴 처자는 분명 궐 밖의 여인네일 것이다. 같은 이름이라 네가 착각을 한 듯하구나."

"직접 건네받았느냐?"

"아닙니다. 환관들이 가지고 왔습니다."

"종친의 서찰은 문안비가 전하게 되어 있는데, 어떻게 환관들이 전했다는 말이냐?"

"저도 그것이 이상해서 아버지에게 말씀드렸고, 아버지도 예삿일이 아니라 하여 서둘러 입궐하였습니다."

"내용이 무엇이더냐?"

"내용은 보지 못했고 앞으로도 보지 못할 내용이옵니다."

"그런데 어떻게 연서라는 것을 아느냐."

"전하, 저를 죽여주시옵소서. 너무 놀라서 튀어나온 말이었습니다. 이 서신을 보시면 왜 제가 아예 열어 보지 않았는지 아실 것이옵니다."

문밖의 대전 상궁은 아랫것들을 눈짓으로 물리쳤다. 임금이 문제의 연서를 읽는지 한동안 조용하더니, 갑자기 연거푸 기침을 심하게 했다. 대전 상궁은 임금의 일거수일투족을 살피는 사람이니 숨소리만 들어도 용태를 알 수 있는데, 임금은 매우 큰 충격을 받은 듯했다. 시간이 멈춘 듯 다들 꼼짝하지 못하고 있었다. 대전 안의 사람들도, 대전 밖의 사람들도 숨을 제대로 쉬지 못했다.

"임영대군은 집으로 돌아가고 귀성군만 남도록 하라."

김 상선은 서둘러 대전 상궁까지 물리고 이야기를 듣지 못한 것처럼 멀찍이 떨어져 서 있었다. 아무렇지 않은 듯, 대전에서 물러나는 임영대군에게 고개를 조아렸다. 마치 도살장으로 끌려가는 소처럼 임영대군의 발길이 무거워 보였다. 임영대군은 왕의 동생이다. 더구나 왕이 유일하게 사랑하는 형제이다. 이런 재앙이 일어나기 전에는 종친 중에 왕이 유일하게 믿는 이가 임영대군과 귀성군이었다. 그런데 동생인 임영대군은 집으로 돌려보내고 그 아들은 남으라 했다. 상선은 정중하게 임영대군을 배웅했으나, 임영대군은 아들이 남은 대전 쪽을 뒤돌아보지도 않고, 상선의 인사도 받지 않은 채 두어 개 돌계단을 내려갔다. 한편, 대전 뒤쪽 멀찍이 대기하고 있던 대전 상궁은 임금이 크게 지르는 목소리를 들었다.

"여봐라, 당장 환관 최호와 김중호를 잡아들이도록 하여라!"

조금 전 느긋하고 기쁨이 묻어났던 목소리는 온데간데없이, 임금의 노기 띤 음성이 쩌렁쩌렁했다. 순간 대전 상궁은 후궁 중에 덕중이라는 이름이 있다는 사실을 머리에 떠올렸다. 일이 어떻게 돌아가는지 깨닫자 온몸이 사시나무 떨리듯 떨렸다.

2

첫 출근을 위해 운종가의 종루를 지나고, 육조 거리2를 지나고, 광화문을 통과하여, 궁궐 입구가 보이니, 방비리는 가슴이 뛰었다. 시각이 조금 이른 느낌이었다. 첫 출근하는 품관이 너무 일찍 나타나면 잠녀3나 노자들이 불편해할 수도 있을 것 같아서 남은 시간 궁궐 구경을 좀 할 생각이었다. 경복궁을 밟은 지도 근 10년이 되었다. 발길이 자연스럽게 근정전으로 향했다. 근정전은 대궐 안에서 가장 화려한 곳으로 현왕의 즉위식도 이곳에서 이뤄졌다. 근정전 마당의 중앙인 어도御道를 중심으로 동쪽의 문반 품계석, 서쪽의 무반 품계석이 보였다. 왕의 길인 어도를 밟지 않으려고 조심하면서, 근정전의 위용과 아름다움을 오랜만에 만끽하며 천천히 걸었다.

근정전 뒤쪽으로 돌아 임금이 거하는 대전, 그 뒤로 중전이 거하는 교태전이 있다. 교태전이 위치상 가장 깊숙한 곳이라지만, 실상 더 깊숙한 곳에 후궁들의 전각이 있다. 후궁은 정궁에 대비되는 의미이기도 하지만, 정궁 뒤에 산다고 해서 후궁後宮이라고도 부른다. 그 후궁 뒤로 금원이 있다. 그 금원 안에 세종 임금이 심은 천 그루의 뽕나무가 있다. 그곳에서 방비리는 첫 일과를 시작할 것이다. 이번에 경복궁으로 발령받아 되돌아온 것

---

2 경복궁 입구에 6개의 중앙관청인 이조, 호조, 예조, 병조, 형조, 공조가 있던 거리를 일컫는다.
3 잠실에서 누에를 치는 여자로 잠모(蠶母)라고 부르기도 한다.

이 꿈만 같았다. 이전 문종 시절 경복궁에서 일할 때는 사옹원에서 일하면서, 임금이 드실 식재료 진상품을 감독하는 일을 했다. 문종의 아들, 어린 임금의 재위 기간까지는 친구 원종과 같은 곳에서 일했는데, 현왕의 즉위와 함께 각자 다른 길을 걷게 되었다. 경복궁 사옹원에서 창덕궁 잠실로 '밀려날 때', 친구 원종은 "잠실에는 한 번 가면 족한데, 두 번이나 가다니" 하고 농을 했었다. 남자를 고자로 만들 때 상처가 아물기 전에 찬 바람을 쐬면 대개 죽는다. 상처가 아물 때까지 지하에서 석 달 이상 머물러야 하는데, 그 상황이 마치 잠실의 누에 처지와 비슷해서 생겨난 은어가 '잠실 간다'였다. 환관이 되기 위해 이미 '잠실'을 다녀온 처지에 다시 창덕궁 잠실로 간다고 하니, 친구가 그렇게 비꼬았던 것이다. 그런데 경복궁으로 돌아오긴 했으나 다시 잠실로 오고 말았다.

궐에 처음 들어온 사람 마냥 이리저리 구경하고, 잠실로 가려고 궐내 각사 쪽으로 몸을 틀었을 때였다. 저만치서 누군가 포박되어 잡혀가는 이상한 광경이 보였다. 두 명의 환관이었는데, 두 손이 묶인 것이 환관의 위상이 영 말이 아니었다. 이런 이른 시각부터 환관들을 잡아들일 일이 무엇인지 뛰어가서 물어보았지만, 내금위 갑사들은 대답을 피하며 서둘러 가버렸다. 경복궁에 다시 돌아오자마자 잘 알지도 못하는 일에 개입될까 봐, 예전과 달리 끝까지 따라가지는 않았다. 그 광경을 보고 나니 첫 출근의 느낌이 개운하지 않았다. 불길한 일이 생길 암시를 받은 느낌이었다. 창덕궁에 오래 있다 보니, 경복궁은 항상 이렇게 예기치 않은 사건 사고들이 넘치는 곳이라는 것을 잊고 지냈다. 경복궁에 출근하는 이상 정신을 바짝 차려야 했다.

하기야 경복궁을 떠난 지 십 년이 더 지났으니, 경복궁 안의 분위기가 전혀 달라졌을 것이다. 친구 원종도 많이 변했을 것이다. 여자처럼 몸과 목소리가 가늘어진다고 걱정했었는데…… 어째 거의 여자가 되었을까? 경복궁으로 다시 소환된 것이 나름 감회가 깊지만, 아침부터 잡혀가는 환관들을 본 것은 나쁜 징후였다. 오래간만에 경복궁에 돌아오니 생소하고 낯선 일이 많은데, 앞으로 궐에 잘 적응하려면 아무래도 원종의 도움이 필요할 것 같았다.

원종에 관한 소식은 바람결에 간간이 들었는데, 그도 사옹원을 떠나 정음청에서 근무한다고 들었다. 정음청은 삼강행실도 등을 훈민정음으로 번역하는 곳[4]이었는데, 갑자기 정음청이 폐지된 뒤, 주상전하의 차茶를 담당하는 상차尙茶가 되었다고 했다. 사옹원에 있을 때부터 차를 그렇게 좋아하더니만, 좋아하는 것을 다루게 되었으니 좋은 자리라 할 것이다. 다음에 이뇨 작용에 좋은 차가 무엇인지 물어봐야 할 것 같았다. 이제 잠실로 가도 너무 이른 시각은 아닐 것 같아, 방비리는 궐의 가장 깊숙한 경복궁 잠실 쪽으로 부지런히 걸었다.

---

[4] 『문종실록』에 '정음청'이 처음 나오는데, 세종 때부터 있었던 것으로 알려졌다.

3

　간밤에 어둡고 축축한 잠실5에서 고아라는 지옥 같은 밤을 보냈다. 잠실을 몇 번이나 뛰쳐나갔다. 검푸른 하늘에 빛이 이리저리 갈라지고, 급하게 뒤따라온 천둥이 사정없이 하늘을 깨뜨리며 달려들었다. 무섭고 외로운 것은 둘째 치고, 이제나저제나 누에들이 알을 깨고 나오는 순간이니 초조하기 그지없었다. 누에는 빛을 싫어해서 낮이고 밤이고 잠실의 빛을 차단시켜야 하고, 소리에 민감해서 민가에서는 방아도 찧지 못하고 사람이 죽어도 곡소리도 내지 못하게 한다. 한데 용의 꼬리가 요동치듯, 밤새도록 빛이 하늘을 찢고 소리가 세상을 뒤집어 놓고 있었으니, 누에와 그녀의 앞날이 캄캄했다.

　밤새 소란과 걱정으로 지친 탓에 앉은 자리에서 깜박 잠이 들었던 모양이었다. 놀라서 일어나니, 오! 검은 판자와 홑청으로 사방팔방 빛을 막아 놓은 잠실의 가는 창틈 사이로 붉은 새벽 햇살이 실핏줄처럼 비쳐 들었다. 세상에! 그 가는 빛 입자 주변으로 막 깨어난 어마어마한 수의 누에들이 꿈틀대고 있었다. 갓 태어난 누에는 털이 많고 색이 검어 개미누에라 한다.

---

5 조선 시대 국립 양잠소로 뽕나무의 재배와 양잠 그리고 누에의 생산과 공납을 맡았다. 한양에는 경복궁과 창덕궁의 내잠실, 연희궁의 서잠실, 악천정과 아차산의 동잠실이 있었으며, 세조 시절에는 약 334개의 잠실이 설치될 만큼 양잠에 대한 관심이 컸다.

빛 주변으로 개미누에들이 새까맣게 몰려 있는 모습이 너무나 신기했다. 하기야 누에도 본래는 야생 뽕나무 잎을 먹는 해충이었으니 태어날 때부터 태양을 싫어하진 않았을 것이다. 비단실을 얻기 위해 사람들이 마구 잡아 기르는 과정에서 빛과 소리와 냄새를 싫어하는 예민한 녀석들이 되었을 거다. 무사히 밤을 넘긴 것이 그나마 다행이었다.

누에들이 무사히 알에서 깨어나서 마음이 놓였지만, 긴장과 피로로 반혼수상태였다. 뽕잎을 따는 노자奴子가 올 시각이 다가오지만, 개미누에들은 신선한 뽕잎을 기다리고 있었다. 잠실 문을 열고 나갔다. 투명하고 신선한 공기가 확 밀려들었다. 그렇게 소란스럽던 지난밤은 온데간데없고, 청명한 새벽 멀쩡한 하늘 아래 뽕나무 별천지가 그림처럼 펼쳐져 있었다. 더 풍성해진 연둣빛 잎사귀들이 하늘을 향해 한껏 뻗어 자란 듯했다. 천둥과 번개가 지나간 뒤에는 인간사도 이처럼 아름답기를! 아침 공기와 뽕나무 장관에 한순간 매혹되었던 고아라가 부랴부랴 뽕잎을 따고 있는데, 저쪽에서 사람이 스윽 지나가는 것이 보였다.

궐 안에서 원유苑囿에 드나들 수 있는 사람을 다 알진 못해도, 묘시에 잠실 부근에 올 수 있는 사람은 누에를 치는 잠녀밖에 없었다. 간밤에 천둥번개로 난리가 났으니 걱정이 되어서 다른 잠녀가 교대 시간보다 일찍 나타난 줄 알았다. 반가운 마음에 "옥지야!" 하고 크게 불렀더니 저쪽에서 스윽 고개를 돌렸다. 뽕잎들에 가려 몸은 보이지 않고 얼굴만 보였는데⋯⋯ 잠녀가 아니고⋯⋯ 갸름한 아주 고운 선을 지닌 여인 같았다. 놀란 가슴 위에 손을 감싸쥐고 한동안 서 있었다. 다시 보니, 그 여인은 어느새 자취를 감춘 뒤였다. 너무 긴장하고 피곤해서 헛것을 본 것 같았다.

어제 어스름 녘에 김 씨 형님이 와서 친잠례가 얼마 남지 않았으니 만반의 준비를 하라고 특별히 당부하고 갔다. 친잠례는 양잠을 백성들에게 장려하기 위해 중전마마가 궐 안에서 직접 뽕잎을 따고 누에를 치는 행사라고 거듭 강조했다. 알에서 누에가 나오면 싱싱한 뽕잎을 잘게 썰어 주고, 뽕잎에 허연 실처럼 붙어 있는 '이'가 있는지 살펴보고, 똥을 싼 누에는 새로운 잎 위에 올려주고, 잠실의 습도를 잘 유지하라고 뻔히 아는 이야기를 몇 번씩 되풀이하고 갔다. 그렇게 걱정되면 잠실을 같이 지키면서 누에를 돌보는 편이 나을 텐데 싶었다. 김 씨 형님은 오늘 잠실을 감독할 새 환관이 온다고도 알려주었다. 창덕궁 잠실에서 경험을 쌓은 사람이라니, 위급한 상황에는 도움을 받을 수 있을 것 같았다. 바깥을 내다보고 있으니, 드디어 뽕잎을 따줄 잠녀들과 노자奴子들이 들이닥쳤다. 고아라가 뽕나무 숲에서 여자 귀신을 본 것 같다고 말했더니, 옥지가 웃으며 대꾸했다.

"거두절미하고, 네가 본 것은 귀신이 아니야. 네가 잠실로 온 지 얼마 되지 않아서 모르나 본데, 원유를 돌아다니던 그 여인은 헛것도 아니고 누에의 여신도 아니고 분명 산 사람이야. 하기야 놀랐겠지. 백악산 기슭에 숨어 있는 이 원유는 궐 안에서 가장 깊숙한 곳이고, 세종대왕 시절에 심은 천 그루의 뽕나무6가 지천으로 자라나서 녹색 바다를 이루지. 우리처럼 허락받은 사람이 아니면 함부로 들어올 수도 없는 곳이어서 금원禁苑이라고도 해. 이 외진 곳에서 밤새 누에를 지키던 피곤한 눈으로 뽕밭에서 한 여인이 지나가는 것을 보았으니, 까무러칠 만도 하다. 그분이 바로 그 유명한 소용마마7이시다."

---

6 조선왕조 세종대왕 5년 2월, 뽕나무 1,000주를 심게 하고 잠종을 주어 기르도록 하였다.
7 왕의 후궁의 직첩은 빈(정1품), 소의(정2품), 소용(정3품), 소원(정4품)과 귀인(종1품), 숙의(종2품), 숙용(종3품), 숙원(종4품)이 있다.

"소용마마면 왕의 후궁이잖아. 후궁이 왜 이런 곳에······."

잠녀들은 뽕잎을 채울 바구니를 들고 차례로 잠실을 나갔다. 옥지도 서둘러 뒤따르면서도 입은 쉬지를 않았다.

"소용마마는 이 금원에 허락 없이 들어올 수 있는 유일한 분이래. 조금 독특한 분이라고들 해. 원유에 오면 나물이건 나뭇잎이건 심지어 독새기 풀도 툭툭 잘라 입에 넣어 맛을 보신다. 사람들 말로는 사람의 먹을거리가 될 만한 것을 찾는다고도 하고, 또 주변에 해로운 식물이 있는지 살펴보는 것이라는 이야기도 있어. 아주 귀한 풀이나 식물들을 찾아다닌다는 말도 있는데, 소용마마는 수세미를 삶아서 우린 물로 피부를 매끄럽게 만드는 방법, 창포나 창포 잎사귀를 넣은 물로 얼굴을 해맑게 만드는 방법, 목화의 자색 꽃을 이용해 붉은 기운이 도는 눈썹을 그린다거나, 기분이 좋게 하는 향을 만들어내는 방법도 알고 계시는 분이래."

친구 옥지는 주상전하께서 아끼는 후궁을 귀신 취급해서 되겠냐며 웃었다. 소용마마가 주상전하의 사랑을 받게 된 이야기는 궐내에서 모르는 사람이 없을 정도라고 했다. 주상전하가 왕위에 오르시기 전 사저에 계실 때 이야기인데, 사냥을 즐기는 수양대군께서 꿩을 사냥해 오셨는데 거의 죽어가고 있었다. 그것을 본 한 여종이 아주 특이한 풀을 먹여 그 꿩을 살려냈을 뿐만 아니라 그 꿩을 아주 잘 키워냈다는 것이다. 그것을 본 수양대군이 기뻐하며 그 뒤 사냥할 때마다 꿩이며 토끼며 산 채로 잡아와서 그 여종에게 선물처럼 주었다고 했다.

"가슴 설레는 이야기지? 그 여종의 이름이 덕중인데, 당연히 덕중은 정성을 다해 그 생명들을 돌봤겠지. 수양대군께서 이를 예쁘게 보시고 덕중을 여자로 취하셨다잖아. 그리고 왕위에 오르시고 나서 궐 안으로 불러들여 후궁으로 삼으셨으니, 일약 정3품의 소용마마가 되신 것이지."

옥지는 뽕잎을 부지런히 따서 바구니를 채우면서 말을 이어갔다. 주상전하께서 총애하시면 중전마마가 투기하실 법도 한데, 중전마마도 소용마마를 아끼시어 자주 불러들여 말동무를 하신다고 했다. 그분을 만나보면, 왜 그런지 조금 이해할 수 있을 거라고 했다. 언젠가 궐 밖에서는 겨울에 채소를 재배할 수가 없어 먹을 야채가 별로 없다고 말씀드렸더니, 시금치나 고수, 김장배추를 다 뽑아버리지 말고 낙엽을 두툼하게 덮어 두라고 하셨단다. 일러준 대로 해봤더니, 정말 한겨울에도 싱싱한 야채를 먹을 수 있었다고 했다. 우리 같은 잠녀에게도 친절하게 대해주시니, 주상전하나 중전마마를 얼마나 극진히 모시겠냐며 다들 부러워한다고 했다. 조금 특이한 면이 있지만, 마음이 따뜻하고 여러 가지 신기한 생각을 많이 하시는 분 같았다.

누에들에게 뽕잎을 덮어 주고 나자 다들 한시름 놓는 표정이었다. 누군가 오디를 좀 먹고 싶다고 했다. 뽕잎은 누에의 밥도 되지만, 그 열매인 오디는 아주 달콤한 즙을 머금고 있어 사람에게도 괜찮은 주전부리였다. 하지만 엄격하게 금하는 것임을 잠녀들은 알고 있었다. 그때 한 잠녀가 늦게 도착했다. 고아라는 약간 신경질을 내면서 왜 이렇게 늦었느냐고 다그쳤다. 잠녀는 얼굴이 상기된 채로 이상한 소식을 전했다.

"오다 보니 두 궁녀가 잡혀가던데, 궐 안에 뭔 일이 있나 봐."

방비리는 잠실로 막 들어서면서, 지각한 잠녀가 말하는 이 마지막 말을 들었다. 앞서 두 환관이 잡혀가는 것을 목격했는데, 이제는 두 궁녀가 끌려갔다는 것이었다.

4

　궁궐을 빠져나와 집으로 돌아가는 가마 속에서 임영대군은 아들의 이름을 마음속으로 불렀다. '준아**8**!' 준이 덕중의 연서를 들고 나타났을 때 눈앞이 캄캄했다. 임금은 임영대군뿐만 아니라 그 아들에게도 항상 미행을 딸려 놓았고, 중전은 소용 박씨 뒤에 항상 미행을 딸려 놓았을 것이기 때문이다. 소용 박씨가 준에게 서찰을 보냈다는 사실은 이쪽을 통해서건 저쪽을 통해서건 반드시 알려지게 되어 있었다. 아니면 환관이나 궁녀가 발설해서라도 궐 안에서 일어나는 일은 모두 알게 마련이었다. 임영대군은 극단적인 선택을 할 수밖에 없었다. 즉시 입궐하여, 소용 박씨의 일방적인 접근 때문에 아들이 말려든 것임을 알리는 것이었다.

　준을 궁궐에 남겨 두고 나오면서 임영대군은 다시 불지도 모를 피바람에 전율을 느꼈다. 궁궐에 들어가서 즉시 고해야 한다고 했을 때, 준은 금방 납득하지 못했다. 임영대군은 억지로 아들을 데리고 들어가도 사달이 날 것 같아서 그동안 차마 입에 담지 못한 말을 할 수밖에 없었다.

　"준아! 세종 할아버지는 첫 부인인 소헌왕후에게서 여덟 왕자**9**를 보셨

---

8 귀성군의 이름이 이준이다.
9 세종대왕에게는 정처에서 난 8명의 왕자 향(문종), 유(세조), 용(안평대군), 구(임영대군), 여(광평대군), 유(금성대군), 임(평원대군), 염(영응대군)과 두 명 정의공주와 정소공주가 있었다.

다. 두 분이 살아 계실 때 다섯째 광평대군과 일곱째 평원대군이 병으로 명을 달리했으니, 여섯 왕자가 남았다. 첫째 아들은 문종 임금이 되셨지만, 재위 2년여 만에 병사하셔서 그 아들 홍위가 열두 살에 왕이 되었다. 국정을 이끌기에는 너무 어렸고, 결국 둘째 수양대군과 셋째 안평대군의 싸움으로 그 권력이 나누어질 수밖에 없었다. 네 번째가 이 아비이고, 여섯째가 금성대군, 그리고 막내 왕자가 영응대군이었다. 막내인 영응대군은 어려서 권력이 무엇인지도 모르기에 피바람에서 비켜날 수 있다고 해도, 남은 왕자들은 선택해야만 했다. 그렇다면 나는 어느 쪽에 서야 했겠느냐? 수양대군? 안평대군?"

처음으로 정색하며 묻는 아버지의 단호함에 놀란 눈으로 응시하던 준은 마침내 고개를 숙였다. 어린 왕을 선택한 사람들이 결국 어떤 죽음을 맞이했는지 잘 알고 있었다.

"나는 강한 자를 선택하기로 했다. 내 목숨도 목숨이려니와, 나는 내 눈앞에서 자식이 죽어가는 모습을 차마 볼 수가 없었기 때문이다. 너를 살리기 위해 나는 수양대군 편에 설 수밖에 없었다. 좋게 말하는 사람들은 미래를 내다보는 식견이 있다고들 했고, 나쁘게 말하는 사람은 내 안위와 가문의 영달을 위해 전략적인 선택을 했다고들 했다. 나는 너를 살리기 위해 그를 선택하였다. 왜냐고? 네가 수양대군의 볼모로 붙잡혀 있었기 때문이다. 너는 어린 시절에 무술을 배운답시고 수양대군 댁에서 거의 살다시피 해야만 했다. 수양대군 댁의 장정들에게 무술을 배운다는 명분이었지만, 그 우락부락한 무술 선생들이 바로 너의 일거수일투족을 감시하던 수양대군의 또 다른 '눈'이었던 것이다."

귀성군은 여태 현왕의 사랑을 받아왔던 만큼 아비의 생각을 금방 받아들이지는 못했다. 물론 수양대군은 왕이 되고 나서 임영대군을 전폭적으로 믿고 의지한 측면도 없지 않았다. 그 많은 형제 중에 그래도 자신의 편이라고 꼽을 수 있는 유일한 사람이었기 때문이다. 어린 조카의 왕위를 빼앗고 형제들을 죽여야 했으니 민심에 예민할 수밖에 없는 수양대군의 입장에서, 한 사람의 형제라도 지지해 주었으니 매우 의지가 되었을 것이다. 더구나 안평대군과 금성대군을 죽이면서, 현왕은 조카들까지 죽였다. 준이는 그를 따르는 거의 유일한 조카였기 때문에 되도록 가까이 두어, 사람들에게 형제와 조카의 지지를 받고 있다고 강조할 필요가 있었다. 그러나 권력의 속성에는 신의가 없었다.

"나와 네가 어떤 행동을 보이느냐에 따라 현왕은 언제든지 우리의 목을 칠 준비가 되어 있다."

그렇게 설득하여 궐로 데리고 들어갔다. 하지만 그런 선택이 잘한 것인지 이제는 확신이 서지 않았다. 궐에 귀성군을 남겨 두고 가라는 왕의 목소리를 듣는 순간 칼로 찌르듯 가슴의 통증을 느꼈기에 예감이 좋지 않았다. 준아! 임영대군은 차마 아들에게 말하지 못한 것이 가슴에서 들끓었다. 수양대군 형님이 왕이 될 수 있었던 과정을 잘 생각해보면, 당시 왕좌에 너무나 어린 왕이 올랐고, 그 곁에는 장성한 삼촌들이 있었기 때문이다. 지금 상황을 대비시켜 보면 아찔했다. 왕의 첫째 아들이었던 의경 세자는 궐에 들어온 지 2년 만에 세상을 떠났고, 적손으로는 유일하게 지금의 해양 세자가 있을 뿐이니, 만약 세자에게 무슨 일이라도 생기면 이제 막 한 살 된 왕손이 무엇을 할 수 있을까. 앞서 어린 왕이 열두 살에 왕좌에 올라 그런 참극이 일어났으니, 앞으로 12년 사이에 세자에게 무슨 일이 일어나면, 유사한 상황이 벌어질 수도 있다고 왕은 생각해보지 않을 수 없다. 그렇다면 어린 왕손에게 가장 위협적일 수 있는 삼촌이 누구인가. 다름 아닌 바로 귀성군, 준이었다. 다들 과거에 무과급제했다고 축하했지만, 축하받을수록 가슴이 서늘해졌던 이유가 이것이었다. 아들은 무과에 급제한 장성한 삼촌이다. 과거 상황이 그대로 재연될 수 있다는 사실을 왕이나 중전이 꿰뚫고 있을 것이다. 그러니 준은 그들에게 가장 필요한 존재인 동시에 가장 위험한 존재이기도 하다. 갓 태어난 젖먹이 왕자를 귀성군이 위협할 수도 있다는 의심을 지울 수 없을 것이다.

임영대군은 자신에게 타일렀다. 모든 형제가 수양대군의 손에 의해 죽어갈 때도 온전하게 살아남아 왕의 사랑과 믿음을 얻었던 지혜가 있지 않은가. 임영대군은 온통 정신을 집중해서 생각을 한 곳으로 모아갔다. 이 사건의 근저에는 단순한 연애편지가 아니라 어떤 계략이 숨어 있을 수도 있다. 임영대군은 중전이 정해준 날짜와 시각에 준이를 왕의 사가인 잠저로 보내곤 했다. 잠저의 집사인 나영이 꼬박꼬박 건네주는 것을 가져오라고 시켰고 그것을 궐 안으로 보냈다. 잠저에서 가져온 호리병 안에는 왕의 피부병을 위한 거머리가 들어있다고 했다. 잠저에서 궐로 바로 보내면 되는데 꼭 준이를 통해서 보내게 했다. 귀성군이 왕과 매우 가깝다는 것을 과시하기 위한 것이라고 여겼고, 귀성군을 믿기에 왕의 치료를 위한 물건을 맡긴다고 믿었다. 하지만 왕이나 중전은 우리 부자를 꼼짝하지 못하게 묶어 놓기 위해 여러 가지 계략을 꾸몄겠지만, 덕중이 관여된 것으로 보아 준이 이번에 말려든 것은 중전과 무관하지 않을 것이다. 이가 갈리고 치가 떨리는 일이었다. 김종서 장군을 죽이기로 했던 날 수양대군이 마지막까지 망설이고 있자, 손수 갑옷을 입혀주며 나가서 큰일을 하라고 부추긴 사람이 바로 숙모였다. 겉으로는 온화하고 자상하지만, 그 안에 들어있는 야심과 계략이 숙부인 현왕을 넘어서고도 남았다.

임영대군은 머릿속으로 해야 할 일을 빠르게 정리했다. 이제 집으로 돌아가면 죽은 듯이 숨죽이고 있어야 한다. 움직여서도 말소리를 내어서도 안 된다. 임영대군의 의도대로라면, 아들을 잃은 한 여인이 반쯤 정신줄을 놓아 생긴 부적절한 연서로 왕이 가닥을 잡아갈 것이다. 그 이상이거나 그 이하여도 여러 명이 목숨을 잃을 것이다. 이 모든 것을 즉시 와서 고변하고 상의했다는 점에서, 왕이 우리를 기껍게 여긴다면 다행히 목숨은 건질 것이다. 그리고 그 편지를 뜯어보지 않았다는 점에서 왕은 우리를 죽일 명분을 찾지 못할 것이다. 귀성군! 준아! 이 애비가 혼란스러운 단 한 가지는 정말 그 편지가 연서인지 알 수가 없다는 점이다. 준은 왜 그것을 뜯어보지도 않고 왕 앞에서 갑자기 연서라고 말한 것일까.

5

상차 尙茶 원종은 전 상선이 부른다기에 서둘러 갔다. 오라고 한 장소에 상선이 보이지 않아, 전 상선이 아니라 김 상선이 부른 것을 착각했나 싶었다. 하지만 확인해도 전 상선이었고, 전 상선도 갑자기 주상전하의 부름을 받아 갔다고 했다. 뵙고 가려고 반나절이나 기다렸으나 돌아오지 않아, 하릴없이 돌아왔다. 돌아오면서, 혹시 전 상선이 그를 호출했던 이유와 주상전하께서 전 상선을 부른 이유가 같지 않을까 하는 생각이 들었다. 상선은 환관들의 최고 자리이니 환관들이 잡혀 들어간 것과 연관이 있을 것이다.

사실 내시부에서는 환관 최호와 김중호가 내금위 內禁衛로 잡혀간 연유를 전혀 모르고 있었다. '유별나게 성실하고 순종적인 것도 죄가 되나 보지? 근무 태도나 시험 성적이 너무 좋아 주변에 위화감을 준 죄 아냐?' 이런 농담이 조용히 오갔을 뿐이다. 도대체 잡혀간 연유를 상상할 수 없으니 농을 하는 것이었다. 이런저런 추측이 전부여서, 원종은 귀한 차 알갱이 몇 개를 들고서 내금위에 가서 내막을 알아보았다. 내금위 갑사들도 감을 잡지 못하기는 마찬가지였다. 하기야 어명으로 잡아들였을 뿐이지, 아직 국문도 하지 않았는데 무슨 죄인지 알 길이 없었다.

원종은 어제 오후 피부병에 좋다며 즐겨 마시던 난초 차를 주상전하께서 물리친 것이 마음에 걸렸다. 지금 돌이켜보니, 환관들을 잡아들이라는 어명을 내린 직후가 아니었나 싶다. 차를 물리치신 후, 주상전하께서는 급하게 상책尙冊[10]을 불러들여 서책을 찾아오라고 채근하셨다. 『월인석보』로, 부처의 일대기를 다룬 서책이었다. 환관 최호와 김중호와 『월인석보』라! 원종은 앞뒤가 잘 꿰맞춰지지 않아 고개를 저었다.

김 상선을 꼭 만나고 싶었던 것은 붙잡혀간 환관들의 내막뿐만 아니라, 창덕궁에서 일하던 환관 방비리가 경복궁 내잠실로 돌아왔기 때문이었다. 한때 사옹원에서 같이 일한 적이 있는데 진상품 중에 돼지고기, 소고기, 닭고기, 꿩고기 등 육류 식재료를 수납하는 일을 감독했었다. 방비리가 다시 나타나자 환관들은 '또 잠실로 가다니, 달고 있는 것이 많았던 모양이지, 그 방망이가 또 나타났는가' 등의 반응을 보였다. 주변에서 방비리를 놀림감으로 삼거나 얕잡아보기도 하지만, 사리가 밝고 올곧은 인간이었다. 그의 별명인 방망이는 방 씨에서 나온 것만은 아니고, 남의 비리나 잘못을 그냥 보아 넘기지 못하고 방방 뛰면서 주변을 힘들게 하는 면이 있어서 붙여진 것이었다. 그런 이유로 좋아하기도 하지만 그런 이유로 기피하는 경우도 많았다. 알려진 대로 중전마마가 직접 뽕잎을 따서 올려놓는 채상단採桑壇을 쌓으러 왔으면 다행이지만, 중전마마의 밀명을 받고 왔는지, 아니면 김 상선으로부터 특별 임무를 받고 왔는지, 이것인지 저것인지 분간하기가 쉽지 않았다.

옛 친구 방비리가 경복궁에 온 것이 반갑지 않은 것은 아니지만, 전 상선과 함께 여태 몰래 해왔던 '그 일'이 앞으로 어떻게 될지 난감해졌다. 눈치가 빠른 방비리가 어쩌고저쩌고 간파할 수도 있기 때문이었다. 상선이

---

10 상책(尙冊)은 임금이 원하는 문서나 서책을 찾아다주는 일을 맡은 환관이다.

라고 혹은 친구라고 덮어줄 위인이 아니었다. 누에들은 벌써 세 번째 잠을 자고 있다고 했다. 친잠례 행사는 네 번째 잠을 자고 난 5령 누에11가 가장 왕성하게 뽕잎을 먹을 때 치르게 될 것이다. 그렇다면 그들이 움직여야 할 시기는 친잠례가 끝난 뒤 누에가 고치를 짓고 들어가 번데기가 되는 시점이니까, 7월 중순에서 말쯤이 될 것이었다. 방비리가 왔으니 이래저래 주변과 심경이 어지러운 상황이었다. 마음 같아서는 올해에는 '그 일'을 하지 않고 그냥 넘어가면 어떨까 싶었다. 더구나 끌려간 환관들과 다시 돌아온 방비리와 『월인석보』와…… 원종은 자신의 나쁜 머리로는 앞뒤가 잘 꿰맞춰지지 않았다. 더욱이 원종은 주상전하께 퇴짜 맞은 차茶 때문에도 기분이 썩 좋지 않았다.

---

11 알에서 막 부화한 개미누에가 1령이며, 뽕잎을 먹고 4일 만에 잠을 잔 뒤 처음으로 허물을 벗는데 그때가 2령이다. 누에의 피부는 어느 순간부터 더 이상 늘어나지 않기 때문에 크고 새로운 피부를 만들기 위해 계속 허물벗기를 하는데, 부화한 지 7일 만에 잠을 자고 2령이 되고, 11일 만에 다시 잠을 자고 3령이 되고, 16일에 다시 잠을 자고 나면 4령이 되며, 알에서 부화한 지 22일 만에 잠을 자고 5령이 된다.

6

　감찰상궁은 급한 걸음으로 제조상궁이 있는 곳으로 향했다. 궁궐 안에서 별의별 일을 다 겪어보았지만, 이렇게 놀랄 일도 많지 않았다. 소용마마가 부리던 나인12 두 명이 내금위에 잡혀갔다. 어명御命이라는데, 내명부 감찰부에서 통보받은 것이 없었다. 이리저리 알아본즉, 환관들이 먼저 붙잡혀 갔고, 그 뒤에 두 나인이 잡혀간 것이라고 했다. 태종 임금 때부터 의금부는 양반네들을 재판하고, 내금위는 임금의 측근에서 호위를 맡은 군대이기 때문에 주상전하와 직접 관련된 범죄만을 감찰하거나 국문했다. 궁녀들의 잘못은 내명부 감찰부에서 다스리게 되어 있었다. 그런데 환관과 궁녀들을 내금위에서 끌어들여 취조하다니, 하늘 아래 이런 법도가 있을까 싶어 감찰상궁은 속상하고 마음이 급했다. 최근 의금부나 내금위가 내명부 감찰부를 깔보고 월권하고 있음을 제조상궁에게 알릴 생각이다. 더구나 이번 나인들은 소용마마의 아랫것들이었다. 자칫 잘못하여 소용마마의 비위라도 건드리게 될까 봐 심히 우려스럽다.

　어디 그뿐인가. 언제 임금의 성은을 입을지 모르는 나인들이었다. 남자들과의 접촉을 피하도록 몸이 아프면 돌보아주는 내의녀가 따로 있고, 잘

---

12 왕과 왕비의 시중을 든 정5품 상궁 이하의 궁녀로 상궁, 나인, 애기나인 등이다.

못을 저지르면 벌을 가하는 내명부 감찰부가 따로 있다. 그런데 최근 의금부나 내금위가 나인들의 잘못까지 처리하려고 드니, 나인들을 취조하는 과정에서 무슨 일이 일어나는지 알 수 없었다. 이번 사건을 내명부 감찰부에서 다룰 수 있도록 제조상궁에게 아니면 중전에게라도 알려서, 내명부 감찰부의 위상을 바로 세워야만 했다.

감찰상궁은 억울한 심정으로 제조상궁에게 이 사실을 보고했다. 제조상궁은 가만히 고개를 가로저었다. 이미 무엇인가 알고 있는 눈치였다. 감찰상궁이 자꾸 채근하자, 제조상궁은 마침내 목소리를 낮추고 말했다.

"상상도 못 할 난감한 문제들이 얽혀 있네. 나인들이 환관들에게 연서를 준 것 같다고 하는데, 서찰을 쓴 당사자가 나인들이 아니고 바로 소용 박씨였다네. 내가 잘못 안 것인지 지금도 반신반의지만, 내명부 감찰부에 연락하지 않고 내금위가 움직인 것도 소용 박씨가 연루되었기 때문이라 했네. 환관들과 궁녀들은 소용 박씨의 서찰을 전하기만 했다는구먼."

말귀를 제대로 알아듣지 못했나 싶어서 감찰상궁은 누가 누구에게 쓴 것인가 다시 물었다. 나인들이 환관들에게 연서를 준 것 같다고 했는데, 소용마마가 연서를 썼다는 것이었다.

"소용마마가 전하가 아닌 누구에게 연서를 보냈다는 말인가요?"

"귀성군에게!"

감찰상궁은 믿기지 않아서 제조상궁의 입을 바라보았다. 제조상궁도 믿기지 않는지 혼잣말로 중얼거렸다. '다른 남정네도 아니고!' 감찰상궁은 정신이 번쩍 들었다. 귀성군은 왕의 동생인 임영대군의 아들이니 임금의 조카였다. 소용 박씨에게는 시조카가 되는 셈이다. 왕의 여자가 궐 밖 남자에게, 하필이면 왕의 조카에게 연서를 쓰다니, 그것이 사실이라면 궐 안은 물론 조선 전체가 발칵 뒤집힐 일이었다.

"제조상궁마마님! 아무래도 문안 편지가 연애편지로 잘못 둔갑하지 않았나 싶습니다. 그렇지 않고서야……."

소용마마는 여느 후궁과 달랐다. 다른 후궁들은 수양대군께서 왕위에 오르신 후 궐 안으로 들여 맞이한 분들이지만, 소용마마는 수양대군의 사저에서 어릴 때부터 자라난 여종으로, 수양대군께서 왕으로 즉위하신 후에도 중전의 배려로 궐 안에 들어왔고, 임금의 성은을 입어 정3품 소용의 첩지까지 받았을 뿐만 아니라, 왕자군[13] 아지를 낳은 분이었다. 궐 안에서 그 누구보다 임금과 중전의 사랑을 받았고, 남부럽지 않은 권세와 호사를 누리고 살았다. 그런 소용마마가 귀성군에게 연서를 썼다면, 그것이 사실이라면, 임금과 중전이 얼마나 큰 충격을 받으셨을지 상상도 되지 않았다. 제조상궁이 조심스럽게 말했다.

"세상 사람들에게 알려지면 얼마나 남세스러운 일이 되겠나. 아무래도 소용 박씨가 아지 왕자군을 잃으시고 정신을 놓으신 것이 아닌가 싶네. 그렇지 않다면 감히 그런 일을 저지를 수 있겠나. 다섯 살밖에 안 된 아기씨를 땅에 묻었으니, 기실 괴로웠겠지. 심정적으로 이해가 가기는 하지만…… 아지 왕자군에게 쏟던 정성과 애정이 엉뚱한 사람에게로 흘러간 모양일세. 하기사, 소용 박씨와 귀성군은 좀 특별한 사이이긴 했지. 여느 후궁이라면 종친인 귀성군과 대면할 일이 없지만, 소용 박씨는 수양대군 사저에 살면서 숙부에게 무예를 배우러 오는 귀성군을 만날 기회가 여러 번 있었다 들었네. 사람들이 소용 박씨와 귀성군이 알고 지내는 것을 숙모

---

[13] 왕의 서자에게 주던 작위이다.

와 시조카 이상으로 보지 않았던 것도 그 때문이네. 주상전하나 중전마마도 소용 박씨에 대해서는 이렇다 할 말씀이 없으시네. 소용마마는 거처에서 꼼짝하지 않고, 아랫것들만 잡혀가서 그간의 경위를 심문당하는 모양이야."

제조상궁은 일이 이렇게까지 된 이상, 내명부 감찰부는 나서지 않는 것이 좋겠다고 권했다. 자칫 잘못했다가는 내명부를 잘못 다스렸다고 제조상궁이나 감찰상궁까지 말려들 것이라고 했다. 성은을 배반했으니, 모든 잘못은 소용 박씨가 짊어지고 가는 수밖에 없다며, 소용 박씨가 귀성군에게 보냈다는 연서의 내용을 알아보라고 감찰상궁에게 명했다.

7

　잠실에 들어서자, 잠녀 고아라는 찜통 같은 더위에 눈앞이 잘 보이지 않았다. 곧 7월이니 한여름이 찾아오고, 그래서 그런지 신시申時쯤에 누에들의 움직임이 현저하게 줄어들었는데, 더위에 지쳐 그러려니 했다. 앞서 교대한 잠녀들이 아무 말도 없었기에 별로 걱정하지 않았다. 한데 시간이 지날수록 심상치가 않았다. 자세히 살펴보니 누에가 하얗게 변하는 백화 현상을 보였다. 잠잘 시기가 다가와서 굼뜬 것이 아니었던 모양이었다. 아무래도 하얀 곰팡이가 생긴 것 같았다. 세 잠동 중에 한 잠동에서 누에들의 거동이 분명히 느려지고 있었다.

　고아라는 어찌할 바를 몰랐다. 중전이 거행할 친잠례가 얼마 남지 않았다. 주상전하께서도 참석하실 예정이라고 중전마마께서 어느 때보다 한껏 기대에 부풀어 계셨는데, 만반의 채비를 하라며 하루가 멀다하고 사람을 보내 당부하셨는데, 이런 일이 벌어지니 당혹스럽기 짝이 없었다. 친잠례를 취소할 수도, 친잠례를 강행할 수도 없는 시점이었다. 중전마마의 체면과 명예는 땅에 떨어지고, 잠녀들도 중벌을 받게 될지 모른다. 궁궐에서조차 제대로 누에를 키우지 못하는데 어떻게 백성들에게 양잠을 권할 수 있겠냐며, 중전마마가 진노하실 것이 분명했다.

　이 상황을 제일 먼저 잠실의 감독관인 방비리 나리께 알려야겠다고 생각하며 뽕밭으로 달려나갔다. 그런데 그곳에 저번에 보았던 여자 귀신, 아니 소용마마가 보였다. 소용마마는 먹을거리나 심지어 누에에 관해서도 아는 것이 많아 곧잘 도움을 주었다는데, 최근 어떤 사건에 휘말려 들었다고 얼핏 들어 섣불리 다가가서 잠실의 사정을 봐 달라고 할 상황이 아니었다. 나설 수도 없고 다가갈 수도 없었다. 꼼짝도 하지 않고 지켜보다가 소용마마가 어떤 잘못을 저질렀는지 모르지만, 누에 문제를 해결하면 죄가 좀 가벼워지지 않을까 하는 생각이 들어 조심스럽게 다가갔다. 그런데 소용마마는 전혀 알아채지 못하고 뽕잎에 뭔가를 하고 사라졌다.

고아라는 뽕잎을 살필 겨를이 없었고, 급하게 방비리 나리를 찾아 뛰었다. 보자마자 숨 가쁘게 잠실의 변고를 알리자, 방비리는 고아라에게 너무 걱정하지 말고 기다리라며 물 한 잔을 건네고 나갔다. 방비리는 서둘러 김 상선이 있는 곳을 계속 사람들에게 물어서 갔다. 사실 경복궁으로 다시 돌아오게 된 것은 김 상선의 덕이 컸다. 감사 인사를 하려고 연통을 넣어도 천천히 와도 된다는 답만 돌아와서 인사하지 못하고 있었다. 하지만 지금은 그럴 상황이 아니었다. 더구나 주상전하께서 이번 연서 사건의 일차적인 책임이 환관에게 있음을 분명히 하셨다고 들었다. 아무리 아녀자들이 이런저런 이유로 서찰을 주더라도 환관은 공부하고 서책을 읽은 사람들이니 거절해야 했다는 것이다.

환관 최호와 김중호는 박살형을 선고받았다. 맞아서 죽게 생겼다. 아니 그들은 죽을 때까지 맞을 것이다. 박살형은 몸의 어떤 부위건 죽을 때까지 때리는 잔인한 처형법이다. 엉덩이 살이 터져 오르고, 장딴지와 다리의 뼈가 드러나고, 어깨가 깨지고, 머리가 수박처럼 터져, 말 그대로 박살이 나고 말 것이다. 그 생각을 하면 방비리의 몸에서도 피가 끓는 듯했다. 하지만 지금은 남의 걱정을 할 때가 아니었다. 이런 나쁜 분위기에 누에들이 죽어간다면 필시 큰 대가를 치러야 할 것이다. 김 상선에게 알려서 대책을 세워야만 했다.

"천천히 찾아와도 된다고 했는데, 그래 무슨 일인가?"

김 상선은 서책을 넘기다가 십여 년 만에 보는 사람에게 어제 본 사람처럼 말했다. 은인을 보자마자 누에 문제를 입에 올리기가 쉽지 않았다.

"그래, 경복궁에 다시 돌아온 소감은 어떤가?"

"돌아온 날 두 환관이 끌려가는 것을 목격하고 말았습니다."

우선 경복궁으로 돌아오도록 힘써준 것에 감사의 말을 전해야 하는데도 마음에 품고 있던 생각이 먼저 튀어나왔다. 김 상선은 꿈쩍도 하지 않고 가만히 있었다. 일단 말을 내놓고 보니 입이 닫히지 않았다.

"물론 왕실 사람들과 궐 밖 종친 사이의 문안 편지를 담당하는 문안비가 엄연히 따로 있는데, 궁녀들이 부탁한다 하여 자신의 직책을 넘어서는 일을, 비록 그것이 선의에서 나온 것이라 해도 환관으로서는 해서는 안 될 일을 한 것은 사실입니다. 하지만 내용이 무엇인지도 모르는 서찰 한 통을 전달한 죄로 목숨을 잃게 되었습니다. 알고 전달했건 모르고 전달했건 죄가 없다고 할 수는 없지만, 서찰을 주고받은 당사자들에게는 아무 일도 일어나지 않고 있는데, 그 서찰을 전달한 궁녀들과 환관들만 죽게 생겼습니다."

"……."

두 사람은 말없이 한동안 앉아 있었다. 이런 류의 불평불만을 전 상선에게 말했다면 꾸중뿐만 아니라 끌려나갔을 수도 있었다. 하지만 김 상선도 방비도 같은 수모를 당했던 처지라 그런지 내적 연대감이 있었다. 문종 임금 때는 환관에 대한 대우가 이렇지 않았다는 것을 김 상선도 잘 알고 있었다. 문종 임금께서는 환관들을 수족과 같이 아끼셨기에, 환관들에게 군기감, 정음청, 책방冊房, 사표국 등 모든 기관의 감독권을 주셨다. 문종 시절에 받은 환관의 권한 중에 지금까지 남아 있는 것은 다들 맡기를 꺼리는 잠실 감독권 정도이다. 과거 환관들의 위상은 무너져 버렸고, 요즘은 하루가 멀다하고 환관들이 매를 맞거나, 감옥에 갇히거나, 고신14을 빼앗기거나, 귀양을 가거나, 죽어가는 형국이었다. 김 상선 어른도 현왕 즉위 후 어린 왕을 복위시키려는 정변에 무고하게 관련되어 사직을 당하고 유배되신 경험이 있었다.

김 상선도 그때의 굴욕을 기억하고 있었다. 현왕께서는 계유정난15에 도움을 준 사람들에게는 정난공신의 칭호를, 즉위 과정에 도움을 준 사람에게는 좌익공신의 칭호를, 게다가 이런저런 이유로 회유하고 충성을 얻어내기 위한 사람들에게는 원종공신이라는 칭호를 내렸다. 공신들에게 과분할 정도의 토지와 집과 노비들을 하사하셨을 뿐만 아니라 이들을 기대 이상으로 지지하고 보호했다. 공신들에게 내린 가장 큰 상이 '비록 죄를 범하여도 영원히 용서한다'라는 무죄 선언이었다. 공신들에게 내려진 이 후한 상

---

14 조정에서 내리는 벼슬아치의 임명장
15 문종이 재위 2년 4개월 만에 39세 나이로 죽자, 12세의 어린 세자가 등극할 수밖에 없었다. 단종은 태어난 지 삼 일만에 어머니 현덕왕후를 여의었고, 열 살에 할아버지 세종대왕을 여의었으며, 열두 살에 부왕마저 잃은 상태였다. 수렴청정을 해줄 정치적 후견인이 전무한 상태였다. 세종대왕의 유지에 따라 영의정 황보인, 좌의정 김종서가 단종을 돕게 되었으나 어린 왕의 즉위는 정치적 회오리바람을 몰고 왔고, 종친과 관료들 간의 이해관계에 의해 궁궐 내 관계가 매우 미묘해졌다. 마침내 정권은 수양대군과 안평대군을 중심으로 서서히 이분되어 갔다. 성격이 호방하고 억센 수양대군이 무신세력과 뭉친 반면, 상대적으로 유했던 안평대군은 황보인 등 훈구대신들의 후원을 받고 있었다. 권람이나 한명회 등 계략가들과 양정, 홍달손, 홍윤성 등 수십 명의 장사들을 부하로 거느렸던 수양대군은 훈구대신과 안평대군의 위세를 꺾고자 기회를 노리고 있었으나 '호랑이 장군'이라고 불리는 김종서 때문에 함부로 속내를 드러내지 못하고 있었다. 1453년 10월 10일 수양대군이 직접 무사 몇 명을 데리고 가 김종서 부자를 죽이는 것을 시작으로 단종을 끌어내리고 왕위에 올랐으니, 이 사건이 계유정난이다.

때문에 살인 용의자로 지목된 민발 어른도 공신이라 하여 구속하지 않았고, 상중 喪中인 집에 가서 억지로 숙박하면서 상주의 딸을 범하려 했던 홍윤성 어른도 큰 공훈이 있는 신하라 하여 벌을 받지 않았다. 주상전하께서 공신들에게 하신 약속을 지키시는 것도 중요하지만, 이런 대우는 이미 법을 넘어선 것이었다. 도리어 이런 살인 용의자들과 강간범들이 예조판서나 중추원 판사로 임명되고, 홍윤성은 얼마 전에 겸예조판서로 임명되었다. 공신들이 죄를 지으면 지을수록 주상전하께서는 더 큰 은혜를 내려주었다.

그런데 웬일인지 현왕의 환관에 대한 대우는 즉위 초기에 비해 나아졌다고는 하나, 매우 선별적이고 차별적이었다. 계유정난에 큰 공을 세웠다 하여 과거에는 내시부판부사 자리를 내리고, 지금은 왕의 음식 관리로 최우대하는 전 상선과 달리, 같은 상선이라도 김 상선에게는 작은 꼬투리에도 역정을 내 매를 치게 했다. 더구나 문제 많은 환관의 뒤치다꺼리를 맡겨, 이번 두 환관이 개입된 연서 사건의 마지막 책임도 결국 김 상선이 지게 될 가능성이 높았다.

"상선 어른, 연서 사건과 관련된 환관들의 죽음을 그대로 두고만 봐도 되는지요."

정작 서찰의 당사자들은 멀쩡한데, 아무것도 모르고 시키는 일만 고분고분하게 해온 환관들만 맞아 죽을 지경이었다. 이 어이없는 결과에 궐내 환관들은 분노와 슬픔으로 다들 어쩔 줄 몰랐다. 누구는 살인이나 강간해도 큰 벼슬을 차지하고, 누구는 서찰 한 통을 전달했다는 이유로 목숨을 잃는다면, 이 불공평함을 환관이나 백성들에게 어떻게 설득할 수 있느냐고 속내를 이야기했다. 방비리는 경복궁으로 온 후부터 밤에 쉽게 잠을 이루지 못한다고 덧붙였다. 문종 시절과 같은 당당한 환관의 권위를 되찾고 싶다고 말했다.

"나를 찾아온 이유가 뭔지나 말하게. 설마 한갓 연서 한 장 따위 일로 나를 찾아오지는 않았을 테니까."

"어떻게 아셨습니까? 제가 주제넘었습니다. 제 일도 제대로 하지 못하는 위인입니다. 지금 잠실에 누에들이 하얗게 변하는 백화 현상을 보이고 있습니다."

"시체를 때리고 살인자가 된다는 표현을 아는가?"

"그것이 무슨 말이옵니까?"

"이미 죽은 자를 실수로 때려 도리어 살인자로 오해받는다는 뜻일세."

"그러면 어떻게 하여야 합니까?"

"죽은 자가 있다고 먼저 공개적으로 알려야 자신이 살인자가 되지 않는 법이지. 누에가 하얗게 죽어간다고 먼저 중전마마에게 제대로 알려야 할 걸세."

"그러다가 중전마마께서 노하시고 친참례에 차질이 생길까 염려가 되옵니다."

"모든 일은 전화위복이 될 수도 있다네. 처음 있는 일이 아니니 너무 놀랄 필요는 없네."

"그렇다면 전에도 그런 일이 있었사옵니까?"

"누에 스스로 죽어가고 싶겠나. 누군가 죽어가게 만든 것이지."

"아니 그러면?"

"이제 자네가 나타났으니 멈출 때가 된 게야. 내가 자네를 부른 것은 이것 때문이기도 하거든. 여하튼 중전마마에게 알리고 궐 밖에 나가서 내가 시키는 대로 하게."

8

궐문을 나선 이후로 기미상궁 오씨는 궐 쪽을 한 번도 돌아보지 않았다. 영원히 퇴궐하는 기미상궁 오씨의 마지막 길에 동행한 기미상궁 주씨가 도리어 궐을 돌아보며 말했다.

"그렇게 독한 궐에서 이십 년 넘어 버텼으니, 순례 형님도 어지간하우."

"자네는 나보다 궐에 더 오래 있어야 하지 않나?"

"그렇게 되나요? 형님의 추천을 받아 기미상궁이 되고 보니, 안소주방에서 음식 만들던 시절이 얼마나 그리운지 모르겠소. 권세 있고 호사스러운 자리라고 다들 부러워하지만, 이렇게 숨 막히는 자리인 줄 형님 외에 누가 알겠수. 어휴, 며칠 되지도 않았는데, 머리가 하얗게 세는 느낌이라우."

잠시 발걸음을 멈추고 구부러진 노구를 조금 펴던 기미상궁 오씨가 다시 걸으면서 물었다.

"제조상궁에게 불려 가서 혼쭐이 났다고 하더니, 어떻게 된 사건이냐?"

"휴, 새로온 기미상궁 기를 잡겠다는 거지우 뭐."

임금은 하루에 다섯 끼의 식사를 한다. 초조반, 아침 식사, 낮것상, 저녁 식사 그리고 야참. 어제 아침 수라상을 받으실 때였다. 주상전하 앞의 큰 상에는 쌀밥과 밑반찬과 십이첩 반찬이 올라가 있었고, 기미상궁 주씨 앞의 작은 상에는 팥물로 지은 홍반과 또 다른 탕을 차려두고 있었다. 밥과

탕을 두 가지씩 올려 주상전하께서 선택하게 한다. 주상전하께서 주씨 앞의 홍반을 원하시길래, 은수저로 막 기미를 보려는데 주상전하께서 '눈에 보이지 않는 독은 어떻게 찾겠느냐' 하고 물으셨다.

"형님, 가슴이 철렁 내려앉았지만 정신을 가다듬고 말씀드렸소. 전하, 음식에 독이 있다면 수저의 색이 검게 변할 것이니 안심하시옵소서. 목소리와 숟가락 든 손이 동시에 떨리는 거 있잖우. 입안에 넣은 완자탕이 무슨 맛인지 모를 정도였다우. 섬뜩하고 긴장해서 꺼억 트림이라도 토해낼 것 같았소."

기미가 끝난 후, 막 숟가락을 들던 주상전하께서 다시 말씀하셨다. 눈에 보이는 독은 몰라도 눈에 보이지 않는 독을 네가 어떻게 찾겠느냐. 주상전하께서 새 기미상궁에게 뭔가 전언을 주고자 하는 것 같았다.

"눈에 보이지 않는 독이 무엇이옵니까? 알려주시면 쇤네가 목숨을 걸고 찾아내겠다고 아뢰었더니, 주상전하께서는 껄껄 웃으시면서, 과인이 그것이 무엇인지 알면 눈에 보이지 않는다고 하겠느냐, 모든 생명은 자기를 지키기 위한 독을 가지고 있다, 그렇게 말씀하신 후 천천히 수라를 드시는 것이었소. 형님, 그 순간 내가 앉은 자리가 얼마나 무서운 자리인 줄을 알겠더라니까. 새 기미상궁이 되었다는 사실에 들떠 그때까지 제대로 내 역할을 통감하고 있진 못했거든. 그제야 내 입안에 떠 넣는 수저 끝에 전하와 내 목숨이 왔다갔다 한다는 사실을 깨닫게 되었소. 손에 진땀이 나더라니까."

주상전하께서 수라를 드시던 자리에는 주씨 외에도 두 명의 상궁이 젓갈류를 앞에 놓고 앉아 있었고, 애기나인이 멀리 있는 음식도 집어드리고 찬가위로 음식을 잘라 올리고 있었다. 애기나인이 수라상에 앉게 된 경위는 사람들이 알고 있는 것과 달랐다. 그것은 새 기미상궁인 주씨의 결정이 아니었다.

"주상전하께서 드는 음식의 양도 점점 줄어들고 용안도 점점 어두워지셨잖소. 주상전하의 입맛을 되찾기 위해 오랫동안 고민하던 중전마마께서 애기나인을 수라상에 앉혀보자는 의견을 내비쳤다우. 애기나인의 해맑은 표정을 보면 시름을 잊으시고 식사를 조금 더 하실 수도 있다고 생각하신 것 같소. 중전마마의 명이시니 당연히 제조상궁도 알 것이라고 여겼고, 물론 내가 제조상궁에게 미리 보고하지 못한 책임은 있지만, 이제 막 기미상궁이 된 터라 그런 절차를 몰랐다우."

그런데 황당한 일이 일어났다. 주상전하께서 이름을 묻자, 애기나인은 '아름입니다', 또 나이도 물으니, '아홉 살입니다'라고 대답을 올렸다. 주상전하께서 '네가 가위로 자른 달걀전을 먹어 보거라' 하니, 어린 것은 그 자리가 어떤 자리인지도 모르고 맛있는 음식을 먹게 된 것에 들떠서 조금 큼직하게 잘라 입에 넣고 씹었다. 다른 음식도 다 먹어보라고 권하니, 어린 것이 음식을 하나씩 입에 넣고 씹었다. 기미상궁은 물론 다른 상궁들은 말릴 수도, 안 말릴 수도 없어 어쩔 줄 몰라 했다. 기미는 기미상궁의 소임이고, 모든 음식의 기미가 끝났는데도 주상전하께서는 마치 다시 기미를 시키는 형식을 취하는 형국이니, 기미상궁으로서는 다른 상궁들 보기가 민망하기 그지없었다. 세종 임금부터 현 임금에 이르기까지 음식과 관련된 불상사는 전혀 없었다. 그런데도 주상전하께서는 불안하신 것인지, 어린 것이 잘 먹는 것이 보기 좋아서인지, 그것도 아니면 새 기미상궁이 미덥지 못한 것인지, 도무지 헤아릴 길이 없었다.

"순례 형님만은 그 기분을 이해해줄 것 같우. 등줄기에 식은땀이 흘러

내리는 기분. 형님은 이제 자유 할매가 되었으니 좋겠수. 일을 완전히 놓기에는 이른 나이지만, 세종 임금 시절부터 지금에 이르기까지 4대째 수라상 기미를 해왔으니, 그 세월이 얼마나 길고 끔찍했겠수. 더구나 임금님들이 예외 없이 피부병과 종기에 끊임없이 시달렸으니, 그 끝없는 탕약을 매일 수 차례씩 기미해야만 했잖우. 지속적으로 탕약을 섞어 기미할 수밖에 없는 상황에서, 쯧쯧, 머리가 흰 파뿌리처럼 하얗게 변해 버렸지. 그동안의 노고를 아시는 중전마마께서 여생을 편하게 쉴 수 있게 해준다고 하셨다니, 그나마 다행이우."

기미상궁 주씨가 푸념을 한 사발 쏟아놓고 나자, 기미상궁 오씨가 말했다.

"임금의 목숨을 지키는 역할이니 한 시도 경거망동하지 말게나."

"경거망동 안 하지우. 아참, 소용마마가 경거망동했다고 소문이 자자합디다. 몇 년 전 여장女裝을 했던 사내, 사방지16가 장안을 발칵 뒤집어 놓은 이후의 최대 사건이라고 궐 안이 난리도 아니라우. 소용 박씨 연서가 궐 안에 돌아다니고 있다고 하고, 감찰상궁이 아무리 엄하게 단속하고 또 단속해도, 연서들이 필사되어 계속 늘어날 뿐 사라지지 않고 있다고. 세종 임금이 만드신 훈민정음 덕에 글자를 알게 된 궐내 궁녀라면 누구나 소용 박씨의 연서 한통 씩은 필사해서 가지고 있다 안 하우. 읽어보지는 못했지만, 그리고 괜히 읽었다가 사건에 말려들까 싶어 보여달라 하지 않았지만, 진짜 연서는 아닌 듯하우. 이런저런 억측과 소문을 토대로 누군가가 쓴 가짜 연서가 분명한 것 같은데, 그런데도 이 연서가 궐 밖으로도 빠져나가 빠른 속도로 장안에 퍼져나가고 있다 하니, 장차 이 일을 어떻게 하우?"

---

16 세조 8년 계집애 같은 외모와 치장으로 여인으로 자라난 사방지라는 사내가 많은 여승들과 부인들을 희롱한 사건이다.

"그럼 나는 이제 궐 밖으로 나가니 궐 안에 계시는 소용마마의 연서를 읽어볼 수 있겠군. 나는 연서라는 것이 무엇인지도 모르고 평생 살았는데, 비록 그것이 가짜라 해도 한번 읽어 보고 싶구먼."

"순례 형님! 소용 박씨가 수양대군의 사저에 있을 때부터 귀성군의 정인情人이었다는 소문이 사실이우? 주상전하께서 그 사실을 모르시고 여종 덕중을 여자로 취했다는 소문이 사실인가 말이우? 왕이 조카에게 속고 여인에게도 속았다고, 쑥덕쑥덕, 궐 안팎이 난리가 났다고 안 하우. 아무리 감찰상궁이라 하나 이런 입소문은 막을 길이 없지. 왕이 보기 좋게 당했다고 재미있어 하고 심지어 통쾌해한다고 하니, 답답한 궐 속에서 그런 재미를 쉽게 포기하기는 쉽지 않을 것이잖소. 궐 안 사람들은 계유정난의 두려움 때문에 주상전하를 감히 쳐다보기도 어려워하는 형국인데, 조카를 내쫓고 그것도 모자라 죽이기까지 한 왕이라는 의심과 거부감을 가지고 있다가, 도리어 또 다른 조카에게는 여자를 빼앗긴 왕을 보자 응어리졌던 마음들이 보상을 받은 듯 조금씩 풀어지는 모양새라우."

"낮말은 새가 듣고 밤말은 쥐가 듣는 것을 몰라서 이리 말이 많은가?"

"순례 형님이야 이제 궐 밖에 나가면 이보다 더 많은 소문을 듣게 될 거유 뭐. 주상전하와 소용 박씨의 이야기가 얼마나 퍼져나갔는지, '왕의 사랑을 받으려면 꿩을 키우라'고 누군가 빈정대면, '여자를 지키려면 조카를 조심하라'고 누군가 화답함으로써 다 같이 웃고 즐긴다고 들었수."

정말 소용 박씨와 귀성군의 관계가 소문처럼 수양대군의 사저에서부터 시작되었다면, 수십 년 이상 된 사이였다. 하지만 정인 관계는 와전되고 과장된 이야기일 것이라고 기미상궁 오씨는 말했다. 만약에 그렇다면 귀성군이 이제 와서 목숨 걸고 그것을 밝힐 이유가 없다는 것이다. 실제로 소용 박씨가 궐 안 생활이 외로워서 시조카에게 보낸 문안 서찰의 글귀가 어쩌다가 와전되거나 오해의 불씨가 되었을 것이라고 덧붙였다. 사실 원손인 인성대군을 잃은 후부터 주상전하께서는 소용 박씨를 소홀히 대했고, 소용 박씨 역시 아지 왕자군을 잃은 후부터 주상전하를 전처럼 애틋하게 섬기지 않았으니, 두 분 사이가 조금 멀어진 것은 사실이었다.

"순례 형님, 만약에 소용 박씨가 외로워서 시조카를 유혹한 것이라면 어떻게 되는 것이우?"

"자꾸 방정맞은 소리로 나를 마지막까지 배웅할 참인가?"

기미상궁 주씨는 두 나인을 교살형에 처하라는 어명이 떨어졌다고 말하려다가 말았다. 궁궐을 마지막으로 떠나는 이에게 그런 말로 마음을 상하게 하고 싶지 않아서였다. 하지만 나인들은 국문장에서 문안 편지인 줄 알고 전했다고 토설했다 하니, 거짓말이 아닐 것이다. 그들은 소용 박씨가 궐 밖의 남자에게 쓴 서찰이 아니라 숙모가 조카에게 쓴 문안 서찰을 전한 것뿐이었다. 물론 직접 전했으면 환관들까지 끌어들이지 않았겠지만, 어쨌든 그들은 소용 박씨의 서찰을 환관에게 전한 죄밖에 없었다. 상전의 명을 받아 서찰을 전했다는 이유로 목숨을 잃는다는 것은 너무 가혹하다고, 이러다간 상전이 시키는 일을 어느 나인이 마음 놓고 제대로 하려 들겠느냐고, 내명부가 술렁이고 있다고 말하고 싶은 것을 참았다. 머리가 허옇게 변한 기미상궁 오씨의 옆얼굴 표정은 이미 궁궐 안의 사건 사고에 더 관심을 두지 않은 듯 무심해 보였기 때문이다. 두 사람은 서로 헤어져야 하는 장소에 이르렀다.

"궁말에서 기다리고 있을 테니 한 10년 후에 천천히 오게."

기미상궁 주씨는 궁말이라는 말에 저절로 진저리를 쳤다. 죽어도 그곳에서 죽고 싶지 않았다. 궁말은 출궁한 궁녀들이 모여 사는 곳이다. 궁궐에서 나간 여인들이 가족에게 돌아가지도 못하고 모여서 살다가 죽어갔다. 궁궐에서 살았던 사람들이라 평민들도 함부로 가까이하지 않기 때문에 고독하게 여생을 보내야 했다. 궁궐의 삶에 익숙해 있다가 궁말에서 궐 밖의 삶에 익숙해져야 하는데 제대로 가르쳐주는 이가 없어 죽을 노릇이라고 들었다. 기미상궁 오씨를 떠나보내던 섭섭한 마음이 한순간 두려운 마음으로 변했다. 기미상궁 오씨의 지금 모습은 기미상궁 주씨의 미래 자신의 모습이기도 했다.

"궁말에 정착하면 소식 끊지 말기요. 형님은 까막눈이라지만 요즘 언문 잘 쓰는 사람들 주변에 많으니 부탁하면 될 것이우. 서로 소식 전하면서 살자우."

9

중전 앞에 다과를 내놓으며, 보명상궁 보희는 차를 마시면 몸이 조금 시원해질거라 말했다. 보희는 그간 일을 정리하여 말씀드리기 위해 하명이 없었는데도 자리를 마련한 것이다. 중전도 보명상궁의 의도를 알고 있었기에 보희가 따라놓은 차를 가만히 음미했다.

"이 미천한 것이 중전마마를 모시게 된 것은 하늘의 뜻일 것입니다. 기억하시는지요, 제가 궁궐에 들어와 중전마마를 모시게 된 과정을 말입니다."

"그 이야기가 지금 필요한 이유가 있는 모양이구나. 말해보거라."

"중전마마가 열한 살 되던 아기씨였던 해였습니다. 세종대왕의 왕후이셨던 소헌왕후의 명을 받아, 지밀상궁이 수양대군의 배필을 보기 위해 윤 씨 집안을 찾아왔었습니다. 수양대군이 나랏님이 되시리라고는 상상도 못할 때였고, 수양대군의 배필로 여겨지던 분은 아기씨의 언니였습니다. 한데 지밀상궁이 막상 와서 보니 동생이 더 환하고 귀한 상인지라, 궐로 돌아가 동생이 더 적합하다는 의견을 올렸다고 들었습니다. 그렇게 언니와 동생의 운명이 바뀌었습니다."

"차가 맛이 좋구나. 계속하거라."

"그 후 아기씨는 군부인이 되셨을 뿐만 아니라, 이 나라의 왕후가 되셨습니다. 중전마마께서 어느 날 궐로 소첩을 불러들여 이런 이야기를 들려

주셨습니다. 궐에서 지밀상궁이 나왔던 날, 제가 뒤뜰에 계시던 아씨께 달려와서 궐에서 아주 귀한 분들이 오신 것 같으니 빨리 가셔서 활짝 웃어드리면 좋은 일이 생길지도 모른다는 말을 했답니다. 아씨는 제 말을 듣고 호기심에 그분들을 보러가게 되었고, 시키는 대로 환하게 웃었노라 하셨습니다. 그 잠깐의 대면이 마마의 운명을 바꾸어 놓으셨다며, 황송하옵게도, 다음과 같은 당부의 말씀을 하셨습니다. '너는 천부적인 혜안을 지녔다. 앞으로 너는 별로 높지 않은 직책을 갖고 평생 내 곁에서 살아가겠지만, 궐 안이 어떻게 돌아가는지 만사를 은밀히 둘러보고 그 정황을 알려줄 것이며, 과거 윤씨 집에서 했던 것처럼 내가 언제 사람들 앞에 나가서 환하게 웃어야 하는지 알려 달라. 겉으로는 보잘것없는 보명상궁이나 너는 국모의 비밀 책사가 될 것이다.'"

"옛날이야기를 다시 하는 이유가 무엇이냐?"

"세월이 무상하여, 입궐해서 중전마마를 모신 지 십 년이 더 지났습니다. 중전마마, 용서하시옵소서. 최근 중전마마께서 상심하신 듯하여 부지불식간에 옛날이야기를 꺼내고 말았습니다. 환관 최호와 김중호는 박살형에 처하고, 나인 운비와 송영은 교살형에 처한다고 합니다. 소용 박씨도 심문을 받고 있습니다."

중전은 흔들림없이 차를 마셨다. 궐 밖의 남자와 간통하면, 궁녀와 그 남자의 목을 즉시 베게 되어 있다. 방자나 무수리는 장형을 당하거나 강제 노역을 하면 끝나지만, 궁녀나 상궁은 죽음을 피해갈 수 없다. 다른 사형수들은 집행 시까지 기다리다 운 좋게 사면으로 풀려나기도 하지만, 간통한 궁녀는 모반대역과 똑같이 곧바로 목을 벤다. 일반 나인의 간통도 모반대역에 준하는 중범죄로 여기며 절대 살려두지 않는데, 하물며 후궁이 궐 밖 종친에게 연서를 보냈으니 살려둘 리 없다.

"오늘따라 말이 길구나. 하고 싶은 말이 무엇이냐."

"중전마마, 임영대군과 귀성군이 새벽에 득달같이 달려와 연애편지라고 내민 서찰이고, 게다가 주상전하께서 서찰 내용을 분명 읽어 확인하셨는데도, 심문 과정에서 정녕 연서냐고 소용 박씨에게 세 번이나 확인하셨다고 합니다. 주상전하의 의중이 무엇인지 확실치 않으나 소용 박씨가 문안 서찰이라고 답해 주기를 바라는 심정이셨거나, 아니면 다른 저의를 캐려 하신 것 같습니다."

"다른 저의라니?"

"연서라기보다 마치 역적을 문초할 때처럼 하셨다 합니다."

"역적?"

보명상궁은 문초 중에 특이한 부분을 중전에게 설명했다. 소용 박씨의 말 중에 이런 것이 있었기 때문이다.

"주상전하, 알고 계시는지요? 주상전하께서 형제의 가족을 처형하실 때마다 그 응보처럼 전하의 가족이 죽어 나갔습니다. 주상전하께서 소첩을 죽이시면 응보처럼 또 다른 한 사람이 죽어 나가게 될 것입니다. 소첩이 전하의 가족이면 형제의 측근이 죽어 나갈 것이고, 소첩이 형제의 가족이면 전하의 측근이 죽어 나갈 것입니다."

중전은 마시던 찻잔을 놓았다.

"아니, 그것이 무슨 소리냐?"

보명상궁은 임금과 덕중이 심문 과정에서 주고받았다는 말의 맥락을 풀어 설명했다. 문종 임금의 아들 노산군[17]이 가신 해에 의경세자께서 세상을 떠났다. 수양대군이었던 아버지가 왕이 된 후 궐에 따라 들어와 세자가 된 지 이 년만이었다. 항간에 떠도는 소문으로는, 죽은 현덕왕후가 노하여 "네가 죄 없는 내 자식을 죽였으니, 나도 네 자식을 죽이겠다"고 저주를 내렸고, 이 때문에 의경세자가 한창 스무 살의 꽃같은 나이에 떠났다고들 했다. 보명상궁은 중전마마의 표정을 보지 않고 계속 말했다. 그래야만 제대로 할 말을 하기 때문이다. 그렇게 하도록 길들여졌다. 문종 임금의 부마이자 경혜공주 敬惠公主의 부군 夫君인 정종 鄭悰을 반역죄로 처형한 해에, 전하의 며느리인 세자빈 한 씨가 죽었다. 첫 번째 세자빈은 한명회 어른의 딸로 당시 열여섯 밖에 되지 않았고, 원손인 인성대군을 낳은 지 엿새밖에 지나지 않은 때였다. 세자빈이 죽은 것은 정종을 죽인 뒤에 일어난 일이어서 이것도 응보로 일어난 것이라고들 했다. 이 모든 이야기를 소용 박씨는 임금의 심문에서 쏟아냈다는 것이다. 중전은 보명상궁의 말이 한 치도 거짓없고 가감없다는 것을 잘 알고 있었다.

"중전마마, 주상전하와 소용 박씨가 서로 칼 같은 싸움을 하는 듯이 보였다고 합니다. 소첩도 국문 과정을 전해 듣고 얼마나 놀랐는지 모릅니다. 주상전하께서는 또 누가 죽고 누가 죽었느냐고 다 말해보라고 하셨답니다. 그러자, 놀라지 마십시오. 소용 박씨가 이렇게 말했다고 합니다. '제 아들 아지 왕자군이 죽은 해에, 세자의 아들 어린 인성대군이 죽어갔습니다. 주상전하께서는 같은 해에 원손인 인성대군과 아지 왕자군을 잃었다고, 지극히 아꼈던 당신의 혈족을 둘이나 잃었다고 슬퍼하셨지만, 정말 그러하오리까?'"

순간 주상전하의 눈빛이 칼같이 날카로워지셨다고 나영은 덧붙였다. 무

---

17 세조에 의해 폐위되었던 노산군은 숙종 때 단종으로 복권되었다.

슨 생각으로 소용 박씨가 그런 말을 했는지 모르지만, 그 말뜻 속에는 여러 의미가 들어있는 듯했다. 왜냐하면 현덕왕후의 저주에 따르면, 왕의 두 아들이 죽은 것이 아니라 한 명은 형제의 혈족이라는 해석이 가능했다. 인성대군이 왕의 자식이 분명하다면, 아지 왕자군이 형제의 혈족일 수도 있다는 의미였다. 보명상궁은 중전이 이 심문 내용의 저의를 이해하실 때까지 가만히 기다렸다. 그리고 당시 주상전하의 반응도 상세하게 덧붙였다.

주상전하는 소용 박씨에게 "내가 너를 죽인다면 그 응보로 내 형제의 가족이나 측근 한 사람이 죽게 될 것이다. 그러면 제일 먼저 누가 되리라고 생각하느냐?"라고 물었고, 순간 소용 박씨는 말이 없었다. 저주의 논리대로라면, 주상전하께서 혈족인 소용 박씨를 죽이면, 형제이자 연서와 관련된 귀성군이 같이 죽게 될 가능성이 높았다. 그 사실을 감지했는지 소용 박씨는 고개를 수그리고 말았다고 했다.

"그 후 국문 과정에서도 두 분은 수수께끼를 푸는 듯했다 합니다. 중전마마, 소첩은 이 수수께끼의 해답이 무엇인지는 아직 잘 모르겠습니다. 하지만 앞서 말씀드린 것처럼 중전마마께서는 언제 사람들 앞에 나가 활짝 웃어야 하는지 알려달라고 소첩에게 당부하셨습니다. 중전마마, 이런 말씀드리는 것이 황송하오나, 지금이 바로 그때가 아닌가 합니다. 이런 어렵고 난감한 상황일수록 중전마마의 위상과 품위로 주변을 밝히시옵소서. 이번 연서 사건은 거품처럼 금방 사라져 버리지는 않을 것입니다. 그 어느 때보다 화려한 금장을 하시고, 누조처럼, 우아하게 뽕잎을 따시고 누에를 치는 친잠례를 거행하시옵소서."

나영은 친잠례를 치르면서 활짝 웃으시는 동시에, 차마 입에 담기 어려운 일 한 가지를 하셔야 할 것 같다고 권했다. 내외명부의 눈과 귀가 모두 친잠례에 쏠려 있는 시각에, 소용 박씨를 은밀하게 처리하는 것이 좋겠다고 말했다. 임금과 중전이 소용 박씨를 아끼시어 하루라도 더 목숨을 연장코자 하는 심정은 백번 이해하지만, 소용 박씨는 이미 산 사람이 아니었다. 어린 시절 동무인 덕중이 죽어야 하는 것은 기정사실이었다. 궐 안의 눈이 모두 중전마마에게 쏠려 있는 시간에, 소용 박씨를 처단하는 편이 그나마 찾아낸 마지막 해결책이었다. 중전마마를 위해서라고 말했지만, 사실 덕중이 가장 수치스럽지 않게 죽어 갈 수 있는 방법이었다.

10

상차 강원종은 전 상선의 숙소 앞에 와서 부러 큰 소리로 말했다.

"상선 어른, 강녕하신지요?"

"지난번 왔다가 허탕을 쳤겠지."

"상선 어른을 뵙는 일이라면 하루에도 몇천 번을 올 수도 있습니다."

"여자같이 호리호리한 몸에 넉살은 장군감이니 내가 좋아하지. 그런데 그 일은 어떻게 되었나?"

"친구 방비리 때문에 잠깐 망설이긴 했으나, 음, 어찌 상선 어른의 명을 거역하겠습니까. 지시하신 그대로 하긴 했습니다. 문제는 결과가 애매합니다. 지금쯤이면 잠실이 온통 난리가 나서 친잠례가 취소되거나 적어도 보류되어야 하건만, 뭐, 그런 기색이 전혀 없고, 참, 누가 무소식이 희소식이라 했는지, 잠실은 잠잠합니다. 방비리는 채상단을 거의 완성하여 친잠례 준비를 끝내는 중이라고 합니다."

원종은 아무래도 안 되겠다 싶어 잠실을 살펴보러 갔던 일을 늘어 놓았다. 방비리는 오랫만에 보는 친구를 그토록 반기면서도, 원칙을 내세워 원유 안으로 그를 들여놓지 않았다. 근무시간이라며 입에 사적인 일을 담지도 않을뿐더러 친구인 척도 별로 하지 않았다. 본래 그런 놈이었다. 주상 전하를 위한 뽕잎 차를 마련해야 한다는 이유를 대고 겨우 들어갈 수 있었는데, 잠실 주변으로 마치 개미 한 마리도 허용하지 않겠다는 방비리 식의 방어진이 구축되어 있었다. 잠실 안을 확인해보고 싶었으나 규칙을 어길 명분이 없었다. 괜히 들어가 보겠다고 우겼다가는 의심을 살 것이 틀림없어, 지나가는 말로 누에들은 건강하냐고 물어보았다. 뽕잎을 따고 있던 노자들은 한결같이 "지나치게 건강해서 끊임없이 먹어대는 통에 고달프다"고 답했다. 분명 누에들에게 해코지를 해놓았는데 아무 일도 일어나지 않았다.

더 어슬렁거릴 수가 없어, 원종은 차 만들 뽕잎이나 뜯어 돌아가겠다며 슬금슬금 원유를 벗어나고 있었다. 한데 방비리가 쌓아 놓은 채상단을 한 번 봐 두려고 그쪽으로 발길을 옮기다가 얼핏 뽕나무 곁에 서 있는 한 잠녀를 발견했다. 잠녀가 뽕밭에서 서성댄다 하여 이상할 것은 없지만, 그 태도가 수상쩍었다. 누군가에게 들킬 것을 염려하는 것처럼 이리저리 주위를 살피더니, 치맛단에서 무엇인가를 꺼내는 듯했다. 정확하게 알 수 없었지만, 꺼낸 물건으로 마치 뽕잎에 바느질을 하는 듯 보였다. 잠녀는 작업을 마치고는 조심스러운 태도로 주위를 살피며 사라졌다.

잠시 후, 그 뽕나무 곁에 가 보았으나 특별한 것이 없어 보였다. 겉으로는 보이지 않았지만 분명 수상한 작업을 해놓은 것 같아서, 문제의 뽕잎과 그 주변의 잎 몇 개를 따서 가져왔다. 혹여 독이라도 묻혀 놓은 것은 아닌가 하고 조심스럽게 살펴보는 와중에, 잎사귀 하나를 허공으로 들어보니, 그냥 보아서는 보이지 않던 미세한 바늘구멍들이 비쳐 보였다. 햇살이 그 바늘구멍들로 선명하게 빠져나왔다. 뽕잎이 말라갈수록, 그 구멍들은 더 뚜렷해졌다. 그것은 나무 목木 위에, 빛 같은 반짝거림이 박힌 것으로 이런 모양이었다.

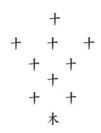

"상선 어른! 누에라는 벌레는 까다롭기로 유명하지요. 오죽이면 천충天蟲이라고 했겠습니까. 저렇게 뽕잎에 바늘구멍을 내놓는 것은 당연히 누에를 위한 일은 아닙니다. 혹여 바늘에 독이나 더러운 것이 묻어 있다면, 당연히 누에는 금방 병이 들게 됩니다. 독이나 이상 물질이 묻어 있는 것 같지는 않지만, 무슨 연유로 뽕나무 잎사귀에 바늘구멍을 내놓았는지, 참나 살다 보니, 뽕잎을 지켜야 하는 잠녀는 뽕잎에 구멍을 내고, 해코지를 당한 누에들은 멀쩡하고, 친잠례는 차질없이 진행되고, 도무지…… 앞뒤가 잘 꿰매지지 않습니다."

방비리에게 잠녀의 이상한 행동을 알릴까도 생각해 보았지만, 잠실의 책임자인 방비리를 곤경에 빠뜨리게 될까 봐 조심스럽기도 하고, 또 다른 한편으로는 방비리가 그들의 '그 일'을 알게 되면 곤경에 빠질 수도 있기에 그쪽의 약점도 하나쯤 쥐고 있는 것도 괜찮을 것 같았다.

"자칫 마른 잎이 바스라져 버릴까 봐 가져오지 못했지만, 원하신다면 가져다 보여드리겠습니다."

전 상선은 뽕잎에 새겨져 있다고 방비리가 그린 글자 무늬를 한참 내려다보다 말했다.

"앞으로 뽕잎 차를 빌미로라도 원유에 드나들지 말거라."

"그럼, 이제 더 '그 일'을 하지 않는 것입니까?"

"하지 않는 것이 좋겠다. 아무리 좋은 일이라도 길게 하면 꼬리가 밟히는 법이다."

"알겠습니다. 아, 상선 어른처럼 칼 같은 분이 이렇게 횡설수설하는 소인에게 별 꾸짖는 기색없이 명쾌하게 해답을 알려주시니, 항상 스승이자 아버지 같은 분입니다. 저는 물러가겠습니다."

원종은 처소로 돌아가던 중에, 지난번 말한 차가 준비되었다고 방비리에게 일부러 기별을 보냈다. 원유에 다시 가지 말라는 상선의 말을 새겨 방비리에게 가지 않고 도리어 그가 오도록 만든 것이다. 방비리는 예상한 시각에 정확하게 나타났다.

"지난번 이뇨 작용이 좋은 차를 좀 구해 달라고 했지? 낄낄낄! 방비리, '그것'이 없다 하여 오줌발까지 시원찮아서 쓰겠어. 자네 곁에 지천으로 두고 있는 뽕잎이 이뇨에는 딱이여. 이거 뽕잎 차니 가져가서 자주 마셔. 아니, 그러지 말고 우리같이 한 잔 마시도록 하세."

서로 못 본 십여 년 사이의 일들을 별 두서없이 주거니 받거니 했고, 그러다가 방비리가 문득 생각난 듯 물었다.

"사실, 오늘 아침나절에 자네를 찾아왔었네. 상선 어른을 뵈러 가고 없더군. 상선 어른께 인사도 드리고 자네도 만나볼까 했지만, 자네가 두 상선 중에 어느 상선을 만나러 갔는지 감이 잡히지 않았네. 주상전하의 음식을 책임지는 전 상선인지, 환관들을 총지휘하는 김 상선[18]인지. 두 상선의 사이가 좋지 않다는 소문이 있던데, 사실인가?"

---

18 임금의 식사는 환관들의 최고 자리라 할 수 있는 상선(종2품)이 감독하고, 술은 한 명의 상온(정3품)이, 차는 한 명의 상차(정3품)가 맡는다.

"두 사람의 관계는 자네와 나 사이와 비슷하지."

"……."

"그런데 소용 박씨 연서 사건 들었지? 뭐 살아가면서 연서 나부랭이를 쓸 정신이 있는 것을 보면 괜찮은 팔자여. 우리가 사용원에서 일할 때 임영대군 댁에 가끔 들렀지. 그때 귀성군을 가까이에서 본 적이 있구만. 음, 여자들이 가슴을 설렐만한 귀공자이긴 했으나 좀 소심해 보인다 싶더니만, 여인이 보낸 연서를 들고 나가 주상전하께 고자질하는 사내라니…… 누가 고자인지 모르겠어."

방비리는 원종의 말에 갑자기 의구심이 가득한 표정으로 물었다.

"우리가 임영대군 댁에 들른 것은 수라상에 올라갈 꿩을 임영대군이 구해 주셨기 때문인데, 지금 생각해보면 조금 수상한 데가 있는 것 같네. 그 꿩들은 수양대군 댁에서 온 것들이라고 했는데, 기억나는가?"

"수상하긴 뭐가 수상혀? 수양대군이 키우던 꿩들을 임영대군 댁으로 보낸 이유는 사저에 드나들던 승려가 살생을 금했기 때문이라고. 수양대군으로부터 선물로 받은 꿩들이 뛰어난 일등품들이어서 수라상에 올리고 싶다고 임영대군이 전해 왔었잖어. 수양대군은 살생하지 않으려고 꿩을 임영대군에게 주고, 임영대군은 아주 품질 좋은 꿩을 형님인 문종의 수라상에 올리고 싶어 우리에게 건네주고, 사용원의 직무상 우리는 꿩 요리 하라고 수라간으로 건네주고, 뭐, 참 아름다운 꿩의 순환이구만. 그러고 보니 수상하긴 수상하구만."

당시 사용원에는 꿩이나 다른 가축류를 구하는 경로가 따로 있었고, 그것들을 구매하는 전錢도 따로 있었다. 임영대군은 형님을 위한 동생의 마음이니 누가 꿩을 바쳤는지 전하지 말라고 당부했다. 원종과 방비리는 임영대군의 그런 뜻을 받아들여 공식적인 절차를 통해 구한 꿩 대신에 임영대군이 내놓으신 꿩을 궐 안으로 들여갔다. 산 채로 궐로 들여갔기 때문에 누가 보아도 최상품의 꿩이었다. 그러다 보니 사옹원에서 전錢으로 구입했던 다른 꿩들은 되팔아야 했고, 그 전錢을 사옹원 상사께 갖다 바쳤는데, 그가 몰래 가로챘는지 어쨌는지 하여간 수상쩍었다. 두 사람이 눈치챈 듯하자, 들통이 날 것을 염려한 상사가 방비리를 도리어 함정에 빠뜨려 경복궁에서 내보냈다. 원종은 한쪽 눈썹을 치뜨며 말했다.

"그 사건과 관련하여, 나야 뭐, 이래저래 애매하게 굴었던 비겁한 놈이네. 입이 열 개라도 무슨 말을 하것어. 그 일로 자네가 경복궁을 떠났던 일은 미안하네. 두 사람이 당하는 것보다 한 사람이 당하는 것이 나으니까."

"자네라도 경복궁에 남아 있으니 돌아오는 발길이 가벼웠네. 원종, 주상전하께서 소용 박씨를 사랑하게 된 이야기에도 꿩, 수양대군과 임영대군과 문종 임금 사이의 형제간의 사랑 이야기에도 꿩, 뭐 이런 공통점이 조금 묘하지 않은가?"

"뭐가 묘해? 지랄 같구만. 혹여 주상전하와 소용 박씨를 이어준 꿩이 수양대군과 임영대군과 문종 임금을 연결해준 꿩이 아닌지, 이 꿩이 저 꿩이고 저 꿩이 이 꿩이 아닌지, 어째 놈의 목을 확 비틀어보면…… 어찌 되었거나, 이것저것 서로 연결될 듯 안 되니, 뭐가 뭔지 잘 모르겠군. 게다가 꿩 덕분에 왕의 후궁이 된 소용 박씨는 귀성군에게 연서를 보내고, 귀성군은 그 연서를 쥐고 주상전하를 찾아가 폭로하고, 주상전하는 지금 소용 박씨를 잡아다 국문하시고 도무지 관계가 복잡해. 뭐, 이놈의 나쁜 머리로는 앞뒤가 잘 꿰매지지 않어."

방비리는 대답없이 진지한 얼굴로 무엇인가를 한참 생각한 뒤 말을 이었다.

"원종, 그건 그렇고 소용 박씨의 연서가 사실은 연서가 아니라는 소리가 들리더구먼. 귀성군이 연서를 들고 입궐한 직후에 주상전하께서 서책 『월인석보』를 찾으셨다고 하지 않았나. 자기 여자가 다른 사내에게 연정을 표현하는 글을 읽고, 독서하고 싶으신 마음이 어찌 생겼겠나."

"사실 자네가 창덕궁으로 나간 후, 나는 정음청에서 일했어. 내가 정음청에서 감독을 맡은 기간에 『월인석보』를 묶는 작업이 진행되었는데, 뭐 이러다가 나도 어떤 거대한 사건에 휘말려드는 것은 아닌가 모르겠어. 뭐, 환관 두 놈이 죄없이 황천행을 하는 것을 보니, 나라고 그런 상황에 빠지지 말라는 법이 없을 것 같아서 말이지."

방비리는 원종에게 진심으로 말했다.

"자네는 나와 달리 유연하니 세상의 덫에 잘 빠지지 않을걸세."

"요리조리 요지경인 세상을 잘 피해 다니며 연명하는 내가 기특하긴 하지. 그리고 친구, 비꼬는 것이 아니라 김 상선 밑에 있으면 또 말려들 수 있으니 조심혀. 전 상선 밑에서 목숨을 부지하는 나도 참말로 대견한 것은 아니지만 말이여."

11

　상궁의 인도를 받으며 황금빛 옷으로 단장한 중전이 등장하자, 대기하고 있던 사람들이 일제히 작은 탄성을 올렸다. 남쪽 계단을 통해 채상단 위로 올라가 동향으로 설 때까지의 중전의 모습은 황금빛 누에 여신이 나타난 듯했다. 친잠례에 참여한 사람들을 은밀히 감찰하던 감찰상궁도 본분을 잊고 중전에게서 눈을 뗄 수가 없었다. 평소 검소한 중전마마께서, 물론 일 년 중에 내외명부 앞에서 가장 아름답고 위엄 있는 모습을 드러낼 때가 친잠례이긴 하지만, 그토록 화려하게 금장을 한 모습은 왕후로 즉위하던 날 대례복을 입은 이후 처음이었다. 더구나 중전마마의 얼굴에 도는 화사한 기운과 잔잔한 미소를 보고 감찰상궁은 한편으로는 놀랍고 한편으로는 안심이 되었다.

　하지만 중전마마의 아름다움과 위엄에 고개를 숙이고 있던 내외명부가, 주상전하가 납시지 않고 중전마마 홀로 친잠례를 거행하신다는 사실을 알고부터는 호기심의 고개들을 삐죽삐죽 일으켜 세웠다. 소용마마 연서 사건으로 다들 어떤 변화가 있는지를 보고자 기대했던 내외명부는 몸짓 눈짓으로 밀어密語들을 주고받는 눈치였다. 친잠례의 첫 단계인 선잠의, 누조에게 제향하는 절차는 생략되었다. 인간들이 누에의 산 생명을 고스란히 희생시켜 실과 번데기를 얻기 때문에 그 많은 넋들을 위로하기 위한 행사였다. 하기야 인간들이 여럿 죽어 나가는 판국에 누에들의 넋을 위로한다면 도리어 비웃음을 살 일이었다.

중전마마께서는 채상단 위에서 다섯 가지 加持의 뽕잎을 땄는데, 기다란 뽕나무 가지를 당기는 갈고리가 붉게 칠한 가래나무로 만들어져 인상적이었다. 중전마마께서 뽕잎 따는 것을 마치고, 후궁 근빈 박씨('그러고 보니 소용마마도 그렇고 후궁마마 두 분이 모두 박씨다'라고 감찰상궁은 생각했다)와 세자빈이 각각 일곱 가지에서 뽕잎을 땄으며, 그다음 내외명부가 각각 아홉 가지에서 뽕잎을 땄다.

뽕잎 따기가 끝나고 내외명부가 모두 잠실로 이동했을 때였다. 중전은 잠실 안으로는 들지 않고, 대신에 후궁 근빈 박씨와 세자빈과 내외명부가 어둡고 축축한 잠실로 들어갔다. 제조상궁은 중전마마 곁에 남고 감찰상궁은 잠실 안으로 따라 들어갔다. 잠녀가 잘게 썬 뽕잎을 건네주면 내명부는 각기 한 잠박**19**의 누에에다 뽕잎을 뿌려주면 되었다. 그런데 그 어두컴컴한 잠실 안에서 내외명부들이 웅성거리는 소리가 점점 커졌다. 처음에는 잠실을 방문한 느낌을 나누는 소리인 줄 알았는데 어느 순간, "소용 박씨가 처형당하는 날이 오늘이래요"라고 소곤거리는 말이 감찰상궁의 귀에 선명하게 들렸다. 여인들이 어둠을 빌미삼아 소용 박씨 연서 사건에 대한 정보를 나누느라고 웅성거렸다. 그 마지막 말의 울림이 커서 감찰상궁뿐만 아니라 잠실 안의 다른 사람들도 듣고 말았다.

갑자기 잠실 안이 쥐죽은 듯 조용해졌다. 그러지 않아도 7월의 축축한 더위에 누에와 뽕잎의 냄새가 뒤섞여 어지러울 정도였는데, 갑자기 잠실

---

19 잠박(蠶箔)에 거적이나 누에자리를 깔고 누에를 기른다.

안을 흐르는 긴장감 때문에 숨쉬기가 곤란할 정도였다. 소용마마가 그 시간에 죽어가고 있다는 참담함과 친잠례 거행 중에 소용마마 뒷담화를 하다가 들켰다는 놀라움으로 그 자리에 있던 사람들이 모두 얼어붙은 듯 서 있었다. 서로의 얼굴이 잘 보이지 않아 다행이었지만 감찰상궁은 이 일을 어떻게 처리해야 할지 갑자기 헷갈렸다. "누구 입이냐? 어떤 입이 그 따위 말을 한단 말이냐?" 소리를 지르고 싶었지만 입술을 지그시 물고 일단 침을 삼켰다. 뱉어내면 누구인지 반드시 찾아내야만 하고, 그러려면 잠실 안의 내외명부를 전부 끌어내 한 사람 한 사람 기필코 이실직고시켜야만 했다. 입의 범인을 찾아내려다 친잠례의 행사에 차질이 생길 것이 불 보듯 뻔했다. 그렇다고 그 말을 듣지 않은 것으로 돌리기에도 어줍잖은 순간이었다. 서로 눈치를 보며 어찌할 바를 모르던 차에 후궁 근빈 박씨가 주위를 향해 말했다.

"누에들이 배가 고픈 모양이니 내명부는 서둘러서 뽕잎을 뿌려주도록 하라."

감찰상궁은 깜짝 놀랐다. 근빈 박씨가 그런 상황에 입을 떼다니 천지가 개벽할 일이었다. 근빈 박씨는 어린 왕 아니 노산군의 복위를 꾀하다가 죽은 집현전 학사 박팽년의 누이였다. 오라비가 역모죄를 지었으니 자칫 위세를 부리거나 처신을 잘못하면 과거 오라비의 역모죄가 들먹여질 것이고 덕원군과 창원군에게까지 연좌될 수도 있는, 하루하루 살얼음판 같은 삶을 사신 분이었다. 그래서 그런지 누구 앞에서 자신의 의견을 내놓는 법이 없고 심지어 입을 여는 것을 본 적도 별로 없었다. 그런데 내외명부 전체가 바짝 긴장한 그 순간에, 근빈 박씨가 그렇게 태연하게 내명부에게 지시를 하니 가슴이 섬뜩했다. 역모죄를 지어 가문이 망해도 용케 살아남아, 왕의 아들인 덕원군과 창원군까지 낳아 아무런 탈 없이 지키고 있는 비결을 알 것 같았다. 소용 박씨가 임금과 중전의 사랑을 받았음에도 아지 왕자군을 잃고 자신의 목숨마저 지키지 못한 반면, 근빈 박씨는 있는 듯 없는 듯 사는 삶이었으나 두 왕자군을 보란 듯이 키우면서 후궁으로서의 위상을 지니고 있었다.

근빈 박씨의 그 한마디에 내명부가 일사불란하게 움직이기 시작했다. 심지어 세자빈도 근빈 박씨의 목소리가 떨어지자 뽕잎을 누에들에게 골고루 나누어주기 시작했고, 감찰상궁도 뽕잎을 뿌려 주었다. 그런데 이상한 것은 친잠례를 위해서 세 잠동을 키운 것으로 아는데, 두 잠동 밖에 보이지 않았고, 한 잠동은 가려져 있었다. 여느 때 같으면 무슨 일인지 잠녀들을 불러 물어보았겠으나, 그럴 시간적 여유가 없었다. 혼비백산한 뒤라 다들 서둘러 뽕잎을 주고 잠실을 빠져나가고 있었기 때문이다.

잠실에서 나가니, 중전과 제조상궁은 양잠에 필요한 뽕나무 묘목 심는 호미, 곁순 따는 가위, 뽕순 따는 접도, 뽕톱, 전정 뽕가위, 뽕나무 가지 치는 낫, 뽕훑기 등을 둘러보고 계셨다. 내외명부는 중전 앞에 다들 모였다. 바로 이어지는 조견의, 중전께서 내외명부들의 하례를 받는 순서였다. 잠실 안에 있었던 소용 박씨의 처형 소식이 진짜건 가짜건 입에 올린 사실을 아시면 중전께서 크게 노할 것을 감지한 듯, 내외명부는 이상한 공범 의식에 사로잡혀 고개를 들지 못하고 있었다. 감찰상궁도 입을 다물 수밖에 없었고, 근빈 박씨 역시 누에가 배고픈 것 같으니 뽕잎을 주라는 명을 내린 것밖에 없으니, 사실 누가 뭐랄 사람도 없었다. 그런데 조견의를 거행하면서 중전께서 이상한 말씀을 하셨다.

"앞으로 잠실에서는 양잠만 하는 것이 아니라, 누에를 먹이고 남은 뽕잎은 차나 약재료로 사용하게 할 것이며, 뽕나무의 열매인 오디는 궐내 주전부리와 약용으로 사용하고, 누에들 중에 병든 것은 그 효능을 잘 살려 약용으로 사용하겠다. 그렇게 함으로써 잠실에 더 많은 여성이 일할 수 있도록 하겠다."

외명부 사람들은 새로운 일자리들이 더 생긴 것을 반기며 궐 밖에 놀고 있는 친지를 떠올리기도 했다. 그 말을 듣고 여태 친잠례를 단순한 행사로 무심히 보던 내외명부가 그곳에 진열되어 있던 다양한 도구들을 유심히 살펴보기도 했다. 그렇게 친잠례는 무사히 끝난 것 같았지만, 틈만 나면 사람들은 소용 박씨에 대한 뒷이야기로 서로 눈이나 입을 조심히 맞추었다. 궐 밖에서 온 관료들의 아내인 외명부는 대부분 조강지처여서 시앗의 연애사건에 대해 거부반응을 보이며 소용 박씨의 죽음을 당연하다고 여기는 반면, 궐 안에 있는 상궁이나 궁녀들인 내명부는 대부분 소용 박씨의 죽음에 슬픔과 안타까움을 느끼고 있어 극명하게 갈린 상태였다. 소용 박씨가 죽는 것은 너무도 당연하다는 측과 소용 박씨를 죽이는 것은 너무 심하다는 측으로 나누어져 있고, 그 와중에 지아비의 여자가 다른 남자에게 마음을 빼앗겨 죽어가는 중전의 입장까지 더해져 정말 묘한 기류가 감돌았다. 게다가 잠녀들의 눈은 피곤과 긴장으로 퉁퉁 부어 있었고, 수고했다고 중전마마께서 상으로 하사하신 비단을 받은 잠녀 고아라는 감동인지 슬픔인지 모를 눈물을 뚝뚝 흘렸다.

12

"그리 오래 걸리지 않을 것이다."

갑작스럽게, 덕중의 오른쪽 귀로 굵고 침착한 남자 목소리가 들려왔다. 왕명을 받아 파견된 낭청 郎廳의 도사 都事가 사형 선고 유시를 낭독한 후였다. 눈이 천으로 가려져서 목소리의 주인이 의금부 나장인지 사형집행인인지 알 수가 없었다. 세상에 위로의 말들이 많지만, 이처럼 아름답고 끔찍한 위로는 없었다. 죽는 데 그리 오래 걸리지 않는다면, 살아있을 시간도 그리 오래지 않으리라는 뜻이었다. 나름 진심어린 목소리였지만, 그 말 때문에 소용 박씨는, 아니 이제 소용이라는 후궁의 직첩도 거두어졌으니, 덕중은 간신히 유지하던 마음의 균형이 자칫 흔들릴 뻔했다. 덕중은 이 다급하고 황망한 순간을 이기려고 입술을 깨물었다. 자신 때문에 나인 두 명과 환관 두 명이 목숨을 잃었기에, 죽음을 두려워할 염치도 없었다. 더구나 공포에 휩싸여 발악하듯 소리를 지르며 죽어갔다는 말을 전하게 하고 싶지 않았다. 죽음보다 더 비참해지고 싶지 않았다.

목에 올가미를 씌우는 모양이었다. 밧줄인지 고래 심줄인지, 덕중의 목울대에 와서 닿았다. 긴장과 공포로 역류하는 피와 전율을 일순간에 중지시킬, 한 인간의 숨을 끊어 놓을 사형 도구가 목울대에 와서 고정되는 것을 덕중은 알아차렸다. 목을 감은 올가미의 튼실한 감촉이 느껴졌다. 뭔가 아직 느끼고 있는 것으로 보아 아직 살아있는 것이었다.

덕중은 근래 노란 초승달이 목을 베고 지나가는 악몽을 수도 없이 꾸었다. 예상과 달리, 덕중은 교살형을 선고받았다. 목에 밧줄 끝의 올가미를 걸고 단숨에 잡아당겨 목을 졸라 죽이는 형이었다. 참수하면 목을 베어 신체를 훼손하지만, 교수하면 신체라도 온전히 지킬 수 있다고 했다. 한때 왕에게 사랑받던 여자에게 주는 마지막 배려였다.

왕의 권위와 위신을 여지없이 무너뜨린, 왕의 여자가 궐 밖 남자에게 연서를 보냈다가 들켰다는 이 기막힌 사건에, 온 나라가 거대한 가마솥처럼 들끓고 있었다. 백성들은 생애 잊지 못할 사형 현장을 기대하고 있었다. 덕중의 진실이나 고통 따위는 아랑곳없이, 떠버릴수록, 부풀릴수록, 상상할수록 그들은 행복해졌고, 입만 열면 서로가 서로의 입과 귀가 되어 주어 나라 전체가 막힘없이 통通하고 있었기에, 그 교감의 절정을 경험할 현장을 백성들은 고대하고 있었다. 그 바람들이 무시된 채, 사형은 비밀리에 진행되고 있었다. 이 떠들썩한 화제의 주인공이 죽어가는 현장에 운 좋게 참여하게 된, 사형의 왕명을 유시하기 위해 파견된 낭청의 도사와 의금부 나장이나 사형집행인들은 그래서 조금 더 시간을 끌며 다른 사람들에게 전해줄 어떤 이야깃거리를 찾고 있는지도 몰랐다. 목에 올가미를 걸 때 덕중이 어떤 반응을 보였는지, 마지막 순간에 누구를 찾았는지, 숨이 끊어지는 순간의 모습이 어떠하였는지, 덕중의 말과 행동, 그 무엇이든지 기막힌 이야깃거리임을 그들은 잘 알고 있었다.

"마지막으로 하고 싶은 말이 있으면 하라."

순간 사람들의 움직임이나 소리들이 순식간에 사라졌다. 덕중의 입이 열리기를 기다리며, 세상을 한 번 더 뒤집을 만한 마지막 말을 기다리며, 숨을 죽이고 있었다. 휘파람처럼 가늘고 긴 산새의 울음소리가 지나갔다. 마지막 말을 생각해볼 여유가 어디 있겠는가. 있었다 한들, 이제 와서 무슨 소용이 있으랴! 하지만 그들은 침묵으로 채근했다. 마지막 말! 얼굴을 감싸고 있는 검은 천은 집요하게 숨통을 조여오고, 공포와 밧줄에 묶인 두 다리가 숯불 위에 올려놓은 오징어 다리처럼 말려 올라가는 순간, 가슴 깊은 곳에서부터 솟구쳐 올라 올가미에 눌린 목젖을 간신히 통과한 무엇인가가 덕중의 입밖으로 쏟아져 나왔다.

"백팔장!"

덕중은 자신도 모르게 내뱉었다. 저절로 터져 나온 말이었다. 감추고자 깊이 닫아두었으나, 비밀 스스로 발효하고 팽창하여 뚜껑을 열고 나온 말이었다. 무슨 말인가 하려고 했지만, 이 말을 하려고 했던 것은 아니었다. 어쩌면 아들의 이야기를 하고 싶었을 것이다. 그러나 부지불식간에 튀어나온 말은 이 한마디였고, 뱉어내고 나니, 마치 세상을 향해 선전포고를 한 느낌이었다. 뱉어낸 말을 주워 담고, 다른 말을 할 수도 있었다. 하지만 선전포고는 이미 효력을 발생하여, 다른 사람의 머리보다 덕중의 머리에 더

74

강하게 새겨졌다. "백팔장이라고 전해 주오." 이번에는 작정하고 같은 말을 뱉었다. 두 번 말하고 나니, 마치 오래전부터 이 말을 준비해온 느낌이었다. 순간, 이 절체절명의 순간에도 마음의 균형을 잡아주는 추 역할을 했던 것이 무엇인가를 깨달았다. 세 번째 다시 묻는 말에, 덕중은 확신이 담긴 대답을 했다.

"백팔장!"

순간, 몸을 꽁꽁 결박했던 줄이 느슨해진 듯 몸의 긴장감이 조금 풀리면서, 몸이 한결 편안해졌다. 몸 안을 채우고 있던 비밀이 공기 속으로 빠져나가 몸이 자유로워진 느낌이었다. 나라 전체를 들끓게 했던 한 여인이 숨을 거두기 전에 남긴 마지막 말, 처음에는 왕에게만 전해지겠지만 이 현장에 있었던 자들의 가족이나 친구에게도 전해질 것이고, 그 은밀함의 속성 때문에 더 왕성한 번식력을 지니고 또 다른 누군가에게 옮겨질 것이고, 그래서 갈수록 그 말의 의미를 찾으려는 궁금증이나 악한 의도 혹은 선한 의지들이 창궐하게 될 것이다. 그리고 결국 무엇인가를 찾아낼 것이다. 숨겨진 여러 가지 정황이 드러나게 될 것이다. 아무리 왕이 침묵한다 한들 진실이 밝혀지는 것은 시간문제였다.

비로소 바늘구멍 같은 숨구멍이 열리며, 공기가 덕중의 폐 안으로 들어오는 느낌이었다. 뱉어낸 마지막 말이 막혔던 인간의 숨을 되살리고 있는 모양이었다. 왜 진작 그 말을 떠올리지 못했을까. 다 털어놓았다면 자신의 목숨을 구했을지도 몰랐다. 목숨뿐만 아니라 세상에서의 위치를 바꾸어 놓았을지도 모를 일이었다. 세상이 그녀를 심문하고 집행하는 것이 아니라, 그녀가 세상의 진실을 백일하에 드러내 놓았을 수도 있었다. 이제라도 늦지 않았다. 덕중의 마지막 말은 수많은 사람의 목숨을 좌지우지하게 될 것이다. 사형수이지만, 덕중은 이제부터 사형집행인이나 다름없었다. 왜 진작 몰랐을까, 죽는 순간에는 그 누구나 진실의 칼자루를 쥘 수 있는 것을! 몸은 처형되더라도, 진실과 마음은 그 누구도 처형할 수 없다는 사실을!

　찰나에 몸이 공중으로 쑥 부양, …… 쭉 아래로 매달렸다.

13

　제조상궁은 소용 박씨의 전각으로 급하게 가다가 비틀, 넘어질 뻔했다. 딴생각에 사로잡혀 미처 솟은 나무뿌리를 보지 못했다. 쯧, 궐 안 여인들의 운명이 다 기구하지만, 덕중만큼 이야깃거리도 많고 애처로운 경우도 드물었다. 덕중은 물론이고, 덕중 아니 소용 박씨를 모시던 나인들도 모두 죽었으니 주인을 잃은 집이 어떤 분위기일지 발길이 무거웠다. 집도 사람들의 행과 불행을 감지하기 마련이었다. 텅텅 비어 있을 전각이 멀리 보였다. 덕중이 3품 소용의 첩지를 받고 중전마마로부터 하사받은 전각이었다. 임금을 십 년 이상 모신 곳이기도 하고, 왕자군 아지를 낳은 곳이기도 했다. 처형당한 날부터 소용 박씨가 거처하던 방은 자물쇠로 잠갔을 뿐만 아니라, 아무도 들어갈 수 없도록 막아놓았다. 호기심이나 어떤 목적으로도 그 방을 들여다보지 못하게 하기 위해서였다. 더구나 처형당한 후궁의 방에 당장 누구를 들일 수도 없는 노릇이었다. 그 전각에서 임금을 기다리고, 귀성군을 그리워하고, 또 임금을 맞으면서도 귀성군을 그리워했을 것을 생각하니 한숨이 나왔다.

　제조상궁이 막 전각으로 들어서는데, 그 전각 안에 앞서 들어선 보명상궁이 보였다. 그 느려 터지고 초점 없는 눈을 가진 년의 몸이, 매우 잽싸게 밤의 짐승처럼 눈을 반짝이며 안을 살피고 있었다. 세상에, 저년에게 저런 면이 있었다니 제조상궁으로서는 놀라울 따름이었다. 보명상궁은 잠가 놓은 소용 박씨 방을 자물쇠로 열고 태연하게 들어갔다. 그 방을 잠그도록 감찰상궁에게 명한 사람은 바로 자신이었다. 이 전각의 방들 열쇠를 가지고 있는 사람은 제조상궁과 감찰상궁 밖에 없는데, 어떻게 보명상궁이 마치 제 방 드나들 듯 그 방으로 들어갔는지 알 수가 없었다. 그래서 당장 그 방으로 뛰어 들어갔다. 보명상궁은 흠칫 놀라는 듯했으나, 여태 반짝이던 눈빛이 줄어들면서 예전처럼 느릿하고 갑갑한 태도로 되돌아와서 천천히 말했다.

"마마님, 이곳에 어인 일이시옵니까?"

제조상궁은 기가 막혀 일부러 보명상궁을 뚫어지게 쳐다보았다. 보명상궁은 천연덕스러운 태도로 말했다.

"중전마마의 분부를 받잡고, 소용 박씨가 죽고나서 남겨 놓은 허물들을 사람들의 눈에 띄지 않게 정리하려고 왔습니다. 물건들을 그냥 두면 하나둘 분실될 우려도 있고, 또 그 물건들이 소문들을 더욱 거세지게 만들 것이기 때문에 그런 과정에서 왕실의 비밀이나 주상전하께 욕된 말을 무언중에 할 수도 있기에, 박씨 물건이라면 머리카락 하나도 남기지 말고 챙겨보라는 엄명을 중전마마께서 내리셨습니다."

보명상궁은 전혀 당황하지 않고 자분자분 설명했다. 중전마마의 분부라니 뭐라 할 수도 없었지만, 제조상궁은 자물쇠를 어떻게 보명상궁이 지니고 있는지 추궁했다.

"친잠례 때 땅에 떨어져 있는 자물쇠 하나를 중전마마께서 입수하셨는데, 누가 떨어뜨린 것인지 알아보고 돌려주라고 하셔서, 혹시나 하고 이 자물쇠에 넣어보았더니 맞았습니다. 궐 안에 자물쇠를 채운 곳이 몇 군데 없으니까요. 이 자물쇠는 제조상궁 마마님과 감찰상궁 마마님이 가지고 계신 것으로 아는데, 혹시 잃어버리지는 않으셨는지요?"

제조상궁은 그 자리에서 응답할 말을 즉각 찾을 수가 없었다. 자신은 자물쇠를 가지고 있다고 대답하고 보니, 자물쇠를 잃어버린 사람은 감찰상궁일 것이었다. 어쩌다가 자물쇠를 잃어버려 이런 애송이에게 수모를 당하나 싶었다. 감찰상궁도 제조상궁의 관리를 받으니 자칫 잘못하다가는 둘 다 안 좋은 일이 생길 수도 있었다.

제조상궁은 보명상궁의 태도와 말이 너무 공손해서 도리어 방자하게 느껴졌지만, 지금은 참아줄 수밖에 다른 도리가 없었다.

제조상궁은 보명상궁과 같이 박씨의 방을 둘러보았다. 보명상궁이 무엇을 찾아내는가 보기 위해 제조상궁도 둘러보는 척하면서 일부러 가만히

나랏말ᄊᆞ미 中듀ᇰ國귁에달아
文문字ᄍᆞ와로서르ᄉᆞᄆᆞᆺ디아니ᄒᆞᆯᄊᆡ
이런젼ᄎᆞ로어린百ᄇᆡᆨ姓셔ᇰ이니르고
져ᄒᆞᆯ배이셔도
ᄆᆞᄎᆞᆷ내제ᄠᅳ들시러펴디몯ᄒᆞᇙ노미하

두었다. 이미 감찰상궁과도 앞서 이곳을 살펴보았지만, 유서도 특별히 의미를 지닌 유품도 없었다. 병풍, 장롱, 문갑, 부채……, 그런데 보명상궁은 벽에 적힌 글자들을 유심히 보았다. 훈민정음을 반포한 세종 임금의 한문본 어지를 현왕이 신문자로 바꾸어 놓은 것이었다.

"글자에 특별할 것이 보이는가?"

제조상궁은 짐짓 관심을 가지는 척 물어보았다.

"특별한 것이라면?"

보명상궁은 도리어 제조상궁에게 특별한 것이 있느냐는 식으로 되물었다. 제조상궁은 그곳에 특별히 첨삭하거나 은밀하게 다른 기호를 숨겨 놓았느냐는 의도로 물었지만 덧붙이지 않았다.

"토씨 하나 틀리지 않고 그대로입니다."

그 벽을 한동안 유심히 바라보던 보명상궁은 제조상궁과 눈이 마주치자, 특별한 것은 없다고 중전마마께 보고드려야겠다고 말했다. 그리고 이렇게 늦은 밤에도 쉬지 않고 궐을 돌아보고 있던 제조상궁 마마님의 수고도 중전마마께 잘 전하겠다고 덧붙였다. 칭찬하는 것인지 우롱을 하는 것인지…… 하지만 태도와 말이 너무 공손해서 화를 내거나 트집을 잡을 수는 없었다.

제조상궁은 보명상궁의 숨겨진 표정이 예사롭지 않아 마음에 걸렸다. 보명상궁이 어떤 특별한 물건이나 전언을 발견한 것은 아닌데, 분명 무언가를 찾았다는 느낌이 있었다. 보명상궁의 태도에는 중전마마가 내린 소임을 제대로 완수한 자의 안도감이 들어있었다. 도대체 그것이 무엇일까. 분명히 중요한 것을 찾은 것 같은데, 뭔지 알 수 없었다. 혹여 부채? 아니면 나비 모양의 촛대? 아니면 훈민정음 세종어지…….

두 사람은 전각을 나왔고, 보명상궁은 제조상궁에게 공손하게 인사를 하고 다른 방향으로 걸어갔다. 보명상궁이 중전마마께 뭐라고 말씀을 올릴지 모르겠지만, 아무래도 그녀이 불여우짓을 하는 것이 틀림없었다. 너무나 오랫동안 교묘하게 속여 온 것은 아닌지, 그녀의 느릿느릿한 태도와 어눌한 말은 모든 이의 경계심을 늦추기 위한 가면이었다. 중전마마께서 궐 안에서 돌아가는 일을 마치 바늘 하나까지 다 알고 계시는 것이 다들 놀라웠는데, 그 비밀이 바로 보명상궁과 관련이 있었다. 제조상궁은 혼자 중얼거렸다.

'꼬리가 여럿 달린 여시!'

14

   상선 전균은 어의御醫 전순의를 불러들였으나 한동안 말을 하지 않고 침묵을 지켰다. 차를 내오라고도 하지 않았다. 어의 전순의도 서둘러 말을 꺼내지 않았다.

   "전 의관, 어의御醫로서 주상전하의 건강을 돌본 지 얼마나 되시는가."

   "세종과 문종, 어린 노산군 그리고 현왕에 이르기까지 거의 20년 이상 전의감에서 옥체를 돌봐왔습니다."

   "우리 두 사람은 문종 임금 시절부터 같이 일했고, 오로지 주상전하를 위해 온몸을 바쳐 일한 공통점이 있네."

   "저야 전 상선 어른에 비하면……."

   "자네는 옥체를 돌보니 내 일에 비길 바가 있겠나. 그 공로로 1등 좌익원종공신이 됐을 뿐만 아니라, 어의로서 오를 수 있는 최고 자리인 종3품을 넘어 종2품 중추원주공사가 되지 않았나. 하지만 주상전하의 건강을 돌보는 일은 우리 두 사람의 공동 숙원일세. 자네는 옥체의 병을 다스리지만 나는 주상전하의 음식을 관장하니 말일세."

   전 의관은 전 상선의 서두가 긴 이유를 알고, 본론으로 들어갔다.

   "상선 어른, 저를 부르신 연유가 무엇이옵니까?"

   "오늘 있었던 술자리에 대해 전 의관께서 뭔가 오해가 있으신 것 같아서 말일세. 오늘 연회는 어제 있었던 칠석제의 연장 행사가 아니었음을 먼저 밝혀 두고자 하네. 칠월 칠석은 임금이 친어하시어 과거시험인 칠석제를 거행하시니, 입궐한 문관들에게 글을 지어서 올리게 하여 상을 내리시는 날이 아닌가. 칠석제 바로 뒷날 있었던 술자리라 그렇게 여길 수도 있으나, 오늘 술자리는 특별한 목적으로 주상전하께서 종친과 대신을 따로 불러들여 주연을 베푸신 자리였다네."

솔직히 말하면, 그 술자리는 소용 박씨를 처형한 그 찜찜함을 털어내기 위한 의도적인 술자리였다. 인간을 죽이라는 명령은 오로지 왕만이 내릴 수 있는 최고의 권한이었다. 아무리 그렇다 해도 유쾌한 일은 아닌 것이 분명했다. 그래서 그런지 사형이 집행되고 나면, 곧바로 주연이 베풀어지곤 했다. 언제부터 그런 의식이 생겨났는지는 모르지만, 사람을 죽인 뒤의 불쾌감을 씻어내기 위한 술자리가 관행화된 것 같았다. 사실 환관 최호와 김중호가 박살형을 선고받고 맞아 죽었으니 뼛조각, 살 조각, 뒤엉킨 피, 그리고 난장으로 박살이 나버린 인간의 마음까지 주워 담아 처리해야 했던 사형집행인들은 그 후유증으로 잠도 못 이루고, 음식을 토해내면서, 환청에 시달리기까지 한다고 들었다. 사람을 죽이라는 명령을 내린 왕께서도 그 광경을 상세하게 보고 받으실 것이니, 그 느낌이 오죽하셨을까 싶었다.

그런데 이번 술자리에는 조금 특이한 기류가 흘렀다. 소용 박씨에게 사형을 내리신 분은 왕이 아니라 대신이나 종친들이라고 해야 맞는 말이었다. 주상전하께는 오랜 인간의 정이 있으니 너그럽게 형을 내리겠다고 하셨는데, 대신들과 종친들은 가볍게 처리하면 궐 안의 내명부를 다스릴 수 없게 되니 사형을 내림이 마땅하다고 극구 주청을 올렸다. 왕은 중전의 심중까지 입에 올리시면서 목숨만은 살려주자고 했으나, 종친들과 대신들은 그런 뜻을 거두어 달라고 거의 막무가내였다. 그들이 그렇게 강력하게 소용 박씨를 벌주기를 원하는 이유는 조강지처 외에 애첩들을 여러 명 거느리고 있는 경우가 많기 때문이었다. 자칫 소용 박씨를 용서하는 사태가 일어나면 애첩들이 다른 사내를 마음에 두는 일이 흔해질까 미리 두려워하여 이를 막으려는 심사였다.

"먼저 전 의관의 질문에 답변을 하자면, 어제 칠석제에는 주로 쇠고기를 사용하도록 했지만, 오늘 술자리에는 해산물인 전복이나 해삼을 많이 사용하도록 명하였다네. 오늘 연회의 찜으로는 해삼찜과 연저증을 올렸고, 만두로는 준치만두와 꿩만두를 올렸네. 찬품단자[20]에 있던 어만두를 빼고 꿩만두를 넣은 경위를 알고 싶다고 했다지? 그러면 주상전하께서 만두에 대해 언급하신 과정부터 말해야겠구먼. 연회가 벌어진 사정전[21]에는 주상전하와 왕세자와 종친이신 임영대군, 영응대군, 하동부원군 정인지, 봉원부원군 정창손, 영의정 신숙주, 상당부원군 한명회, 좌의정 구치관, 우의정 황수신, 우찬성 박원형, 좌참찬 최항, 우참찬 윤자운, 지중추원사 김개, 판한성부사 이석형, 지중추원사 양성지, 남양군 홍달손, 공조판서 김수온 등이 있었지. 술자리를 벌이기 직전에 주상전하께서 사면령을 반포하신 것도 알고 계시겠지. 왕의 사면령 한번 들어보시게나. 음, '제왕의 정치는 몸으로부터 집으로, 나라로, 천하에 미치는 것인데 가법家法이 바르지 못하면 화가 따르는 법이다. 슬프다! 천하 국가를 다스림에는 기강을 바르게 하는 것이 제일 시급한 일로, 왕이 목숨을 베고 상주는 것은 한결같이 하늘에 들리는데, 어찌 미워하고 사랑하는 마음이 있을 수 있겠는가? 죄악은 모두

---

20 요즘의 메뉴에 해당한다.
21 왕이 공식적인 직무를 보던 경복궁의 편전이다.

자신이 부른 것이다. 백성들이 혹여 이 사실을 모르고 다른 말이 있을까 저어하여 대사면령을 윤음하노라. 오늘 이전에 지은 죄는 대역, 살인죄 이외는 모두 사면하여 자유를 주노니, 이제는 죄짓지 말고 생업에만 힘쓰라.'"

전 상선은 사면령 이후에 벌어진 일종의 푸닥거리에서 생긴 사고가 떠올랐다. 다른 사형 후의 주연 때는 서로 찬반의 의견이 나눠진 경우가 많아 어색한 분위기가 보통이지만, 이번 주연은 대신들과 종친이 하나가 되어 마치 오물이라도 털어낸 듯 시원해하면서 술을 마시고 덩실덩실 춤을 추어 분위기가 고조되었다. 춤을 추다 비틀거리거나, 남의 발을 밟거나, 심지어 상에 부딪혀 넘어지는 사람이 있었지만, 다들 한결같이 웃음으로 넘겼다. 그런데 그때 마치 술주정을 하듯 임영대군 쪽으로 다가가는 사람이 있었다. 소용 박씨와 귀성군의 연서 사건 뒷마무리를 위한 자리였으니, 임영대군에게는 바늘방석 같은 자리였다. 그것을 눈치채신 주상전하께서 정인지 대감을 불러 세우자, 정인지 대감은 방향을 틀어 주상전하 쪽으로 걸어가더니, 술잔을 주상전하께 내밀며 말했다.

"주상전하, 소용 박씨가 죽어가면서 마지막 남긴 말이 무엇인지 들, 들으셨는지요?"

워낙 큰 소리로 말했기에, 술 취한 와중에도 정 대감의 말을 들은 종친들과 대신들이 상당수였다. 많은 고개가 동시에 그쪽으로 돌아가다시피 했다.

"경은 어찌하여 이 자리에서 그 말을 꺼내는 것인가?"

임금의 높은 언성이 들리자, 술자리는 갑자기 잠잠하다 못해 경직되고 말았다. 영문을 모르는 눈들이 일제히 주상전하 쪽을 향해 있었고, 서로 맞잡고 춤을 추던 손들이 허공에서 슬그머니 내려왔다. 사태를 수습하기 위해 신숙주 대감이 황급히 달려가 부복하고 말했다.

"술이 취해 잘못 말한 것이고, 다른 뜻은 없는 줄 아옵니다."

영의정 신숙주가 어쩔 줄 몰라 하자, 정인지 부원군도 정신이 돌아온 사람처럼 머리를 조아리며 주상전하께 사죄하였다. 다행이다 싶었는데, 조아렸던 고개를 다시 쳐들며 말했다.

"죽어가면서 백, 백팔이라고 했다는데, 그것이 무, 무슨 의미인지요?"

정인지는 보통 때는 아주 점잖고 이성적인 어른인데, 목구멍에 술만 들어가면 개처럼 품위를 잃었다. 지난번에는 왕에게 '너'라는 망언을 했다가 목숨을 잃을 뻔한 적도 있었다. 소용 박씨의 사건을 마무리하기 위한 술자리였으나 여태 그 사건에 대해 꺼내는 자가 없었는데, 그 인간이 어쩌자고…… 종친들과 대신들은 갑자기 귀가 번쩍 열린 듯, '백팔'에 대해 무엇인가를 듣길 원하는 눈치였다. 사형을 집형한 의금부와 내금위 갑사들의 입을 막아놓기는 했지만 그것이 가능하지 않을 뿐 아니라, 사형당한 자의 마지막 말은 기록에도 남는지라 알려질 수밖에 없는 성질의 것이었다. 임금은 사태를 그쯤에서 마무리하고 싶어했다.

"부원군 정인지는 몸을 일으켜 세우고 나에게 술을 따르라. 그리고 이 만두의 속은 무엇이냐?"

사람들은 술이 깨고 취기가 가시는 표정이었다. 정 대감은 술을 따랐고, 종친들과 대신들은 연거푸 큰 잔으로 술을 마시는 주상전하를 힐끔힐끔 쳐다보곤 했다. 옷매무새가 흐트러지고 대님이 풀어질 정도로 춤을 추던 이들도 자리를 찾아 도로 앉았고, 여태 어쩔 줄 몰라 하던 임영대군의 고개가 아래로 더 수그러져 교자상 밑으로, 아예 두 다리 사이로 들어갈 듯했다. 전 상선은 얼른 임금 앞으로 나아가 "만두의 속은 부드러운 꿩고기입니다"라고 말씀 올렸다. 가까이에서 뵈니 임금의 얼굴이 파랗게 질려 있었다. 좀 더 드셨으면 했지만, 그 만두 하나로 끝이었다.

전 상선은 전 의관이 임금의 건강에 대해 얼마나 성심성의를 다하는지 잘 알고 있었다. 주상전하의 병세에 이롭지 못한 음식을 철저히 배제하고 있는 것도 잘 알고 있었다. 전 상선이 어만두를 꿩만두로 바꾼 것은, 과거 문종 임금께서 종기로 고통받으실 때 꿩고기 요리를 많이 올리도록 전 의관이 조치했다는 기록을 우연히 본 직후였고, 또한 환관 강원종의 말을 들으니 문종 시대에는 최상품의 꿩을 얻기 위해 임영대군 댁까지 드나들었을 뿐만 아니라, 이번 연서 사건으로 마음이 무거워진 임영대군께서 주상전하께 사죄의 뜻으로 꿩을 직접 가지고 입궐하셨기에, 마지막 순간에 어만두 대신 꿩만두를 올리기로 결정한 것이었다.

자칫 임영대군과 주상전하 사이가 소원해질 수 있는 상황이었지만, 임영대군의 이런 마음을 아셨는지 주상전하께서는 귀성군에게 아무런 벌도 내리지 않겠다고 약속하셨다. 연서를 받자마자 부자炎子가 새벽에 달려왔는데 무슨 다른 뜻이 있겠느냐고 도리어 위로까지 하셨으니, 참으로 관대한 임금이라 전 상선은 설명했다.

"내가 어만두에서 꿩만두로 바꾼 것에도 아무런 다른 뜻이 없으니, 이해하시기 바라네."

"문종 임금님의 경우와 반드시 같지는 않습니다. 종기에 꿩만두가 좋은지 안 좋은지는 사람의 체질에 따라 다른 효과가 있습니다."

"앞으로 나도 자네의 의견을 더 묻도록 하겠네. 어쨋건 행사들은 잘 치러진 셈이지."

주상전하의 심기가 하루 속히 회복되시기 위해서는 소용 박씨 사건이 일단락되어야 할 터인데, 마무리를 위한 술자리가 도리어 그 사건을 들쑤셔

놓은 꼴이 되고 말았다. 소용 박씨, 아니 덕중이 마지막에 남긴 말에 종친과 대신들이 일제히 궁금해하며 서로 수군거리니, 이 일을 어쩌면 좋을지 알지 못했다. 전 상선이 알기에는 덕중이 유일하게 남긴 한 마디는 귀성군의 이름도 아니었고, 죽은 아지 왕자군의 이름도 아니었고, 임금을 향한 원망이나 사랑도 아니었다. 사형을 주관했던 도사가 전한 것은 단 한 마디 '백팔장'이었다.

전 상선은 도사가 직접 임금에게 아뢰는 말을 문밖에서 들을 수 있었다. 그런데 임금은 "음, '백팔 자'라고 했단 말이냐" 하고 되받으셨다. 전 상선이 앞서 잘못 들은 것인지 도사는 다른 말이 없었다. 기록은 백팔장이 아니라 백팔 자로 남겨졌을 터였다. 백팔장이건 백팔 자건 글자와 관련이 있어 보였다. 글자와 관련이 있다면 백팔 자가 더 맞을 것이었다. 더구나 임금은 짐작되는 것이 있는지 확언하듯이 백팔 자라고 받으셨다. 잠저의 여종에서부터 궁궐 후궁까지 수십 년을 함께 해서 자식까지 낳았던 한 여인이 죽음 앞에서 던진 마지막 말의 뜻을 임금이 모를 리가 없었다. 그러니 백팔장이 아니라 백팔 자가 맞을 것이었다.

문제는 이 마지막 말이 어찌 된 연유인지 궁궐 안팎으로 퍼져나가고 있었다. 마찬가지로 덕중의 사형과 함께 왕이 내리신 사면령 또한 백성들에게 도리어 화젯거리가 되었다. 애틋한 연서 한 통에 죄 없는 여러 목숨을 빼앗으면서 도적놈, 폭력범, 강간범 등 죄인이라는 죄인은 다 풀어놓았노라고 말들이 무성했다. 더불어 소용의 마지막 유언에 다들 관심이 증폭되어 궐 안팎은 물론 온 장안이 백팔 자의 비밀을 찾는다고 난리가 났다고 했다.

"이럴 때일수록, 우리 마음을 합쳐 주상전하의 곁을 지켜드렸으면 하네. 꿩만두는 잊어버리게나."

15

보명상궁 보희는 덕중이 살았던 전각에서 유언이 될만한 서찰이나 그 비슷한 어떤 것도 찾지 못했다. 글자라고는 오로지 벽에 있는 언문으로 번역한 세종대왕의 어지 서문뿐이었다. 혹여 그 속에 유언을 숨겨놓았나 살펴보았지만, 흔히 보아온 것과 조금도 다르지 않았다. 손으로 쓴 글씨가 아니라 활자 인출된 것이니 더욱 그러했다.

보희가 덕중과 가까이 지냈던 나인들과 비자에게 캐물어 보았으나, 이전에는 벽에서 그 글자들을 본 적이 없다고 했다. 언문 쓰기를 좋아했던 소용 박씨가 방 장식으로 붙여놓은 것일 수도 있었다. 귀성군에게 보낸 서찰이 발각되고 내금위로 끌려가기까지는 금족령이 내려진 상태였으니, 외부에서 가지고 들어온 것은 아니었다. 얼룩을 가리기 위해 벽에 덧붙였을 수도 있고, 이전부터 벽에 있던 것이 비로소 모습을 드러낸 것일 수도 있었다. 종이 재질로 보아서는 오랫동안 가려져 있던 것이 최근에 밖으로 드러난 것이 아닌가 싶었다. 내용도 빤하고 활자본으로 인출된 것이니, 덕중의 마지막 말인 백팔 글자와 관련된 유언장은 아닌 듯했다.

유언장이 있기는 한 것일까? 백팔이 전혀 다른 것을 의미하는 것은 아닐까? 덕중은 연서임을 부인하지 않고 죽어갔다. 그렇다면 어떤 방식으로건 귀성군에게 유언을 남겼을 가능성이 가장 높았다.

보희는 어제 귀성군이 잠저에 다녀갔다는 연락을 집사 나영으로부터 받았다. 연서 사건으로 조선 팔도가 시끄러운 판국에 귀성군이 태연하게 잠저를 찾았다. 소용 박씨의 죽음을 애도하기 위해 그곳에 갔으리라 짐작했는데, 뜻밖에 귀성군은 주상전하의 명을 받자와 왔다 했다고 보희는 전했다. 귀성군은 지천으로 엉킨 '덕중의 정원' 나무와 넝쿨 줄기 사이를 헤치듯 걸어 들어가 주위를 한번 둘러보더니, 자랄 대로 자라 하늘을 가리고 있는 오동나무 주변을 한동안 서성이다가 그대로 돌아갔다고 한다. 귀성군은 매우 표정이 복잡해 보였고, 심하게 주눅이 든 상태였다고 했다.

귀성군의 동태를 살펴보라고 붙여놓은 '눈사람'도 똑같은 말을 전해왔다. 잠저에서 나온 후에 귀성군은 사람들 눈에 띄지 않는 곳이 아니라, 도리어 한양의 한복판에 있는 운종가로 접어들었다. 운종가는 도성 안을 가로지르고 있는 중심가로, 관청과 상점들이 즐비하고 사람들이 가장 많이 운집하는 곳이었다. 그곳에는 중국 비단과 장신구, 국산 면포와 마포, 그리고 각종 종이와 건어물과 온갖 종류의 생필품을 파는 상점들이 청계천변까지 이어져 시전을 이루고 있었다. 한순간 사람들과 우마차의 움직임이 많은 곳에 귀성군이 섞여 들어 구분이 되지 않았다고 했다. 귀성군을 그곳에서 놓친 모양이었다. 이리저리 비슷한 이를 따라가 보았지만 찾지 못했다고 했다. 귀성군은 주상전하의 심부름으로 잠저에 들렀다가 운종가의 시전에서 사라져 버렸다.

귀성군은 누군가를 만나러 가는 듯했다. '눈사람'에 따르면 운종가와 청계천을 중심으로 북촌에는 백악산과 응봉 자락이 있고 귀한 왕족과 양반들이 살고있었다. 그런데 귀성군은 가난하지만 기개가 높은 선비들, 청계천변의 상인들, 양반을 모시는 종들, 왕을 모시던 내시들, 성균관 소속 노복들이 이곳저곳 흩어져 혹은 모여 살고 있는 남촌으로 갔다고 했다. 주상 전하께서 하명하신 일이 무엇인지 알 길이 없으나, 귀성군이 어찌 그쪽으로 발길을 했는지 알 수 없었다. 귀성군이 다시 궐로 돌아오리라 여기고, '눈사람'은 경복궁 앞 육조거리에서 기다려 봤지만 소용없었다고 했다. 귀성군은 궐로 돌아오지 않았다.

보희는 귀성군의 행적을 생각하면서, 왕이 무엇을 알고 싶어하는가를 추리하려고 했으나 쉽지 않았다. 귀성군은 지금 왕의 특별한 의도에 따라 움직이고 있는 것이 분명했다. 그래서 귀성군도 매우 혼란스러울 것이다. 그는 덕중이 보낸 서찰을 뜯지도 않고 임금에게 갖다주었으나 임금은 덕중을 죽였고, 궐 안팎으로 그 편지의 내용이 돌아다니고 있었다. 물론 덕중의 글씨체도 아닌 가짜였다. 그러나 그 가짜 편지는 참으로 생생한 한 통의 연애편지였다.

소용 박씨의 (가짜) 연서 필사본

비가 내리는 궐 안에서 귀성군을 생각하니,
몸속으로 추억이 빗물처럼 고여 듭니다.

그때 난 열세 살 소녀였지요.
세상에 대한 수줍음으로 어찌 할 바 몰라, 뒤뜰 모과나무

밑의 살랑거리는 바람에 혼자 앉아 있기도 하고, 모과나무의 큰 둥지를 두 팔을 벌려 안고 하늘을 하염없이 바라보기도 했지요. 몸도 마음도 예민한 나이였습니다. 왠지 공중에 붕붕 떠오를 것처럼 부풀어 올랐다가, 한순간 더욱 소심해져서 바닥으로 내동댕이쳐지곤 했습니다.

어느 날 나무 둥지를 기어 다니던 큰 개미가 내 저고리 섶 안으로 들어왔습니다. 가슴 한 쪽이 따끔거리더니 금방 가려워져 어쩔 줄을 몰랐습니다. 빨갛게 부풀어 오르는 가슴께를 부여 쥐고 울음을 참고 있었는데, 마침 '덕중의 정원'을 찾은 귀성군께서 달려오셔서 옷섶으로 기어 나오는 개미를 급하게 잡아 멀리 던져 주셨습니다.

우리 인연의 시작이었지요.

당시 수양대군의 사저에는 장정들의 모임이 잦았습니다. 장수에게 활과 칼 쓰는 법을 배우기 위해 오시는 귀성군을 먼발치에서 보곤 했습니다. 하루가 다르게 늠름하고 아름다운 모습으로 변모할 때여서, 뵐 때마다 깜짝깜짝 놀라곤 했습니다. 당시 귀성군도 언뜻언뜻 저를 알아보시는 것 같았습니다.

어느 날 귀성군과 수양대군께서 뒤뜰에 같이 나타나셨지요. 수양대군과 함께 뒤뜰에 산보하러 나오셨다가, 저와 맞부딪힌 까닭입니다. 귀성군은 얼굴이 빨개져 내 시선을 피했고, 수양대군은 나를 보고 얼굴을 붉히는 귀성군을 보며 껄껄 크게 웃음을 날리시지 않으셨습니까. 귀성군의 표정을 살핀 후 수양대군은 저를 유심히 바라보시는 듯 했습니다. 내심 당황했지만, 수양대군과 귀성군 앞으로 따고 있던 앵두 바구니를 내밀었습니다. 수양대군은 바구니에서 앵두를 하나 집었으나, 귀성군은 빨개진 얼굴로 조금 떨고 있는 듯 했습니다. 수양대군은 앵두를 입게 가져가시며, 내 이름을 물었습니다.

덕중이라 부릅니다.

귀성군, 그렇게 나는 귀성군의 숙모가 되었습니다. 비가 내리는 궐 안은 너무나 고독합니다. 훈민정음은 유교에서 태어나 불교에 묶인 몸이 되고 말았습니다. 이 몸이 『월인석보』 속의 훈민정음 언해 같은 신세가 아닙니까? 귀성군이 과거에 급제하여 곧 입궐한다고 들었습니다. 주상전하께서 소원을 물으시면 아지 왕자군을 잃은 숙모를 위로하고 싶으니 뵙고 갈 수 있게 해달라고 하시옵소서. 귀성군! 귀성군에게 진작 말해야 하는 것을, 이 가슴 속의 비밀을 털어놓지 못하면 죽어서도 후회하게 될 것 같사옵니다.

덕중

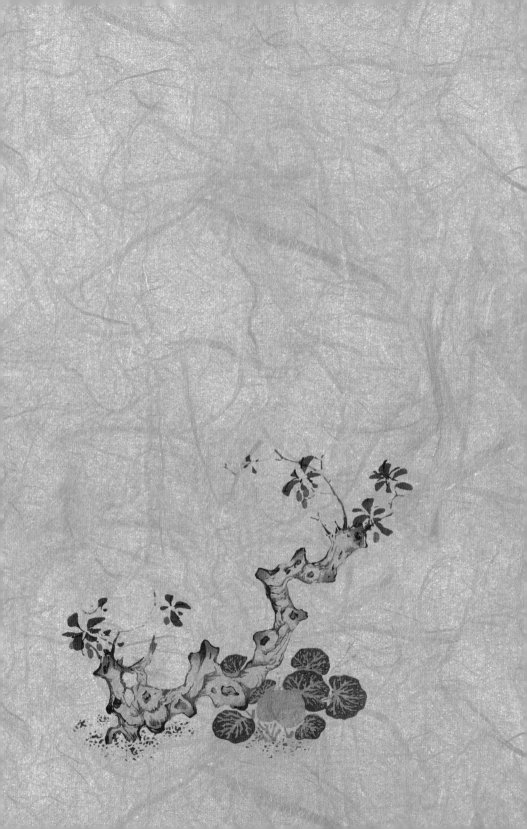

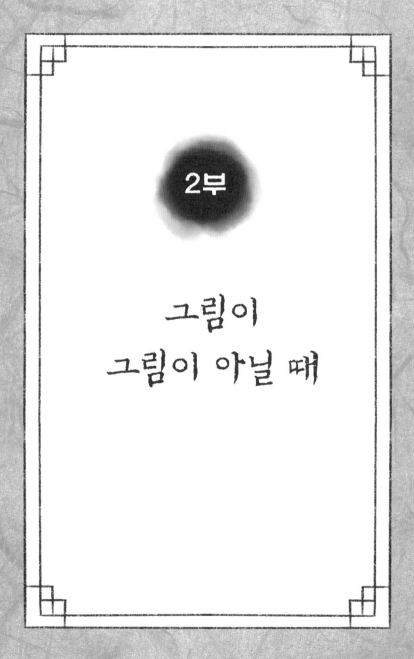

2부

그림이
그림이 아닐 때

16

'세월이 흘렀는데…….'

화공 안견은 영의정 댁을 향해 조심스럽게 발길을 옮기면서 중얼거렸다. 세월이 흘렀는데, 왕은 아직도 그 그림을 기억하고 계셨다. 그림은 그림일 뿐인데, 도대체 왜 그 그림은 정치의 회오리를 몰고 다니는 태풍의 눈이 되었는지 알 수 없었다.

저 멀리 영의정 댁이 우뚝 솟은 모습이 보였다. 본래 안견은 안평대군이 특히 아끼던 화공이어서 그 댁에 기거하면서 그림을 그렸다. 안평대군이 하루는 이상한 꿈을 꾸었다고 했다. 대군이 집현전 학사 박팽년과 함께 말을 타고 가다가 구름과 안개가 서려 있는 봉우리가 우뚝한 산 아래 이르렀다. 계속 오솔길을 따라가니 갈림길이 나타나 망설이고 있자니, 한 노인이 나타나 일러주었다고 했다. "이 길을 따라 북쪽 골짜기로 들어가면 도원에 이릅니다." 두 분이 말을 몰아 골짜기로 들어가니, 수십 그루의 복숭아 꽃과 향기가 넘치는 계곡이 펼쳐졌다. 안평대군은 학사 박팽년을 바라보며 "정녕 이곳이 무릉도원이다"라고 감탄했다. 마침 학사 최항과 신숙주도 뒤따라와 시를 지으며 내려왔고, 그러던 중 잠에서 깨어났다고 들었다.

화공 안견은 영의정의 집 앞에서 섰고, 사람을 불렀다. 하인이 열어주는 문 안으로 들어서면서도, 왕이 왜 다시 그 그림을 찾는지 곰곰 생각했다.

안평대군은 그 꿈을 강렬하게 받아들여, 안견에게 "그림으로 그려 보라"고 명했다. 안견은 며칠 만에 그려 올렸다. 그때만 해도 그림은 그림이었을 뿐이었다. 영의정의 집 마당을 가로지르자, 역시 권력의 영역이 피부로 느껴졌다.

"대감, 그동안 찾아뵙지 못하고 소원했습니다."

"이렇게 어려운 발길을 한 것을 보면 피치 못할 사정이 있는 모양이군. 에두르지 말고 바로 말해 보게."

"주상전하께서 〈몽유도원도〉를 찾으십니다."

영의정 신숙주는 말없이 한순간 몸이 움찔했다.

"왜 대감께 그림의 행방을 물으러 왔냐고 언짢아하지는 마십시오. 대감, 어쩌다가 소인이 〈몽유도원도〉에 찬시와 찬문을 붙인 20여 명의 명단을 알게 되었습니다. 어떤 의도가 있어 말씀드리는 것이 아닙니다. 주상전하께 말씀드리려고 했다면 이미 그랬을 것입니다. 그 그림으로 인해 더 사람들이 목숨을 잃거나 불행해지기를 원하지 않습니다. 이런저런 사정으로 소인이 안평대군 댁을 떠나게 되었을 때, 두고 가는 제 그림들을 한 번 더 보고픈 열망에 휩싸였습니다. 몰래 그림들을 마지막으로 훔쳐보았을 때, 찬시를 붙인 이들의 이름을 볼 수 있었습니다."

"나는 모르는 그림이네."

"소인은 예민하고 괴기한 피가 흐르는 화공일 뿐입니다. 정치와는 무관한 자입지요."

안견은 그림을 다시 본 당시를 떠올렸다. 감격은 잠시, '몽유도원도'라는 제목과 함께 많은 찬문과 찬시가 붙은 것을 보니 전율이 느껴졌다. 기쁨이라기보다 서늘한 공포감이 몸을 감쌌다. 무릉도원이 아니라 '다른 것'을 그렸다는 느낌이 들었다. 대나무 숲으로 둘러싸인 그림 속의 집에는 사립문이 반쯤 열렸는데, 사람도 가축도 보이지 않고, 냇가에 빈 배만이 물결 따라 흔들리고 있었다. 어쩜 그렇게 쓸쓸하고 적막한지 지금 생각해도 알 수 없었다. 생명이나 온기라고는 없는 곳! 무릉도원이라고 그렸는데, 똑같은 그림이 어쩜 그토록 다르게 느껴지는지……. 오른쪽에 펼쳐진 도원 세계의 천장에 매달려 있던 종류석은 마치 죽은 자를 묻는 동굴을 본 듯했다. 무덤! 충격과 함께 심장이 떨리면서 무서운 느낌이 덮쳐오는 통에, 그림에서 도망쳐 나왔다.

"나를 찾아온 정확한 이유가 무엇인가?"

"〈몽유도원도〉는 여러 사람의 목숨을 앗아간 불행한 그림입니다. 제 그림으로 다시 무덤의 산이 만들어지기를 원치 않습니다."

"음, 이제 와서 다시 〈몽유도원도〉를 찾으신다……. 그런데 왜 찾으시는지 짐작이나 가는가?"

"안평대군이 사사되신 후, 안평대군의 별장은 대감께 하사되었습니다. 〈몽유도원도〉를 안평대군의 별장에서 마지막으로 보았기에, 혹여 대감께서 그 그림을 본 적이 있지 않으실까 해서, 감히 찾아온 것입니다. 소인은 오랜 세월 함께했던 안평대군 댁에서 나와 지금의 왕에게 귀히 여김을 받기까지 우여곡절이 많았던 놈입니다. 혹여 그림의 행방을 소인에게 먼저 알려 주신다면, 그 은혜로 화공의 명예를 걸고 찬문과 찬시를 붙인 분들의 이름을 발설하지 않겠다고 약속드립니다. 물론 대감의 이름도 발설하지 않겠습니다."

영의정 신숙주는 한갓 화공의 애원인지 위협인지 알 수 없는 말을 들으며 눈빛에 점점 날이 섰다. 안견이 그린 그림이 정치적인 피바람을 몰고 온 것은 그림이 완성된 지 3년이 지난 정월 초하룻날 밤에 일어난 일 때문이 었다. 안평대군은 별장 치지정에 사람들을 모아놓고 꿈 이야기와 함께 그 림을 보여주었고 감탄해 마지않았다. 안평대군이 그림의 첫머리에 '몽유도 원도'라는 제첨題簽을 쓰자, 그날 그곳에 있던 20여 명의 집현전 학사와 문 사들이 찬문과 찬시를 너나할 것 없이 지었다. 신숙주도 그곳에 있었고 찬 시를 썼다. 하필이면 정월 초하룻날 밤에! 정월 초하루는 한 해의 계획을 세우는 날이니, 이날 안평대군이 무리들과 한 해의 계획(?)을 세운 것으로 의심을 샀던 것이다.

"대감마님! 하동부원군 정인지 대감이 오셨습니다."

바깥에서 하인이 손님이 왔음을 알렸다. 안견은 이런 이야기를 둘만 하 리라고 생각했는데, 또 다른 이에게 알린 것이 불편해서 부지불식간에 얼 굴을 찡그렸다. 영의정 신숙주는 들어서는 정인지에게 먼저 말을 건넸다.

"대감, 마음과 몸의 건강은 회복하셨지요?"

"……"

정인지 대감은 궐 안에서 있었던 취기의 실수를 생각하는지, 한순간 시 선을 피했다.

"우리나라 최고의 화공이 온다기에 대감을 불렀습니다. 같이 본 지도 오 래되지 않았습니까?"

정인지는 화공 안견을 보며 말했다.

"안평대군도 화공을 아끼셨는데, 주상전하께서 화공을 아끼시니 재주가 아주 좋은 모양입니다."

정인지의 표현에는 양쪽에 빌붙어 사는 화공이라는 뜻이 포함되어 있었 다. 안견은 그의 날 선 말에 날 선 말로 받았다.

"재주랄 것이 미천합니다. 주상전하께서 〈몽유도원도〉를 찾으라고 명하셨기에 영의정 대감께 도움을 청하러 왔습니다. 〈몽유도원도〉를 찾게 되면 찬시를 붙인 자리에 두 대감이 있었다는 사실을 주상전하께서 아시게 될 것입니다. 두 분이 찬미한 것은 안평대군이 아니라 그림이라고 주장한들 무엇이 달라지겠습니까."

한동안 세 사람은 말이 없었다. 안견의 말은 뼈아픈 것이지만 비켜갈 수도 비난할 수도 없는 진실이었다. 부원군 정인지는 안견을 힐끗 보고 나서, 신숙주 영의정 대감에게로 말을 돌렸다.

"나는 요즘 이상한 꿈에 시달립니다. 목이 잘린 머리 하나가 까만 눈동자를 연 채 허공에서 사람들을 빤히 내려다보고 있는 꿈입니다."

세 사람은 꿈이라는 것이 얼마나 위험한 것인지 잘 알고 있었다. 안평대군은 꿈에서 본 풍경에 매혹되어 〈몽유도원도〉를 그리게 했고, 사람들과 더불어 찬시와 찬문을 붙였다. 그리고 찬시를 붙인 지 1년쯤 뒤, 유람하던 중에 무계동을 지나게 되었고, 바위들의 형상과 산의 형세와 꽃향기가 마치 꿈에서 본 풍경과 매우 흡사하다고 느껴, 그곳에 정자를 지었다. '무릉계에 자리한 정사'라는 뜻으로 '무계정사'라는 편액까지 내걸었다. 인왕산 기슭에 있는 그 풍광 좋은 곳에서, 학사들과 문인들과 술과 시를 즐기고 사냥도 할 계획이었다. 문제는 안평대군이 무계동에 무계정사를 짓자 이상한 소문이 돌기 시작했다. 세종 시절의 앞 못 보는 유명한 점쟁이가 안평대군을 군왕의 운수라고 했다는 소문이 나돌았을 뿐만 아니라, 또 예언서에는 '신기를 주관할 사람이 나올 땅'이 등장하는데, 그곳이 '무계정사'라는 말도 무성했다. 말 만들기 좋아하는 입들이 '흥룡지지 興龍之地', 즉 용이 일어날 땅이라고 나불거렸다. 그 예언들 때문에 마음이 편치 않았던 수양대군은 무엇인가 하지 않으면 안 되었고, 결국 한명회, 권람 등과 함께 안평대군 측을 제압할 수밖에 없었다. 그것이 계유정난이었다. 계유정난 이후에 사간원이 제일 먼저 한 일이 무계정사를 철거하자는 상소를 올린 것이었다. 안평대군의 첫 번째 죄목도 바로 무계정사를 지었다는 것이었으니, 이로 인해 안평대군은 강화도에 유배되었다가 사사되었다. 안평대군이 꿈을 꾸지 않았으면, 멸문지화滅門之禍도 당하지 않고 아들의 목숨도 잃지 않고 자신도 사약을 받지 않았을 것이다. 그 꿈 이야기를 들은 사람들은 안평대군이 군왕이 될 신탁을 받은 것이라고들 했지만, 도리어 그 꿈은 안평대군의 목숨을 잃게 만들고 말았다. 안견은 그림을 그렸을 뿐인데 그림은 그림으로 끝나지 않았다.

"주상전하께서 그 그림을 찾으시기 전에 우리가 먼저 찾아야 하네."

영의정 신숙주의 말을 들으며 안견은 그도 그림이 어디 있는지 모른다는 확신이 들었다. 영의정 신숙주도 마음이 급한지 정인지에게 직접 청했다.

"하동부원군 대감, 대감께서도 그림의 행방을 아시게 되면 알려주시오."

안견은 몽유도원도를 다시 찾을 기회가 생긴 듯하여 내심 기뻤으나 두 정승의 얼굴은 잿빛이었다. 찬시와 찬문을 붙이는 모임이 있었던 날, 안견은 노모에게 세배를 올리기 위해 안평대군 댁에서 떠나 그 자리에는 없었다. 안견은 이들이 찬시나 찬문을 없애면서 그림까지 없앨까 염려하여 덧붙였다.

"그림만 남겨 놓고 그 그림에 붙인 찬시를 떼어내는 것이 후일에 있을 수도 있는 참사를 막는 일이라고 여겨집니다. 그림까지 없앴다가 그것이 발각되면 도리어 큰 화를 입으실까 염려도 됩니다."

화공 안견은 두 사람을 남겨 놓고 영의정 댁을 나갔다. 안견이 사라지고 난 한참 후에야, 영의정 신숙주가 정인지에게 말했다.

"비록 그림일지라도, 함부로 찬양하거나 칭찬할 일은 아닌가 보오."

정인지는 다른 이가 없으니 영의정 신숙주에게 높이던 존대를 낮추어 과거 유생 때처럼 친근하게 말했다.

"범옹[22], 내가 너무 오래 산 듯하네. 세종 임금 시절에는 나도 꼿꼿한 학사였으나, 문종과 어린 왕을 거쳐 현왕에 이르면서 비바람과 번개를 만나며 휘고 구부러진 노송 老松이 되어 버렸네. 주상전하께서 〈몽유도원도〉를 찾으시기 전에 죽을 수 있는 행운이나 찾아오기를 바랄 뿐이지."

신숙주도 정인지에게 친근하게 대꾸했다.

"무슨 연유로 주상전하께서 그 그림을 찾으신다는 말인가, 정녕, 자네도 소용 박씨 사건과 관련이 있다고 생각하는 것인가? 덕중이 저잣거리에서 효수되지 않고, 은밀히 교형을 당하고 보니 사람들의 상상이 도리어 머리끝까지 갔네. 죽어가는 형장에서 '백팔 글자'라는 말을 남겼다는 소문이 바람처럼 돌아다닌다고 들었어. 다들 그 의미를 푸느라고 또다시 궐 안팎이 떠들썩해지고 있다니, 쯧쯧, 사람들의 삶이 참 외로우이. 술이나 마시고 헛소리나 하는 편이 훨씬 마음이 편하니!"

"범옹, 안견이라는 인간을 너무 믿지 말게. 안견이 안평대군에게서 수양대군 측으로 몸을 옮긴 이유를 돌이켜보게. 안견은 안평대군의 총애를 받으며 산수화를 열심히 그린 사람 아닌가. 안평대군은 시문을 몹시 좋아해 선비들을 곁에 두길 즐겨하셨고, 특히 안견의 그림을 좋아하시어 많이 아끼셨지. 안견도 자기를 알아주는 대군을 위해 많은 그림을 그려 바쳤는데,

---

22 범옹은 신숙주의 이름이다.

안평대군과 수양대군 사이에 권력이 이분되는 것을 알고는 목숨을 건지기 위해서 마지막에 다른 선택을 한 사람이 아닌가. 화공이니 신분이 천해 보여도 천지의 기운을 가늠할 줄 아는 인간인 게야."

신숙주는 진지한 표정으로 대꾸했다.

"나도 그 부분이 마음에 걸리네. 어떻게 안평대군의 사람이 지금은 임금이 아끼는 화공이 되었는지 말이지. 알아보니 안평대군 그늘에서 벗어난 과정이 상당히 꾀바른 부분이 있었더구만. 안평대군이 끈질기게 곁에 두고 싶어 하자 안견이 꾀를 낸 거지. 어떻게 된 것이냐 하면, 안평대군이 중국에서 질 좋은 용매먹을 구해 와서 안견에게 그림을 그리라고 했다는군. 그런데 잠깐 자리를 비운 사이 용매먹이 사라지고 말았네. 귀하게 여기던 용매먹이 감쪽같이 사라졌으니, 안평대군이 종들을 꾸짖을 수밖에. 그들은 한사코 모른다고 안견에게 혐의를 돌렸기 때문에 안견은 자신의 결백함을 증명해 보이려고 자리에서 일어섰다 하더군. 그 순간 용매먹이 그의 품속에서 떨어지고⋯⋯ 화가 난 안평대군은 안견을 내쫓으며 다시는 출입하지 말라고 명하셨다고 들었네."

정인지는 혀를 차다가 말했다.

"범옹, 안견 그치는 수양대군께서 정난을 준비하는 것을 알고, 결정적인 순간에 배를 갈아탄 사람이네. 우리처럼 나라를 구하기 위해 다른 왕을 택한 것과는 다르단 말일세. 하기사 세상 사람들이야 우리를 안견 보듯 하겠지. 오죽하면 쉽게 맛이 변하는 나물에 자네 이름을 붙여 '숙주나물'이라고 하겠나. 마찬가지로 나를 '늙은 여우'라고 부른다고 하더구먼. 기가 막히는 일이지. 우리가 역사에 어떻게 기록될지 예견하고도 남음이 있지 않은가. 그런 판국에 천한 화공의 선택을 탓할 수만은 없겠지. 허나 나는, 지금 다시 생각해봐도, 열두 살의 왕에게 나라를 맡겨 숱한 정쟁에 휘말려 수많은 백성이 고통을 당하게 하는 것보다 합당하고 능력 있는 자에게 맡겨 나라를 운용하게 하는 것이 낫다고 생각하네."

영의정 신숙주가 아무 말이 없자 부원군 정인지는 얼마 전 임금 앞에서 부렸던 부끄러운 자신의 주사를 떠올리며 고개를 숙이고 말했다.

"우리 스스로 현명한 선택을 하였다고 여기듯이, 안견도 자신의 신념이나 철학을 따랐다면 나무랄 처지는 아니지. 신념이나 철학을 논하니 갑자기 마음이 허전하이. 사람이 살고 죽는 것이 참 부질없지 않은가. 자네가 말했듯이, 그림조차도 느낌과 칭찬을 마음대로 표현하지 못하는 신세인데, 생애 무슨 철학과 신념이 있겠는가. 그림은 그림이었을 뿐인데, 내가 모르는 무엇인가가 있었던 것인가. 너무 오래 산 느낌이 드네. 뭐, 그렇다고 어린 왕의 편에 서지 못한 것을 후회하는 것은 아니네. 취중진담이라고 했던가. 주상전하 앞에서 '백팔 글자'의 의미를 여쭈었던 것, 단순한 취기 때문만은 아니었네. 이 나이에 무엇이 두렵겠는가. 우리가 비록 현왕을 세웠지만, 한번쯤 숨겨진 진실을 보고 싶지 않은가."

17

봉원부원군 한명회는 헛헛한 마음으로 궐 안으로 들어서고 있었다. 보이지 않는 곳에서는 칠삭둥이라고 놀릴지언정, 보는 앞에서는 다들 그에게 날아가는 새도 떨어뜨리는 권세를 지녔다고 했다. 고작 새를 떨어뜨리는 권세로 무엇을 할 수 있단 말인가. 인간을 떨어뜨리는 권세를 지녀도 살아가기 힘든 세상이었다. 세자빈으로 궐에 들어왔던 어린 딸은 손자를 낳다가 죽고, 그 손자인 인성대군은 다섯 살이 채 되기도 전에 저 세상으로 가고 말았다. 게다가 마음과 생각을 나누던 권남[23]이 지난겨울에 졸하고 나니 주변이 허전한 것이 마음이 제자리를 잘 잡지 못하는 것 같았다. 서로 만나 한잔하면서 같이 늙어가는 외로움이나 풀고 싶지만, 벗할 자가 없었다.

요즘 궐 밖에서는 장소를 가리지 않고 사람들이 덕중의 백팔 글자에 대해 논하고 있는데, 궐 안도 마찬가지라고 들었다. 언문청에 들어서니 학사들이 무슨 일인지 갑론을박하고 있는데, 가만히 들어보니 훈민정음 세종어지의 글자 수가 백팔 개라는 것이었다. 그들은 신기해하며 글자 수를 다시 세고 있었는데, 정확하게 백팔 자로 맞아떨어진다 했다. 언뜻 보면 알기가 어려우나, 가로로 배열해 보면 백여덟 글자로 아귀가 꼭 맞는다고 다들 놀

---

23 권남은 권람의 옛 이름으로 1465년 2월에 죽었다.

라워하고 있었다. 그들은 덕중의 마지막 말과 훈민정음 세종어지 서문의 글자 수가 같은 것이 우연인가에 대해 다시 논하려고 들었다.

언문청의 학사들은 왁자지껄 시끄러운 분위기로 토론을 하다가, 한명회가 곁에서 듣고 있다는 사실을 알고는 입을 꽉 다물어 버렸다. 이런 상황에 직면할 때마다 한명회는 외로움이 사무쳤다. 과거 영의정을 지내고 세자빈의 아비인 부원군이었던 것이 무슨 소용인가 싶었다. 집현전이 없어진 것이 마치 그 때문인 것처럼 여기니, 마치 학문이나 글자와는 무관한, 무식한 옛날 경덕궁지기로 바라보던 그때 그 눈빛들과 별로 달라진 것이 없었다. 한명회는 정색하고 무슨 논의를 하고 있었는지 물었다. 한 젊은 학사가 마지못해 언해한 훈민정음 세종어지가 정확하게 백팔 자라며, 서안 위에 놓여 있던 종이를 펼쳐 보였다. 훈민정음 세종어지 한문본과 언해본을 비교해 놓은 것이었다.

(한문본)

國之語音異乎中國與文字不相流通故愚民有所欲言而終不得伸其情者多矣予爲此憫然新制二十八字欲使人人易習便於日用耳

54자

(언해본)

나랏말ᄊᆞ미듕귁에달아문ᄍᆞ와로서르ᄉᆞᄆᆺ디아니ᄒᆞᆯᄊᆡ이런젼ᄎᆞ로어린빅셩이니르고져홇배이셔도ᄆᆞᄎᆞᆷ내제ᄠᅳ들시러펴디몯홇노미하니라내이ᄅᆞᆯ爲윙ᄒᆞ야어엿비너겨새로스믈여듧ᄍᆞ롤ᄆᆡᇰᄀᆞ노니사ᄅᆞᆷ마다히ᅇᅧ수비니겨날로ᄡᅮ메뼌한킈ᄒᆞ고져홇ᄯᆞᄅᆞ미니라

108자

108

젊은 학사는 훈민정음 세종어지 한문본이 54자이고, 언해본이 108자라는 것이었다. 한명회는 그것이 우연이라는 생각에 듣고만 있었다. 일반적으로 사용하는 축자적 번역에 따르면, 그러니까 한자 한 글자마다 나랏말로 대응되도록 번역하면, 108자가 아니라 110자 이상이 된다고 했다. 누군가가 의도적으로 108자로 꿰맞춘 것 같다는 것이다. 일부러 조사를 두 개 겹쳐 쓰거나 심지어 한자에는 있는 단어를 언해본에서는 생략한 것도 있다고 말했다. 일부러 글자 수를 짜 맞춘 것이 역력하다는 젊은 학사의 주장에, 다들 수긍하는 눈치였다. 그때 영의정 신숙주가 나타나서 다들 자리에서 일어났다.

"아니 봉원부원군께서 젊은 학사들과 무엇을 하고 계셨습니까?"

봉원부원군 한명회는 외로워서 궐에 왔다고 할 수도 없고, 무엇을 하고 있었다고 답해야 할지 금방 생각나지 않았다. 덕중의 백팔 자를 논하고 있었다고 입에 담을 수도 없었다. 마음의 동요를 가라앉히려고 가만히 호흡을 고르고 있는데, 얼굴에 큰 점이 있는 '점박이' 학사가 영의정 앞에서 잘난 체를 했다.

"우리는 훈민정음의 자음 하나를 줄이는 작업을 하고 있었습니다."

한명회는 얼른 영의정 신숙주의 표정을 살폈다. 훈민정음 자음의 수를 줄이는 중요한 사항이라면 이런 애송이 학사들이 아니라 신문자 창제의 주역들인 정인지나 신숙주 대감이 해야 할 일이었다. 지난 술자리 이후부터 임금은 이들을 철저하게 배제하고 있었다. 임금에게 어떤 심중의 변화가 인 것인지 창제 원리도 제대로 모르는 젊은 학사들에게 훈민정음을 맡겨 자음 수를 줄이라 명하고, 심지어 연서 사건의 당사자인 귀성군을 눈에 띄게 아끼며 여기 세 사람을 멀리하고 있었다. 영의정 신숙주가 참다못해 물었다.

"훈민정음의 자음 수를 왜 줄이는가?"

"애초에 훈민정음의 기본 글자는 스물여덟 자가 아니라 스물일곱 자가 아닌가 합니다."

훈민정음을 만들 때 주도적인 역할을 했던 영의정 신숙주는 어이가 없었다. 하지만 즉각적으로 그럴 리가 없다는 반박을 쏟아내지 않았다. 점박이 학사는 책거리24에서 자료를 찾아와 두 대감 앞에 펼쳤다. 그것은 훈민정음 창제 반대 이유를 장황하게 펼친 최만리의 상소문이었는데, 손가락으로 짚어주는 부분이 분명 "스물일곱 자 언문"이라는 기록이었다. 언문은 신문자를 깔보는 표현이었다. 점박이 학사는 당시 집현전의 부제학인 최만리가 스물여덟 자를 스물일곱 자로 잘못 썼을 리가 없으며, 더구나 훈민정음 반대 상소를 올리는 마당에 글자 수를 틀리는 조심성 없는 행동을 했을 리 없다고 덧붙였다. 스물여덟 자가 아니라 스물일곱 자가 되려면 지금보다 자음 하나가 적은 상태를 염두에 둔 것이라는 추리를 했다.

"대감, 어떻게 생각하십니까?"

그때 점박이 학사가 고개를 돌리며 영의정 신숙주의 의견을 물었다. 신숙주는 이래저래 심기가 불편한 상태에 있었던지라, 주상전하로부터 명을 받은 적이 없으니 의사표현을 하고 싶진 않지만, 훈민정음 세종어지에 명백히 '스물 여덟자'라고 기록되어 있는데 굳이 최만리 상소문까지 들먹일 필요는 없고, 단지 현왕께서 훈민정음 자음을 줄이는 것이 좋다고 하셨다니, 학문적인 관점으로 차근차근 살펴보라고 했다. 문제가 되는 자음은

---

24 글 쓴 종이들을 걸어두는 조선시대 책꽂이를 말한다.

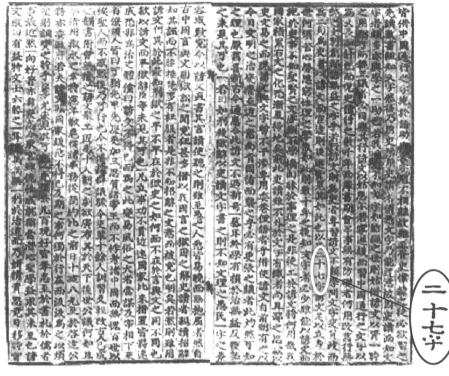

최만리 반대 상소에 언급되어 있는 27자 언문이라는 기록

ㆆ와 ㅎ인 모양인데, 백성들 사이에서는 이 두 발음이 혼동되기도 하고 같이 발음되기도 했다. 백성들이 사용하기 더 편해지려면 어떤 자음을 줄여야 할지, 신중히 검토하는 것이 좋겠다고 대답했다.

그런 와중에 젊은 학사들이 다시 시끌시끌해졌고, 이런저런 토론과 시비 끝에, 누군가가 훈민정음의 자모 스물여덟 자를 스물일곱 자로 바꾸려는 의도가 소용 박씨의 마지막 유언인 백팔과 무관치 않으리라는 이야기를 툭 던졌다. 다들 눈과 귀가 번쩍 열리는 듯한 표정으로 서로를 쳐다보았다. 무슨 말이냐 했더니, 눈이 나빠 손을 더듬거리는 버릇이 있는 더듬이 학사는 소용 박씨의 마지막 유언을 들은 주상전하가 급하게 학사들을 불러들여 자모 수를 줄이라는 하명을 하셨으니, 분명 둘 사이에 연관이 있으리라는 것이었다. 108과 27이 무슨 상관이 있느냐고 물었더니, 108자의 반이 54자이고 54의 반이 27자라는 설명을 했다. 바로 반절에 반절을 만드는 작업이라고 했다.

'이런 무식한 이들이 어디 있는가!'

여태 참고 있던 성질이 신숙주의 입에서 터져나올 뻔했다. 본래 언문이니 반절이니 하는 것은, 사대주의에 물들어 있던 유학자들이 한문의 반에도 못 미치는 정도의 글이라며 낮잡아 일컫던 표현이었다. 그런데 젊은 학사들조차 글자 수를 반으로 줄여서 '반절'이라고 하다니 귀에 걸면 귀걸이, 코에 걸면 코걸이 식으로 해석하는 그 어리석음을 못마땅하고 있는데, 학사들은 한결같이 이 갑작스런 우연의 일치에 놀라워하며 정말 그 반절의 원리에 감탄에 감탄을 거듭하는 것이었다. 영의정의 워낙 불만스러운 표정인 탓인지, 학사들은 한 패거리가 되어 그에게 108과 54와 27이 정말 우연이라고 생각하느냐고 다시 캐물었다. 신숙주는 결국 그 대답을 하지 못하고 말았다. 연관이 전혀 없어 보인다고 단정할 수가 없었기 때문이었다. 세종어지가 백팔 자인 것도 덕중의 죽음과 관련하여 떠도는 소문 때문에 알았는데, 어찌 이 교묘한 숫자들 사이의 연관성을 금방 단정할 수 있을까.

영의정 신숙주는 퇴청 후 집으로 돌아와 생각이 깊어질수록, 108자와 그 반인 54자와 그 반인 27자가 서로 연관이, 어쩌면 사람들이 모르는 어떤 비밀을 간직하고 있을지도 모른다는 생각이 들었다. 젊은 학사들의 주장에 부지불식간에 설득당한 자신을 발견하고 신숙주는 한숨을 쉬었다. 훈민정음 창제에서 반포까지 불철주야 훈민정음 창제 작업에 몰두했지만,

훈민정음 창제 과정에는 이런 숫자의 조합을 들어본 적이 없었다.

'그런데 왜 자음을 28자에서 27자로 고치는 것일까?'

왕은 그 작업을 몇몇 젊은 학사들을 시켜 은밀하게 진행하고 있었다. 마치 세종대왕 시절 언문청을 두고도 정음청을 만들어 훈민정음과 관련된 '뭔가' 은밀한 작업을 진행하던 때와 그 상황이 비슷했다. 정말 사람들이 모르는 비밀이 있는 것이 아닐까 싶었다. 아니면 정말 짐작대로 소용 박씨의 연서와 관련이 있는 것일까? 신숙주는 말려들지 않으려는 연서 사건에 점점 말려드는 기분을 어쩔 수가 없었다.

18

  전 상선은 사람들의 속마음을 알고 싶을 때 사용하는 자신만의 전략이 가지고 있었다. 농담처럼 가벼운 욕을 던지는 것인데, 상대방은 굴욕스럽게 느끼기보다 가깝게 느끼는 경우가 많았다. 그래서 원종이 다가오길래, 다짜고짜로 말했다.

  "원종이 이놈아, 저쪽에서 다가오는 너를 보니 가녀린 몸이 완연한 여자가 아니더냐. 아니 머리에 서리가 내리기 시작하고 입 주변이 오므라드는 모양새라니! 원종이 이년아, 언젠가 내가 왜 너에게만 관대하냐고 물은 적이 있지? 네가 이런저런 소문이나 주변 상황을 나에게, 고맙게도 너의 판단은 개입시키지 않고 사실 그대로만 잘 전해주지 않느냐. 나쁜 머리 운운하며 이런저런 사실들을 은밀히 전해주는 술수를 내가 모르겠느냐. 그것이 나에게 중요한 귀띔이 된다는 것을 네년은 잘 알고 있다."

  원종은 전 상선이 뭔가 알아내고 싶은 것이 있어 설레발을 치는 것임을 눈치챘다.

  "몸과 목소리가 가늘다 하여 이놈을 이년처럼 곱게 여기시니, 행운이라 할 것이옵니다. 환관들 사이에서도 '아씨'라고 불리니 듣기가 싫지 않사옵니다."

  "사실 잠실에 아무런 변고가 없어서 네가 나를 속인 것이 아닌가 했다.

섭섭해할 것 없다. 방비리가 친구이니 혹여 마지막 순간에 우정 때문에 일을 그르쳤나 했다."

"그럴 리가 있겠습니까. 친구를 버리는 한이 있어도 상선 어른의 명을 거스를 일은 앞으로도 없을 것입니다."

"그러지 않아도 알아보니 친잠례를 거행하기 직전에 누에 세 잠동 중에 한 잠동에 변고가 있었다. 한 잠동의 누에가 하얗게 굳어가는 병에 걸렸다. 그것이 참, 방비리는 책임 추궁을 당할 수도 있는 그 일을 두려워하지 않고, 중전마마께 그대로 고해 바쳤다. 중전마마는 방비리의 충고를 받아들여 병든 한 잠동을 매병 치매 증상 을 위한 약으로 사용하겠다고 주상전하께 말씀드렸다고 한다. 그것이 참, 주상전하께서 크게 기뻐하시면서, 앞으로는 누에가 병들어도 약으로 쓸 수 있으니 더욱 누에치기를 장려해야겠다고 하셨다. 방비리는 병든 누에로 도리어 신임을 얻었다."

원종은 모르고 있던 사실이었다. 방비리가 이래서 보통 놈이 아니었다. 환관들은 비록 양물 음경 은 없으나 여자를 안고자 하는 감정은 남아 있어야 여자들을 곁에 둘 수 있었다. 원종은 전 상선과 많은 고자를 위해 그동안 잠실의 '수나방이'를 몰래 퍼내왔다. 방비리 때문에 그 일도 이제 할 수 없으니, 많은 고자가 밤마다 괴로울 것 같았다.

"어찌 되었건 그동안 우리가 몰래 '수나방이'를 퍼냈다는 사실이 들통 나서는 안 된다. 친구라 하여 방비리 앞에서 자칫 입을 잘못 놀렸다가는 큰일을 당할 수도 있다."

전 상선은 몰라도 원종의 곁에는 여자가 없으니, 그 일을 그만하자는 말이 더없이 반가웠다.

"네년이 가지고 온 뽕잎의 바늘구멍에 쓰인 글자가 무엇인지 알아냈다.

뽕나무를 상목이라고 하지 않더냐. 뽕나무 상(桑) 자를 쓰는데, 약자로 쓰면 나무 목木과 세 개의 열십十 자로 나타낸다. 즉 木과 세 개의 十를 합치면(十 十 十 八) 마흔여덟이 된다. 그래서 마흔여덟 된 자를 상년이라고 한다. 아래 뽕나무 잎사귀 바늘구멍은 木에 十이 아홉 개 합쳐졌으니 얼마가 되느냐. 바로 백팔이 되지 않느냐.”

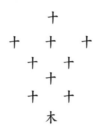

원종은 전 상선의 해석을 보며 먹물이 많이 든 자들과 비슷한 해석이라는 생각이 들었다. 먹물처럼 한번 획을 그으면 지울 수 없듯이, 한번 그러려니 하면 그렇게 믿는 분들이었다. 이런 식으로 풀라치면, 차 다茶 자만 해도 백팔 자가 된다. 상선도 먹물 행세하고 싶은 모양이라고 은근히 우스운 느낌이 들었지만, 원종은 능청스럽게 말했다.

“뽕잎에 박힌 구멍이 백팔을 의미한다는 상선 어른의 해석을 들으니 그 예리하심에 감탄하지 않을 수 없습니다. 소인은 전 상선 어른의 발뒤꿈치도 따라갈 수 없습니다.”

“원종이 이년아, 잠실 뽕나무에 바늘구멍을 낸 잠녀가 누구인지, 무슨 연유로 뽕나무 잎에 백팔을 새기는지 알아보도록 하여라. 원유에 허가없이 드나들던 유일한 사람이 소용 박씨다. 틀림없이 소용 박씨의 백팔 자와 관련이 있을 것이다. 그런데 원종이, 아니 자네가 과거 정음청에서 일했지?"

전 상선은 활자 제조와 인쇄를 맡은 주자소 외에 언문에 대한 서적을 연구하는 언문청이 있는데, 왜 정음청이라는 인쇄기관을 따로 만들었는지 지금에야 슬슬 정음청의 본색을 짐작할 수 있었다. 집현전 학자들의 요람이나 다름없는 언문청에서 감히 불교서적을 간행할 수는 없었을 것이다. 집현전 학사들은 머리끝에서 발끝까지 유교사상에 젖어 있었다. 그래서 정음청을 따로 만들어 겉으로는 '소학'이나 '삼강행실도' 등을 번역했지만, 실제로는 불교와 관련된 서적을 언문으로 번역했다. 게다가 당시 정음청은 수양대군의 주도하에 있었다.

"네, 정음청에서 일했습니다. 세종대왕께서 창제의 목적과 그 사용법에 주력하셨다면, 수양대군은 글자의 배열이나 구성 등 미학적인 것에 신경을 많이 쓰시는 듯했습니다. 1445년에 완성된 신문자를 1448년에 반포했으니, 그 3년 동안 바로 수양대군께서 글자의 배열이나 글자 수 등을 맞추어 아름다운 글자로 다듬으신 기간이었습니다. 세종대왕의 뜻이라기보다, 당시 수양대군께서 스스로 그렇게 하신 것입니다. 그런 수양대군의 모습은 보기에 감동스럽기까지 했습니다."

"가지고 오라는 것을 가지고 왔느냐?"

"그때 얻어둔 훈민정음 언해 원본을 어디 쑤셔 넣어두고 있었는데, 최근 다들 훈민정음 언해와 백팔이 어쩌구저쩌구 해서 꺼내 보았습니다. 세종임금 때의 훈민정음 언해 원본과 현왕의『월인석보』속의 훈민정음 언해가 다들 똑같다고들 하는데, 제대로 첫 장이나 펼쳐보고 하는 말들인지 모르겠습니다. 떠도는 소문과 달리 첫 장부터 상당히 달랐습니다. 이것 좀 보십시오."

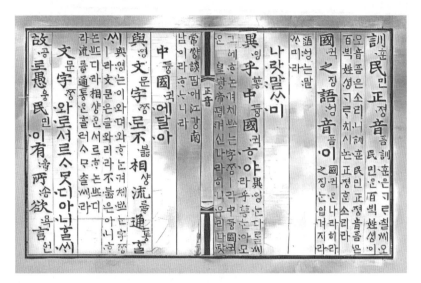

훈민정음 언해본 원본[25] 첫 장

　세종 임금께서 훈민정음을 널리 보급하기 위해 만든 언해본은 제목이 '훈訓민民정正음音'으로 시작되는 아주 얇은 단행본입니다. 그런데 현왕의 재임기간에 발간한 『월인석보』 1권의 첫 페이지에는 '세世종宗어御제製훈訓민民정正음音'이라는 제목이 달려 있고, 이어지는 4행의 글자가 뒷부분의 서체와 다르지 않은지요. 수정해 넣은 것이 확실하지만…… 뭐, 이년이야 두 서책을 비교할 능력도 그럴만한 식견도 없으니, 첫 장만 열어서 비교해 본 것입니다. 이렇게 서로 다른데, 처음이 다르면 끝이 다를 수밖에 없는 것이 세상의 이치가 아닌지요."

　전 상선은 두 책을 보여달라고 말했다.

---

25 세종 당시 간행되었으리라고 추정하는 『訓훈 民민 正정 音음』 (언해본)을 문화재청과 경상대 연구팀이 컴퓨터 그래픽 기술로 복원(2008년)한 것이다. 현재 남아 있는 가장 오래된 훈민정음 언해본은 세조 시절 발간된 『월인석보』 1권에 들어있는 「세종어제 훈민정음」이다.

『월인석보』 1권의 첫 부분에 들어있는 훈민정음 언해본 첫 장

"상선 어른께서 아예 두 서책을 충분히 살펴보시고 나중에 돌려주시지요."

"백팔의 비밀이 무엇인지 모르지만, 소용 박씨가 죽어가는 형장에서 내뱉은 것이니, 하루빨리 그 어둡고 더러운 비밀을 알아내어 확 제거해 버려야 한다. 그래야 주상전하의 옥체를 상하게 만드는 혼란과 슬픔의 기운을 물리칠 수 있을 것이다. 앞으로도 네가 알고 있는 것이 있으면 하나도 숨기지 말고 나에게 말해주기 바란다."

19

"대사성 대감, 그동안 격조했습니다. 강녕하신지요?"

"이게 누군가?"

"정앙입니다."

"정앙, 아 그 정앙!"

성균관 대사성은 정앙이라는 이름을 입에 올리며 여러 가지를 한꺼번에 떠올렸다. 유교를 숭상하고 불교를 철저히 배척하던 세종 임금이 말년에 왕비를 잃고 전향을 하다시피 했다. 왕비의 명복을 빌기 위해 문소전文昭殿의 서북쪽 빈터에 내불당을 건립하겠다는 뜻을 밝혔으니, 왕의 그런 뜻을 전해들은 대신들과 관료들은 펄쩍펄쩍 뛸 수밖에 없었다. 유교를 국가의 기본이념으로 삼은 나라에서 궐 안에 절을 세우고자 하는 것은 있을 수 없는 일이라며 집현전, 의정부, 승정원, 사헌부, 사간원 및 육조, 성균관, 예문관, 종학, 첨사원, 종부시, 중추원 등 거의 모든 관청이 들고 일어났다. 이 일로 왕과 신하들의 대립이 점점 심해졌는데, 그중에서도 가장 떠들썩한 사건이 성균관 유생들의 단체 행동이었다. 유생들 입장에서야 당연한 행동이었다. 내불당 건립을 반대하며 유생들이 단체로 주상전하께 하직 인사를 드리는 글을 써서 올린 것이었다. 세종 임금이 분노해서 즉시 유생들을 구속하도록 좌승지를 통해 의금부에 지시했다. 하지만 좌승지나 의금부가 유생들을 구속하지 않았다. 왕의 명을 거스를 정도였으니, 얼마나 거센 반대와 위급한 상황이었는지 지금도 선했다. 세종 임금은 유생들 대신에 도승지와 좌승지 그리고 의금부 관리들을 하옥시키는 사태까지 이르렀다. 내불당 건립은 세종 임금 말년에 일어난 몇 년에 걸친 긴 싸움이었다. 그런데 그때 성균관 유생들의 단체 행동을 주도했던 자가 바로 정앙이었다.

"자네가 어쩐 일인가?"

정앙은 당시 성균관 유생들이 큰형처럼 믿고 따르는 자로 대신들이나 관료들도 그의 존재를 무시하지 못했다. 더구나 집현전 학사들이나 유교를 숭상하던 당시의 대신들은 성균관 유생들의 수장이나 다름없는 그를 부추기는 면도 있었다. 정앙과 유생들은 "불교는 아버지도 없고 임금도 없으며 혹세무민하니 국가에 해롭다"라고 외쳤대곤 했다.

"도무지 믿기지 않는 불상사가 있어서 상의드리러 왔습니다. 세종 임금 당시 훈민정음 한문본을 신문자로 언해하지 않았습니까? 그때의 훈민정음 언해 원본을 찾을 수가 없습니다."

"어째서 그런가?"

"요즘 성균관은 동무 東廡 · 서무 西廡 · 명륜당 明倫堂 · 동재 東齋 · 서재 西齋 · 양현고 養賢庫 할 것 없이 모두 나쁜 기운에 휘말려 있습니다. 자칫 잘못하면 이곳저곳의 모든 성균관 유생들이 수업을 거부하는 권당 捲堂을 저지르거나 시위하느라고 일제히 성균관을 떠나는 공재 空齋를 행할 태세입니다. 무엇 때문인지 대감도 짐작하시리라 믿습니다."

"……."

"최근 소용 박씨의 백팔 글자에 대한 소문이 무성하여 그 진의를 파악하기 위해 성균관 재회 齋會를 열었습니다. 재회 임원인 장의 掌議 · 상색장 上色

掌·하색장 下色掌들이 성균관 도서관인 존경각 尊敬閣에 모여 훈민정음 세종 어지 언해본이 정말 백팔 글자인지 확인하려 했으나 실패했습니다. 어찌 된 일인지 존경각의 훈민정음 언해본이 모두 사라지고 없었고, 빌려간 기록조차 남아 있지 않습니다. 다른 곳도 아니고 존경각에서 훈민정음 언해본을 잃어버렸다는 것이 말이 되느냐고 따졌더니, 누가 가져갔는지 수소문을 해볼 동안, 아쉬운 대로 『월인석보』 1권에 들어있는 것이라도 보겠냐고 물었습니다. 훈민정음 언해본을 찾는 유생들에게 불교 서적을 내밀다니요!"

"진정하고 천천히 말하시게나."

"왜 소인이 이다지도 민감하게 반응하는지 아실 것입니다. 문과 초시는 생원시와 진사시가 아닙니까. 이에 합격한 유생 儒生들이 들어와서 공부하는 곳이 바로 성균관입니다. 그런데 그 문과 초시를 위해 훈민정음 언해를 공부할 때 『월인석보』를 찾아서 읽을 수밖에 없는 형국입니다. 불교 경전 앞에 들어 있는 훈민정음 언해본에 코를 박고 글을 익혀서 과거장에 나가야 하다니, 이것이 도대체 말이나 되는 일입니까? 성균관에 들어오는 생도들이 자칫하면 유생 儒生이 아니라 불생 佛生이 되어 들어올까 염려스럽습니다."

성균관 대사성은 정앙의 의도를 모르는 바 아니기에 빨리 이 자리를 피하고 싶었다. 머리부터 발끝까지 자기 주장으로 가득 채워진 그를 대응하기도 어렵고, 더더구나 쉽게 물러날 그런 위인이 아니었다.

"대감, 조선은 유교를 기반으로 세워진 나라입니다. 나라의 향방이 어디로 가고 있는지 모르는 판국에 이렇게 방관만 하고 있어도 되는 것인지요? 훈민정음은 과거 집현전의 최항, 박팽년, 성삼문, 신숙주, 이개, 강희안 등 유교사상으로 똘똘 뭉친 젊은 학사들이 세종 임금을 도와 만든 글자입니다. 백성에게 전달될 때도 바로 그런 유교의 기본인 인의예지를 전할 수 있는 글자여야 합니다. 그런데 훈민정음의 세종어지 언해가 『월인석보』1권 맨 앞에 실려 불교의 앞잡이 노릇이나 하다니, 어떻게 이런 일이 있을 수 있습니까? 유교학자들이 만든 훈민정음 언해 원본이 온데간데없이 다 사라져버리고, 다른 책도 아닌 불교 경전과 부처의 일대기를 다룬 『월인석보』와 묶여 돌아다니고 있다니, 이 어찌 순수한 의도라 하겠습니까."

성균관 대사성도 알지 못하는 어떤 무리의 음모가 있지 않은 한, 이런 일이 있을 수 없다고 생각하고 있었다. 이 생각을 입 밖으로 내면 사달이 일어날 것 같아서 계속 침묵했었는데, 사실 이상한 일이었다.

"문과 초시를 위해서는 훈민정음 한문본으로 준비할 수밖에 없게 되었구면. 신문자에 관한 시험이니 훈민정음 언해로 공부해야 제대로인데……. 유생들이 통분하는 것은 이해가 가네."

"대감, 이 나라는 유교적 이념을 근간으로 세워진 유교 국가가 아닌지요? 조선은 유교인 공자의 사상과 도를 건국이념으로 표방하였습니다. 국왕을 비롯한 통치자들이 유교 서적을 통해 교양과 덕을 쌓고 이로써 백성을 교화하는 통치를 실현하겠다고 선언하였습니다. 유교 이념에 의한 문치주의를 실현하기 위해 유교 경전을 과거제도의 시험과목으로 정하고, 또한 국왕과 신하들이 유교 경전의 내용을 토론하면서 나라 경영에 대해 논의한 경연 제도와 같은 제도적 장치를 마련하지 않았습니까. 그런데 작금의 현실을 어디 유교 국가라 할 수 있겠습니까? 궐에서는 더 경연을 열지 않고, 국왕과 신하가 유교 경전을 논하기는커녕 학사들은 용안조차 뵙기 힘듭니다. 학문의 요람이었던 집현전이 폐지되어 유교 학문에 대한 성찰이나 토론이 사라져 버렸고, 집현전에 보관하고 있던 책들이 홍문관이나 장

서각으로 넘어가면서 그 관심이나 관리가 제대로 이루어지지 않을 뿐 아니라, 유교 경전보다 불교 서적들이 점점 궐 안을 채우고 있는 느낌입니다. 게다가 문과 초시에 채택된 『훈訓민民정正음音』을 유교 경전이 아니라 불교 서적을 통해 읽어야 한다면, 이것은 유교 국가가 아니라 도리어 불교 국가가 된 것이 아니겠는지요."

성균관 대사성은 정앙의 말을 무시하지는 않지만 묵묵히 듣고 있었다. 정앙은 머리로 생각만 하고 몸은 움직이지 않는 이율배반적인 인간은 아니었다. 사람이 무엇을 위해 살아야 하는지를 계속 자문하는 인간이었다. 만약에 정앙이 자신의 안위를 위해 몸을 사렸다면 그는 성균관 관직 중 거의 꼬리에 해당하는 학록에 머무르지 않고, 최소한 박사博士나 악정樂正 혹은 제주祭酒가 되었을 것이다. 그래서 그의 주장은 때로 거슬리고 잡음을 일으키기도 하지만 무시할 수 없는 부분이 있었다.

"대감, 바라옵건대 훈민정음 언해본을 다시 독립적으로 찍든지 아니면 유교 경서들과 같이 묶어 진정한 유생들이 성균관에 입학할 수 있도록 조치해 주십시오. 이것이 관철되지 않으면 목숨을 건 투쟁을 할 생각입니다. 이는 소인 혼자만의 생각이 아니라 대다수 유생들의 생각이오니 살펴주실 것을 간청드립니다."

정앙은 자신의 뜻이 다 전달되었다고 생각하는지 대답을 기다렸다. 하지만 성균관 대사성은 선뜻 대답을 줄 수 없었다.

"우리가 시절에 따라 마음을 챙겨 목숨을 보존하는 것도 중요합니다. 허나 대장부의 기개로 그것에만 머물 수 없는 중요한 일이 있습니다. 목숨을 위해 철학도 이념도 버리시는 분에게 목숨을 건 상의나 그 이상의 고민을 털어놓을 이유는 없지 않겠습니까. 하지만 아직도 유학자로써의 청렴함과 순수한 의지가 남아 있으시다면……."

성균관 대사성은 끝도 없는 그의 주장을 단칼에 끊듯이 말했다.

"사태를 돌아보고 방법을 찾아보겠네."

20

"상선 어른, 오늘 효자동 내시부[26]에 다녀왔습니다."

방비리는 김 상선 앞에 서서 정중하게 고개를 숙였다.

"그래 상황이 어떠하던가?"

"나간 김에 내시 마을에 잠깐 들렀었는데, 최근 소용 박씨 사건에 연루되어 죽은 환관 김중호와 최호 아내들의 삶이 비참합니다. 환관의 아내들이란 진작 가족으로부터 버림받거나 가난 때문에 팔려온 경우가 대부분 아닙니까. 고아나 다름없는 처지의 여인들이 다시 지아비의 보호에서 벗어나게 되었으니, 그 딱한 모습이 이루 말할 수 없습니다. 게다가 소용 박씨의 서찰이 연서가 아니라 모반과 관련이 있을지도 모른다는 풍문 때문에, 자칫 말려들까 염려하여 그들을 돕기는커녕 가까이하지도 못한다고 합니다. 차마 입에 담기조차 어려운 것은 비록 부부의 연을 맺었다고는 하나, 환관의 아내들은 평생 처녀의 몸이 아닙니까. 속설에 환관의 아내와 정을 통하면 과거에 급제한다는 말까지 있어, 이래저래 학문이 모자란 과거 응시생들이 이들을 겁탈하겠다거나 돈으로 사보겠다는 농과 은밀한 시도를 심심찮게 하고 있다고도 하니, 산 사람이 죽은 사람보다 나을 것이 없을

---

[26] 조선 시대 내시부는 궐 안이 아니라 궐 밖 경복궁 옆(현재 효자동) 마을에 있었고, 내시부에서 파견된 내시들은 궐 안의 내원반에서 일했다. 내원반에는 오랫동안 궐 안에 머무는 장번내시들이 주로 있었다.

정도로 비참합니다. 존경하는 상선 어른, 환관의 위상을 위해서라도 그들의 처지를 외면하지 마시기를 간절히 청합니다."

김 상선은 섣부른 대답은 하지 않고 듣고만 있었다.

"상선 어른, 내시 마을에 떠도는 또 다른 소문이 있었습니다. 남성액 분비가 없는 환관들은 얼굴이 궁녀들처럼 희게 변하고 목소리도 가늘어지고 수염이 나지 않는 것이 정상이 아닙니까. 정사를 통해 방사하지 못하니 몸의 기운을 소모하지 못해 살이 찌기도 합니다. 보통 사내들이야 남성액의 영향으로 머리털이 빠지기도 하지만, 환관들에게 그런 현상은 일어나질 않습니다. 하지만 최근 몇몇 환관들에게 탈모와 함께 수염이 자라나는 변고가 있다고 합니다. 환관에게 대머리 현상이 나타나다니, 이 무슨 조화일까요? 이 때문에 환관들 사이에서는 정말 고자인지 확인해보아야 한다는 주장들이 나오고 있다 합니다. 소문이 은밀하게 돌고 있으니, 더 확대되기 전에 상선 어른께서 이를 확인하시는 것이 좋을 듯합니다."

김 상선은 여전히 말없이 방비리의 말에 귀를 기울였다.

"'백팔 자'에 대해 백성들은 어떤 말들을 하던가?"

"궐 밖 사람들 말로는 한자에 '놈 者 자'라는 것이 있어서, 백팔 자는 왕이 백팔 명의 사람을 죽였다는 의미라고 합니다. 소용마마의 죽음이 백팔 번째라는 말도 있고, 백팔 번째 죽은 자가 나라의 큰 비밀을 지니고 있다고도 하고, 왕이 백팔 명을 죽이면 천지가 뒤집히는 이변이 일어난다는 말도 있었습니다. 소문마다 조금씩 다르긴 하지만, 왕이 백팔 명을 죽였다는 혹은 죽일 것이라는 소리는 한결같이 똑같았습니다. 송구한 말씀이지만 백성들의 생각을 그대로 전한 것뿐이니 용서하시기 바랍니다."

김 상선은 백팔이라는 숫자를 백성들이 그런 식으로 해석하는 것을 이미 알고 있었다. 불교에서 인간이 지닐 수 있는 모든 번뇌를 일컬어 백팔이라고 한다. 그 백팔 개의 번뇌를 하나로 묶을 수 있는 자가 하늘의 뜻을 받을 수 있다고 했다. 백팔번뇌를 하나로 묶어 일심이 되게 하는 자가 왕이 된다는 것이었다. 일심이 민심이라는 말도 이것과 연결되어 있다. 그런데 왕이 된 뒤 하늘의 뜻을 읽어내지 못하고 오만해져 백팔 명 이상의 사람을 죽이게 되면, 하나로 묶여 있던 일심이 백팔번뇌처럼 사방팔방으로 터져 나오게 된다고 한다. 아무리 왕이라지만 백팔 명 이상 죽이면, 하늘도 노하여 왕을 인정하지 않게 된다는 뜻이었다. 전쟁이 나거나 병으로 인해 왕은 죽게 되고 새 왕이 오른다는 것이다. 그렇지 않으면 역모가 일어나 동지는 적으로 사랑은 증오로 변해 왕은 수치스럽고 끔찍한 일을 당하게 된다고도 한다. 김 상선이 아무 말이 없자 방비리는 계속 말했다.

"그런 소문 때문인지 백성들은 현왕이 즉위한 과정에서부터 지금까지 몇 명을 죽였는지 저마다 세느라고 야단이 났다고 합니다. 그러니까 뭐냐, 계유정난을 기점으로 죽은 사람 수를 세고 있는데, 10월 10일, 쌍십 일에 수양대군이 종 임어울운과 양정 등 심복들을 데리고 가서 김종서 장군을 철퇴로 죽인 것을 첫 번째로 삼고 있습니다. 김종서 장군을 시작으로 죽임을 당한 자들의 이름을 줄줄이 대면서 숫자를 세고 있는데, 숫자가 커질수록 사연들이 보태져서 입에 담기도 힘든 이야기들이 눈덩이처럼 굴러다니고 있다고 합니다. 백성들에게 여태 알려진 것과는 전혀 다르지 않습니까? 안평대군이 황보인 김종서 등과 공모하여 반정을 시도하려기에, 수양대군이 이를 토벌한 것이 계유정난이라는 것이었잖습니까. 형세는 위급한데 주상 곁에 안평대군의 패거리가 있어서 아뢰지 못한 채, 수양대군이 적괴인 김종서 부자를 먼저 베었고, 나중에 전하께 이를 알리게 된 것이라고들 알고 있었습니다. 그런데……."

수양대군이 적괴의 목을 베고 대궐에 들어와 내시 전균을 시켜 사태를 왕에게 보고하게 한 것까지는 사실이지만, 글쎄 그다음 이야기는 믿기에는 너무 잔인하고 믿지 않기에는 너무 생생하고 끔찍했다. 어린 왕에게 보고하게 한 후, 수양대군은 대궐로 들어오는 길목마다 군사들을 배치하여 엄중 경계토록 하고 왕명으로 황보인, 조극관, 이양 등 대신들을 불러들였다. 사태를 의논하기 위해서가 아니라, 궐 밖 대신들이 궐 안까지 들어오는 과정에 여러 개의 문을 거치게 되는데, 그들이 그 문들을 지날 때 철삭둥이 한명회의 살생부에 따라 문과 문 사이에서 이들을 철퇴로 때려 죽였다는 것이다. 한명회가 손을 궐 쪽으로 가리키면 무사히 궐 안으로 들어갈 수 있었으나, 손으로 목을 쓱 가로 베는 행동을 하면 그 사람의 목은 단번에 달아났다고 한다. 김 상선은 묵묵부답이었기에 방비리는 계속했다.

"김종서 장군과 그의 아들 김승규의 죽음이 1과 2라면, 대궐 문과 문 사이에서 죽어간 황보인, 조극관, 이양의 죽음이 3번과 4번과 5번이라고 합니다. 이름을 다 외우진 못하지만 윤 뭐뭐와 조 뭐뭐 등이 6번과 7번과 8번과 9번이었고, 안평대군과 그의 아들 의춘군이 사사된 것이 열 번째와 열한 번째라고 했습니다. 그 뒤에도 수도 없이 죽여서 몇십 번째 이름까지 이어지고 있었습니다."

"이제 그만하게."

"죄송합니다. 본 대로 들은 대로 항상 말하라고 해서 그만 실언을 했습니다."

"뽕나무가 여러 약효에 좋다는 말씀을 듣고 중전마마께 드렸드니 아주 좋아하시더구나. 뽕과 관련된 새로운 것이 있는가?"

"상선 어른, 저는 창덕궁 잠실에서부터 경복궁 잠실까지 거의 십 년을 잠실에서 보내온 몸입니다. 워낙 잠실에 오래 있다 보니, 나름 양잠의 이치를 터득했다고 생각했으나 아직 멀었나봅니다. 근래에 강 상차가 저에게 뽕잎 차를 주었는데 오줌발이 시원찮은 제게 도움이 되었습니다. 설레발이 있기는 하나 좋은 친구입니다. 백화증白化蠶에 걸린 누에와 누에 알을 낸 종이蠶布紙도 한방에서 약용으로 사용할 수 있습니다. 제사製絲 과정에서 나오는 번데기는 식용으로 사용할 수 있습니다. 누에 똥도 가축 사료로 그만입니다. 그 어느 것 하나 버릴 것이 없으니, 여러 유익한 부산물을 효과적으로 관리할 방법을 찾아볼 생각입니다."

김 상선은 만족한 얼굴로 고개를 끄덕였다. 방비리는 김 상선 앞에서 물러나려다가 덧붙였다.

"상선 어른! 잊은 게 있습니다. 상차 강원종에게 훈민정음 언해 원본을 보여달라고 할 작정입니다. 한때 정음청에서 일했으니 훈민정음 언해 원본을 소장하고 있을 가능성이 큽니다. 구해지면 상선 어른께도 보여드리도록 하겠습니다."

21

 화공 안견은 영의정 신숙주가 치지정에서 〈몽유도원도〉를 찾아낼 수 있을지 의문스러웠다. 물론 그가 샅샅이 살펴보겠지만, 인간의 눈이란 때로 멀쩡히 앞에 두고도 찾지 못할 때가 적지 않았다. 안평대군 댁에서 반평생을 보낸 안견은 그 별장의 구조를 비교적 잘 아는 편이라, 직접 뒤져보아야겠다고 생각하고 별장으로 향했다.

 안견은 가는 도중에 무계동을 지날 수밖에 없었고, 무심코 그곳에 발길을 들여놓았다. 깔린 잿빛 하늘 아래, 좁은 계곡을 따라 들어가니, 붉은 황토빛 넓은 들판에 수백 그루의 복숭아나무가 양쪽으로 펼쳐져 있는 곳에 도달했다. 꽃분홍빛 물결과 벌떼들이 잉잉거리던 그곳은, 이제 인적이 끊기고 더는 발길을 하지 않아 버려진 땅이 되어 있었다. '무계정사'라는 현판을 달았던 정자는 아예 철거되어 보이지 않았다. 정자가 섰던 너른 바위에는 새들의 배설물이 켜켜이 쌓여 있고…… 계절 탓이었을까? 간담이 오싹할 만큼 서늘한 기운이 살 속을 파고들었다. 냇가에는 습기로 썩어 가는 빈 배만이 물결에 따라 흔들리고 있어, 신음 같은 한탄이 흘러나왔다.

 '아! 왕이 나올 땅이라고 했던 바로 그 흥룡지지興龍之地가!'

 안견은 혼자 그곳을 거닐면서 많은 생각을 했다. 〈몽유도원도〉나 안평대군이 아닌 바로 자신에 대해, 화공의 본분에 대해 생각했다. 흔히들 한 몸 안위를 위해 안평대군 곁을 떠났다고 믿고 있지만, 사실은 그렇지 않았다. 비록 굶고 밤이슬을 맞으며 잠을 자더라도, 숙식을 제공받는 대가로 그림을 그려서는 안 된다는 것이 자신의 지론이었다. 숙식과 보호의 대가로 그림을 그리는 화공의 심정이 어떤 것인지 아무도 짐작하지 못할 것이다. 언젠가 노모가 안평대군의 집에 거하는 것을 좋아하는 모습을 보고 속으로 울었다.

'누구 한 번이라도 밥과 잠자리의 대가로 시를 지어보신 적이 있으오. 흔히 몸을 파는 계집을 창기라 얕보지만, 밥을 위해 권력 곁에 붙어서 영혼의 그림을 파는 남정네가 어찌 창기보다 낫다할 수 있겠소. 심장과 쓸개를 빼놓지 않으면, 못할 짓이오.'

그럼 왜 안평대군 곁에 머물렀느냐고 사람들은 책망할 것이다. 아픈 노모의 생계를 위해서였다. 노모가 돌아가시면, 더 부양할 가족이 없으면, 그 즉시 자유롭게 떠돌면서 그림을 그릴 생각으로, 꾹꾹 참으며 지낸 세월이었다. 하기야 이것도 하나의 변명거리에 지나지 않았다.

이유야 어떠하건, 쓸개를 빼놓고 그렸건, 밥을 위해서 그렸건, 명예를 탐하여 그렸건, 화공의 손을 떠나 다른 사람에게 넘어간 그림은, 그림 그 자체로 존재하게 된다. 다른 사람들이 보기 전에 파기해 버렸다면 몰라도, 다른 사람의 손에 넘어갔다면 그 그림은 더는 화공의 그림이 아니었다. 그림이 파기 되었다 해도 이미 누군가 그림을 보았다면, 그 사람의 머릿속에는 그 그림이 여전히 남아 있기 때문이다. 그러므로 〈몽유도원도〉가 어딘가에 존재하건 이미 파기되었건, 화공에게는 마찬가지였다. 그림을 꼭 찾으려는 이유는 주상전하의 하명 때문이 아니라, 화공의 마지막 자존심 때문이었다.

〈몽유도원도〉만은 달랐다. 안평대군께서 안견을 불러 꿈 이야기를 할 때, 처음으로 안평대군이 돈이나 밥으로 화공을 부리는 것이 아니라, 진정 그림 실력을 인정하고 부탁하는 것임을 안견은 느낄 수 있었다. 자신이 본 매우 강렬하고 인상적인 장면을 그림으로 남기고 싶어하는 한 인간의 갈망을, 꿈과 그림 사이를 헤매는 한 인간의 낭만을 느낄 수 있었다. 자랑삼기 위해서나, 돈을 부풀려 팔기 위해서나, 술자리의 취기를 돋우기 위한 눈요깃거리가 아니라, 그림 그 자체를 원했던 것이다.

안평대군의 명, 아니 청을 받고 기쁘게 그린 유일한 그림이 〈몽유도원도〉였다. 물론 그때 그것으로 끝났으면 아무런 탈이 없었을 것이다. 안평대군께서 3년 뒤 별장 치지정에서 그 그림을 펼쳐놓고 학사들과 문사들에게 자랑하고 찬시를 붙이지만 않았어도…… 안견이 안평대군 곁을 떠나야겠다고 결정적으로 마음을 굳힌 것도 그 때문이었다. 다행히 현왕께서도 그림을 좋아해서 목숨을 건지고 명예까지 얻게 되었다. 이렇다보니 사람들은 내심 그를 변절자라고 여겼다.

영의정 신숙주는 안평대군의 별장을 별로 즐겨 사용하지 않았으니 치지정의 구석구석을 잘 알기 어려웠다. 안견은 그곳의 구조를 잘 아는 자신에게 한 번만 기회를 달라고 간청했고, 신숙주는 그렇게 하라고 했다. 거절해도 안견은 몰래 찾아들 생각이었다. 정말 〈몽유도원도〉를 마지막으로 한번 찾아보고 싶었다. 마지막이라고 하는 이유는, 노모가 그 사이 세상을 버렸기 때문이었다. 이제 세상사에 미련도 없고, 정을 붙일 사람도 없다. 〈몽유도원도〉를 마지막으로 찾아보고, 없다는 확신이 들면 이를 주상전하께 아뢴 뒤, 홀연히 정치와 권력의 주변을 떠날 생각이었다.

신숙주 대감은 안견의 요청에 따라 허락은 하지만 소용이 없을 것이라

했다. 안평대군의 가옥과 별장이 몰수될 때, 글과 그림도 대부분 소각되었고, 입에 풀칠하기 바쁜 백성들이 그림에 눈독을 들였을 리 없고, 양반 중에 누가 목숨을 걸고 그림을 빼돌릴 이유도 없다고 했다. 한 번 더 찾아보라고 허락하는 이유는 그림을 더는 찾을 수 없으니 이 세상에는 없음이 분명하다고 임금께 보고하기 위한 조치라고 했다.

22

하동부원군 정인지는 답답한 심정에, 수년 전 안평대군의 별장 치지정에서 찬시를 짓고 돌아온 날 잊지 않으려고 써 놓았던 기록이 혹시 집에 남아 있는지 이리저리 뒤져보았다. 골방의 벽장문을 벽지로 아예 막아 없애버렸던 것이 생각났다. 안평대군에 관한 것이라면 무엇이건 다 버렸다고 생각했는데, 〈몽유도원도〉에 대해 안평대군이 쓴 칠언절구의 시가 고스란히 숨겨진 채 벽장에 들어 있었다. 목숨을 걸지 않고는 할 수 없었던 젊은 날의 치기였을 것이다.

世間何處夢桃源.
野服山冠尚宛然
著畵看來定好事.
自多千載擬相傳.

정인지는 한문 찬시를 풀어 읽어보았다.

이 세상 어느 곳을 도원으로 꿈꾸었나
은자의 옷차림새 아직도 눈에 선하고

그림으로 그려놓고 보니 참으로 좋다
천년을 이대로 전하여 봄직하지 않는가

안평대군의 찬시! 당시에 느꼈던 느낌과 지금의 느낌이 같지 않았다. 당시 그 그림이 어떤 목적으로 어떤 의도로 그려졌건 현 상황에서 불온하다 하지 않을 자가 없었다. 안평대군은 말 그대로 꿈같은 순수한 도원을 그리고 찬미했으나, 꿈의 도원은 마치 안평대군이 꿈꾸어 오던 세상과 새로운 권세로 해석될 수밖에 없게 되었다. 시 속의 '여러 천년多千'도 〈몽유도원도〉가 '영원히' 전해지면 좋겠다는 의미였지만, 역모의 빌미가 되려면 하늘에 흘러가는 구름도 죄가 없다하지 않으니, 여러 천년多千이 천년사직이라고 주장한다면 그 표현이 무고하다 할 수 없었다. 안평대군이 꿈꾸는 도원으로 천년사직을 이어가고 싶다고 해석할 테니 말이다.

현왕은 〈몽유도원도〉에 대해 들은 적은 있으나 눈으로는 확인한 적이 없어, 그 그림에 찬시를 붙였던 자들이 누구인지 정확하게 알고 있는지 못했다. 〈몽유도원도〉에 찬시를 붙였던 이는 안평대군 이외에도 정인지 자신과, 신숙주申叔舟, 이개李塏, 하연河演, 송처관宋處寬, 김담金淡, 고득종高得宗, 강석덕姜碩德, 박연朴堧, 김종서金宗瑞, 이적李迹, 최항崔恒, 박팽년朴彭年, 윤자운尹子雲, 이예李芮, 이현로李賢老, 서거정徐居正, 성삼문成三問, 김수온金守溫, 최수崔脩 그리고 지금은 떠도는 승려 만우卍雨가 있었다. 기억이 틀리지 않았다면 안평대군을 포함해서 22명이었고, 이들 중 다수가 반역의 거두로 오인당해 형장의 이슬로 사라졌다.

임금이 〈몽유도원도〉를 찾는다는 말을 화공 안견으로부터 전해들은 범옹 신숙주는 불편한 심기로 서둘러 〈몽유도원도〉를 찾아서 그들이 쓴 찬시를 없애 버려야 한다고 했다. 정인지는 속으로 껄껄 웃었다. 신숙주를 '숙주나물'이라고 부르는 이유를 알 것 같았다. 그 그림에 우리가 찬시를 붙일 때는 상황에 따라 찢어 버릴 만큼 변덕스러운 마음으로 붙인 것이 아니었다. 임금이 그 그림을 찾는다하여 자신이 쓴 시를 없애 버리려 하다니 그야말로 숙주나물같이 쉬 쉬어 버리는 마음 같았다. 임금이 그 그림을 찾는 것이 마음에 걸리는 것은 사실이나, 그렇다고 자신이 쓴 시를 스스로 무화하면 어떻게 선비로써 시정과 믿음을 지킬 수 있을까 싶었다. 그런 의미에서 그림을 찾아내도 자신의 찬시를 찢어 버릴 생각은 없었다.

주상전하께서 〈몽유도원도〉를 찾으시는 이유가 소용 박씨의 유언인 '백팔자'와 무관하지 않다고 하는데, 백팔은 불가에서 신성수로 다루는 숫자였다. 혹여 소용 박씨가 말하는 백팔 자가 불교의 신성수와 관련이 있는 것은 아닌지 승려 만우에게 알아보아야겠지만, 그 떠돌이가 어느 산에 있는지 알 수도 없었다. 그는 안평대군과 깊은 우정을 나누었고, 안평대군의 죽음 이후 산을 떠돌며 살고 있었다. 만에 하나 그림이 남아 있다면 그가 행방을 알 가능성이 높았다. 정인지의 바람은 그 그림을 찾는 것이 아니라 당분간은 아니 앞으로 천 년간은 찾지 못하는 것이었다. 그림이 그림으로 그 본 모습을 다시 찾을 수 있을 때까지 말이다.

영의정 신숙주는 정인지에게 성균관 유생들이 수업을 거부하는 권당_{捲堂}을 벌였다는 이야기와 대책을 강구해야하지 않겠느냐는 의견을 전해왔다. 훈민정음 언해를 『월인석보』에 넣어 놓고, 과거시험 문과 초시에 훈민정음을 강_講하도록 한 것은 유생들을 불생으로 만들려고 하는 저의가 들어있다는 것이 그 이유라고 전했다. 『월인석보』 안에 훈민정음 언해가 들어있는 것은 이미 다들 알고 있던 사실인데 지금에서야 갑자기 그 일을 끌고나와 이렇게 문제 삼는 것은 도대체 이해가 가지 않았다. 소용 박씨의 유언 뒤에 무엇인가 비밀이 있을 것이라는 의심들이 싹터서 그런 것이 아닌가 싶었다. 들쑤시고 뒤집어 뭔가 숨겨져 있는 것을 찾아보자는 심사들이었다.

『월인석보』가 간행된 계기를 돌아보면, 유교적 이념에 충실하셨던 세종 임금이 갑자기 불교에 빠져든 탓이었다. 그 이유는 이념이니 철학이니 하는 그 무엇도 아닌 인간의 깊숙한 슬픔에 기초한 것이었다. 세종 임금은 훈민정음 반포를 앞둔 시점에 다섯 번째 왕자이신 광평대군과 일곱 번째 왕자이신 평원대군을 한 달 사이로 잃었다. 갓 스물을 넘긴 젊고 건강한 왕자들이 한 달 간격으로 갑자기 명을 달리하니, 충격을 받은 소헌왕후는 몸져누웠고 급기야 승하하고 말았다. 생각해보면, 장성한 두 왕자를 어이없이 잃고 애틋해하던 소헌왕후까지 떠나보냈으니 세종 임금은 급기야 삶의 의미까지 잃은 상태였다. 나라의 근간을 이루는 이념이 유교임을 강력하게 천명한 왕이지만, 막상 극심한 고통과 한계 앞에 부딪쳤을 때 위로를 받을 무엇인가를 찾게 된 것이었다.

세종 임금이 불교와 가까워진 것은 수양대군이 사가에 승려들을 불러들여, 형제왕자들과 소헌왕비의 명복을 기원하는 불공을 드린 것이 시작이었다. 게다가 수양대군은 소헌왕후의 명복을 빈다는 명목으로 석가모니 일대기를 쓴 『석보상절』을 언문으로 번역하여 부왕에게 갖다 바쳤다. 그 글을 읽고 감동한 세종 임금은 뒤따라 『월인천강지곡』을 짓기 시작했다. 월인천강의 '월月'은 부처를 상징하므로, 부처의 자비가 중생들에게 선명히 '비친다'는 뜻이었다. 죽은 왕후를 위해 왕이 589편이니 되는 긴 서사시를 지었으니 그 애틋함과 슬픔의 깊이를 짐작하고도 남음이 있었다. 이런 과정에서 태어난 『월인천강지곡』과 『석보상절』은 왕과 세자의 비호를 받으며 간행되었다. 『월인천강지곡』과 『석보상절』을 합치는 일은 세종 임금 때 시작되었는데, 정확한 이유없이 어느 날 갑자기 중단되었다.

합본 작업이 다시 시작된 것은 현왕이 즉위하고도 이삼 년은 지난 뒤였다. 계기는 의경세자를 잃은 직후였다. 즉위 후 맞은 가장 큰 시련이 세자를 잃는 슬픔이었으니, 그때부터 다시 『월인천강지곡』과 『석보상절』의 합본 작업을 한 것이다. 세종 임금과 마찬가지로 가족을 잃은 슬픔의 결과물이 『월인석보』였다. '월인'은 『월인천강지곡』에서 '석보'는 『석보상절』에서 각각 따온 것이고, 『월인천강지곡』을 본문으로 『석보상절』을 그에 대한 주석의 형식으로 한 것이다.

세종 시절 『용비어천가』와 『석보상절』에 사용된 한글 자형이 네모꼴이라면, 『월인석보』에 쓰인 활자체는 획이 더 부드러운 직선이다. 방점과 아래아가 권점에서 점획으로 바뀌었다. 합본이라도 내용의 추가나 표기법에서 차이가 나는 이유는 아무래도 불경에 더 가깝게 하려는 의도가 들어갔기 때문일 것이다. 『월인석보』 작업에 승려들도 참여했으니 그럴 수밖에 없는 일이었다.

정인지는 『월인석보』에 대해 의구심이 점점 커졌다. 세종 임금이 유교에서 불교로 전향한 것이나, 궁궐에서 불교 서책들을 편찬한 것이나, 심지어 궐 안에 내불당을 짓게 된 과정의 시초에, 이렇듯 과거로 거슬러 올라가 보면, 수양대군이 있었다! 현왕께서는 정치적인 의도로 아예 처음부터 유교가 아니라 불교를 숭상할 생각을 가졌던 것 같다. 사람들이 모르는 어떤 기획이 처음부터 세워져 있었던 것은 아닌가 하는 의심이 그래서 생겼다. 아무래도 이런 위험한 생각은 떨쳐 버려야 하겠지만, 지금에서야 이런들 저런들, 어찌 다른 방도가 있을 수 없었다.

23

전 상선은 김 상선이 왜 보자고 하는지 알 수 없어 약간 긴장이 되었다. 이 올곧은 인간이 보자고 할 때는 특히 이쪽 책임 하의 일이 잘못되어 가고 있을 때였다. 나름 꾹 참다가 입을 여는 녀석이어서 마음을 단단히 해야만 했다.

"균아!"

김 상선으로부터 자신의 이름이 불리자 전 상선은 긴장했던 마음이 스르르 풀렸다. 같은 궁궐 안에 살면서도 십 년이 넘도록 서로의 이름을 부르지 못했다. 이런! 잊어버릴 정도로 사용한 적이 없는 이름을 들으니, 목구멍이 뜨거워져서 전 상선도 이름을 불러 화답했다.

"처선아!"

고향도 나이도 출신도 달랐지만, 이전에는 친형제보다 더 가까웠고 더 신뢰했다. 생식기가 불완전한 남자들의 비애를 그 누가 알겠느냐! 그 고통과 울분을 지닌 처지에 서로 적대하면 더 떨어질 나락이 없다 여겼었다. 그래서 서로 힘을 합치고, 돕고, 영원히 서로 아껴줄 것을 맹약했었다. 더러운 세상사라니! 그런데도 순수했던 관계는 역사의 소용돌이에 휘말려 진흙탕 속으로 빨려 들어갔다. 이렇게 두 사람이 서로의 이름을 부르니 죽은 엄자치 이름까지 떠올랐다. 전균, 김처선, 엄자치. 세 사람은 주변에서 시기할 만큼 서로 아끼던 관계였다.

보자고 먼저 연통을 넣은 것은 김 상선이었다. 계유정난 때 전균과 엄자치는 공을 세웠다 하여 환관으로서는 드물게 공신에 봉해졌지만, 김처선은 영문도 모르고 꽁꽁 묶여 유배를 가는 중에 석방하라는 명을 받고 풀려났다. 계유정난 뒷정리 과정에서 어쩔 수 없이 일어난 일이었다. 그 다음 현왕의 즉위와 함께 전균은 판내시부사가 되고 김처선은 고신을 환급받았으니, 어릴 때 동무였던 셋은 다시 잘 지낼 수 있을 줄 알았다. 한데, 운명은 계속 다른 방향을 향해 치닫고 말았다. 계유정난으로 2등 공신에 올랐던 엄자치는 어린 왕의 폐위를 반대했다가 목숨을 잃었고, 엄자치와 같은 색깔이라고 여겨졌던 김처선은 관노로 전락했다. 엄자치가 죽고 김처선이 관노로 노역에 시달리며 간신히 목숨을 연명할 때도, 전균은 환관으로서는 최고의 자리를 지키고 있었다.

두 사람은 마주 앉아 한동안 말이 없었다. 말이 없어도 모든 것을 말하고 있었다. 김처선은 유배를 가던 도중에 풀려나면서 관노에서도 다시 해방되었다. 이 또한 역모 뒷정리 과정에서 어쩔 수 없이 일어난 일이었다. 매번 아무런 관련 없이 사건에 휘말리고 또한 묘하게 그 소용돌이에서 벗어나는 것이 김처선의 운명이었다. 한 3년 지나자, 그동안 김처선이 별 죄 없이 고생한 것을 알고, 임금은 원종 3등 공신이라는 직위를 내려주셨다. 하지만 이후로도 이러저러한 이유로 곤장도 맞고, 감옥에 갇히기도 했다. 그런데도 어쩐 일인지 직급은 점점 높아져, 임시직이기는 하나 상선 자리에 올랐다. 김처선은 전균에게 말을 완전히 놓지 못하고 차를 권했다.

"옛날에 좋아하던 차를 준비했는데 드시게나."

상선이라고 다 같은 상선은 아니라고 궐내 사람들은 생각하고 있었다.

전균은 왕의 신임과 사랑을 독차지하는 상선이고, 김처선은 빈자리를 임시로 메우고 있는 '어쩔 수 없는 상선'이니, 그 역량이나 영향력에서 비교할 바가 아니었다. 환관들은 자신들을 감독하는 새 판내시부사를 높은 직위로 여기지만, 왕의 입장에서는 가장 신임하는 자에게 수라상과 궐내 음식에 대한 감독권을 주는 것이었다. 전균은 왕의 생명과 직결되는 음식을 감독하는 상선이 되었고, 별로 신임이 두터울 것 없는 김처선에게는 판내시부사 자리가 임시로 주어진 셈이다.

"속을 터놓고 이야기하고 싶으면 말을 완전히 놓는 편이 좋을 걸."

전균은 빙글거리며 말했다.

"균아. 이제부터 내가 하는 이야기, 맹약했던 친구로서 하는 말이니 오해하지 말고 들어주기 바란다. 본론부터 말하자면 환관들 사이에 탈모 현상이 나타나는 치들이 있다고 들었다. 무슨 뜻인지 짐작할 것이다. 남성액이 다시 살아나고 있다는 방증이다. 이 때문에 환관들 사이에 '진짜 고자'와 '가짜 고자'라는 말이 생겨났고, 바짓가랑이를 내려 확인해야 한다는 말까지 돌고 있다. 하지만 우리 스스로 어떻게 그런 잔인한 일을 할 수 있겠나."

"음……."

"그래서 말인데, 혹여 이런 현상과 관련하여 짚이는 것이 없나. 자네에게 상의하는 이유는 혹여 최근에 환관들에게 예전과 다른 음식을 지급하였거나, 새로운 종류의 차나 약을 지급한 일은 없는지 알고 싶어서 말이지. 성한 음낭을 달고 궐에 들어올 용감무쌍한 자가 있을 리 만무하다. 이 말을 꺼내기가 조심스러운 이유는 자네 소임이 궐내 음식물 감독이니, 자칫 자네의 잘못을 지적하는 것 같아 염려되기 때문이다. 나는 단지 환관들의 외모에 일어나고 있는 이상 징후의 원인을 밝히기 위해 자네의 도움을 받고자 하니, 이 친구의 마음을 잘 이해해주기 바라네."

"음……."

"그 원인을 찾아낼 수만 있다면, 이 추운 날씨에, 굳이, 그 가엾은 녀석들의 바짓가랑이를 끌어내릴 필요도 없을 것이고, 우리 또한 그것을 확인해야 하는 비참한 처지에 놓이지 않아도 될 것 아닌가. 원인을 찾아낸다면, 다시는 그런 일이 일어나지 않도록 예방할 수 있을 터이니 말이다. 음식이나 약물이 아니라면 내 생각에는, 궁형으로 인한 고자가 아니라 선천적 고자들에게 어떤 신체적 변화가 일어났을 가능성도 가늠해 볼 수 있을 것 같은데, 자네 생각은 어떤가. 도움이 될 만한 것, 자네가 아는 것이 있으면 좀 알려주게나."

전균은 잠실에서 빼돌린 수나방이를 환관들에게 공급한 것을 말할 수는 없었다. 자신은 물론 가여운 환관들이 최소한의 남자로 살아갈 수 있도록 한 조치였지만, 들키면 큰일이 날 것은 뻔했다. 방비리가 돌아온 것도 수상했지만, 김처선이 이렇게 대면해서 말한다는 것은 반드시 해결하겠다는 심사였다. 전균은 말꼬리를 돌리려고 진지한 표정으로 말했다.

"처선아. 그러지 않아도 나도 너에게 부탁할 일이 있다. 솔직히 말하면, 나는 요즘 당혹한 상황에 몰려 있다. 지난 칠월 칠석의 다음날인가 사정전에서 연회가 벌어졌는데, 말하자면 소용 박씨 처형 후의 고리떨음[29] 성격을 지닌 술자리였다. 그때 찬품단자에 올라온 어만두를 빼고 대신 꿩만두를 올린 일이 있다. 무슨 다른 의도가 있어서가 아니었다. 임영대군께서 주

---

29 잔치 뒤에 수고한 사람끼리 남아서 한잔 하는 일, 다른 말로 뒷풀이라 한다.

상전하를 위해 꿩을 직접 가지고 입궐하셨기에, 아드님이신 귀성군의 연서사건 때문에 마음이 무거우신 듯하여 마지막 순간에 어만두 대신 꿩만두로 바꾸었을 뿐이다. 전의감과 상의한 것은 아니지만, 과거 종기로 고통받으시던 문종 임금을 위해 꿩고기 요리를 많이 올리도록 조치했다는 기록을 본 직후였다."

김처선은 전균이 갑자기 꺼낸 이야기의 맥락을 이해하느라고 이마에 주름이 잡혔다.

"그런데 그 연회가 끝나고부터 주상전하의 태도가 갑자기 달라지셨다. 소용 박씨 사건으로 충격을 받으셔서 그런지, 아니면 내가 그렇게 느끼는 것인지 알 수 없으나, 나를 보시는 눈빛이 예전 같지 않으시다. 게다가 당시 연회의 요리를 맡았던 대령숙수가 궐 밖으로 나가도록 조치된 것을 너도 알고 있을 것이다. 나이도 있는데 요리하는 일이 워낙 고되고 지병도 있어 궐 밖으로 내보낸다 하지만, 그의 출궁이 연회와 무관하다고 생각되진 않는다. 처선아, 막상 주상전하로부터 박대를 당하고 주상전하의 속내를 알 수 없는 처지에 놓이고 보니, 주상전하께 구박받는 네 처지가 조금 이해가 되더구나."

"균아, 자네 생각에는 왜 그런 변화가 일어났다고 생각하나?"

"이제 와서 곰곰 생각해보니, 어만두를 꿩만두로 바꾼 것이 주상전하의 상처를 건드린 것이 아닌가 하는 생각이 든다. 내가 한 가지만 생각하고 두 가지를 생각하지 못한 것이다. 연서 사건 때문에 주상전하와 임영대군 사이가 금이 갈까 봐 마음을 졸이던 차에, 임영대군께서 사죄의 뜻으로 꿩을 가지고 친히 궐에 입궐하셨기에 반가운 마음에 급하게 대령숙수를 닦달하여 꿩만두를 준비한 것이었다. 헌데 그게 문제였다. 주상전하와 소용 박씨의 사랑 이야기를 알고 있지. 두 분을 연결했던 고리가 바로 꿩이었다고 들었다. 사냥 가서 잡아온 꿩을 소용 박씨에게 키우라고 한 것이 계기가 되어 사랑이 싹텄다고 하잖냐. 그런데 소용 박씨의 처형 뒤풀이 술자리에 눈치 없는 놈이 꿩만두를 올리다니! 내가 왕이라 한들 나 같은 놈이 고와 보일 리가 없었을 것이다. 휴, 빨리 시간이 흘러 주상전하의 심기가 편안해지시기를 기다릴 수밖에 없다."

전균은 처선이 다시 자신의 본래 이야기로 돌아올 것을 알고 선수를 쳤다.

"처선아, 앞으로도 형님의 이름을 부르는 것을 허락할 터이니, 환관들의 바짓가랑이를 끌어내리는 일은 좀 미뤄주었으면 좋겠다. 꿩만두 사건도 그렇지만, 또 환관들의 이상 증후가 음식과 관련 어쩌구 하는 소문이 돌면 내가 더 궁지에 몰리게 될 것이다. 사실 환관들에게 평소와 다른 특별한 음식을 배포한 일도 없고 새로운 차나 약을 준 적도 없지만, 시기적으로 좋지 않다. 더구나 아랫도리를 내리기에는 날씨가 너무 춥지 않느냐. 봄이 와서 날씨가 따뜻해지면, 그때 해도 늦지 않을 것이다. 솔직하게 내 느낌은 그럴 필요조차 없다. 한두 명의 환관에게 이상 징후가 나타나는 모양인데, 그런 일은 얼마든지 있을 수 있다. 궁녀 중에도 입가에 제법 긴 수염이 달린 것을 본 적도 있다. 다리가 세 개 달린 채 태어나는 염소도 있지 않느냐."

"그렇긴 하지."

"처선아, 궐 밖에서 백성들이 셈하는 죽은 자들의 수가 드디어 백팔에 도달했다고 하더라. 숫자 세는 재미에 빠져 있던 백성들이 이번에는 그 백팔 번째 죽음의 당사자가 맞다 아니다로 싸움질을 하고 있다 한다. 백팔 번째 사람으로 거론되고 있는 사람은 맙소사, 차마 입에 담기도 어렵다. 어린 왕! 아차, 노산군으로 강등되었지, 노산군은 스스로 목을 매고 죽었기에,

그에 합당한 장사를 지내주었다.30 그런데 현왕이 죽인 백여덟 번째 사람이 바로 그 노산군이라는 것이다. 쉬쉬하면서도 이것 때문에 백성들이 언쟁을 벌이고 멱살을 잡기도 한단다."

두 사람이 아는 바로는, 현왕의 즉위 3년 째 되는 해, 경상도 안동의 관노 이동이 금성대군이 모반을 꾀한다고 고변하였다. 그 뒤에도 금성대군이 유배지인 순흥에서 순흥부사 이보흠과 함께 노산군을 복위하려는 반란을 꾀한다는 고변이 들어와, 당시 좌찬성 신숙주가 주상전하 앞에 나가서 금성대군과 어린 왕을 사사하기를 청하였다. 그 뒤 양녕대군, 정인지 대감 등이 어린 왕과 금성대군과 어린 왕후의 아버지인 송현수를 죽일 것을 청하였을 때 드디어 사사의 명이 내려졌다. 금부도사 왕방연이 사약을 받들어 영월로 가니 노산군은 이미 목을 매어 자살했다고 들었다. 감이 익어가고 있었으니 아마도 그때가 가을이었을 것이다.

상황이 이러니, 백성들 사이에서는 어린 왕의 죽음에 대해 서로 의견들이 엇갈리는 모양이다. 스스로 목을 매어 죽은 자살이라고도 하고, 사약을 받아 처형당했다고도 한다. 그 마지막 순간을 정확하게 아는 자가 누가 있을까. 안다 한들 입 밖에 낼 자가 없었다. 그것은 철저하게 비밀에 붙여졌다. 자살이라고 믿는 사람들은, 어린 왕이 스스로 활줄에 노끈을 감아 올가미를 만들어 목에 걸고 죽었다고 했다. 사사라고 믿은 사람들은, 어린 왕이 사약을 받아 마신 후 뜨거운 온돌방에 들어가서 죽었다고 주장했다. 대세는 현왕이 죽였다는 쪽이어서, 사약을 받고 죽어간 부분의 묘사가 점점 세밀해지고 있다 했다. 사약을 막 마신 어린 왕을 온돌방에 밀어 넣고,

---

30 단종의 죽음은 『조선왕조실록』의 1457년 세조 3년 10월 21일(신해)에 '노산군이 스스로 목매어서 졸(卒)하니, 예로써 장사지냈다'고 기록되어 있다.

끊임없이 아궁이에 불을 지폈다는 것이다. 사약은 뜨거운 성분인 부자였는데, 부자의 열성과 뜨거운 온돌 기운이 어지럽게 엉켜 어린 왕을 지옥의 불처럼 고통스럽게 지지고 달구었다는 것이다. 소용 박씨 연서 사건으로 성심이 편치 않은 주상전하가 이번에는 어린 왕의 죽음에 대한 잔인한 소문의 수렁 속으로 빠져들고 있었다.

"처선아, 지금 환관들의 바짓가랑이 안이나 들여다볼 정도로 한가할 때가 아니라는 것을 이제야 알겠느냐. 주상전하를 바로 모시기 위해 충심을 다할 때이다. 그래서 하는 말인데, 우리 서로 힘을 합치자. 그동안은 일부러 네 입장을 몰라라 했지만, 앞으로는 어려운 일이 있으면 이 형님에게 알리거라. 그건 그렇고, 한때 정음청에서 감독하는 일을 맡았던 상차 강원종이 세종 임금 시절 만든 훈민정음 언해 원본과 『월인석보』 1권을 가져다주었다. 이런저런 일로 바쁘기도 하지만, 그것을 들여다본다 한들 백팔의 비밀이 있을 리 만무하다. 네가 경복궁으로 불러들인 잠실의 방비리가 이것을 보고 싶어한다고 상차 강원종으로부터 들었다. 잠실의 과거 수확이니 훈민정음 언해니 이것저것 관심이 많은 친구인데, 호기심 때문에 심신이 고달프고 출세에 지장이 있는 너와 같은 부류가 아니겠느냐. 이 서책들을 보내줄 터이니, 방비리에게도 보여주도록 하여라. 그놈도 나에게 한번 인사 오도록 해주고, 옛일보다 지금에 더 충실하도록 일러 주거라. 특히 처선이 너, 그놈들 바짓가랑이는 끌어내리지 마라."

24

어쩐 일인지 마음이 뒤숭숭해진 상선 김처선은 자기 쪽에서 먼저 방비리를 불러들였다.

"자네가 경복궁으로 들어와 내 곁에 있으니 마음이 든든하다."

이런 류의 따뜻한 말을 김 상선에게서 들은 적이 없었던 방비리는 눈을 크게 떴다.

"비리야. 친잠례 이후, 네가 원유에서 뽕나무 열매나 뽕잎 그리고 심지어 누에똥까지 효과적인 사용법을 개발하고 있다니 고맙고 자랑스럽다. 그 일로 잠녀들에게도 계속 일거리가 주어지니 중전마마께서 기뻐하시는 것 같고, 친잠례를 위해 너를 경복궁에 불러들이자고 말씀드렸던 일로 중전마마께서 나까지 흡족하게 여기시는 것 같다. 중전마마께서 좋게 여기시니, 최근 주상전하께서 나를 보는 눈빛도 부드러워지셨다."

김 상선은 방비리를 부르기 전에 친잠례와 봄 양잠의 결산에서 발견했다는 이상한 점에 대해 생각해 보았다. 방비리가 귀띔한 대로 정말 궐내 누군가가 누에를 빼돌렸는지, 방비리 말로는 상선 전균이 개입된 것 같다고 했지만, 김처선의 생각은 달랐다. 전 상선 위치에서 궐내 물건을 빼돌리고자 마음먹는다면, 값비싼 물품들은 말할 나위도 없고, 아예 돈을 쉽게 수중에 넣을 수도 있다. 누에를 빼돌려 어디에 썼겠으며, 돈이 된들 얼마 되지도 않을 터였다. 방비리는 친구인 상차 강원종까지 의심하고 있는데, 상차 역시 빼돌리려면 비싼 차를 빼돌렸을 것이다. 누에는 보관도 어렵고, 잠실에서는 일하는 사람들의 눈을 피하기도 싫지 않으며, 훔친 누에들을 궐 밖으로 가지고 나가기 위해서는 궐을 최대한 가로질러야 하므로, 누에는 훔칠 수 있는 물건 중 최악이었다.

"내가 이렇게 부른 것은 누에 건은 당분간 덮어 두기 위해서이다. 대신에 네가 상차 강원종을 통해 구해 보겠다던 훈민정음 언해 원본을 손에 넣었다. 전 상선에게 직접 받아서 눈여겨보았지만, 첫 네 줄이 다른 것을 빼고는 별다른 점이 보이지 않았다. 그런데 비리야, 책을 주르르 넘겨보다가 『월인석보』 1권의 마지막 면을 우연히 들여다보게 되었는데, 이상하게 그 끝부분에 '摠一百八張'이라는 구절이 들어 있다. 총일백팔장! 마치 숨겨놓은 글자처럼 조그맣게 말이다. 이렇게 면수나 장수를 표시하는 서책은 처음 보는데, 요즘 한창 시끄러운 '백팔' 글자 타령하고 연관이 있는가 하고 눈을 뗄 수가 없었다. 내가 학사도 아니고 서책을 연구할 입장도 못 되지만, 상당히 흥미로운 것은 사실이다. 『월인석보』 1권 마지막 면을 자세히 보거라. 맨 끝부분에 개미만 하게 붙어 있으니, 눈을 크게 뜨고 보아야 할 것이다.

"상선 어른, 정말 그렇군요."

"이 서책은 사실 네 친구 상차가 전 상선에게 보낸 것이고, 이것을 다시 전 상선이 나에게 보낸 것인데, 너에게 줄 것이니 한번 살펴 보거라. 상차 강원종은 과거 정음청에서 일했으니, 『월인석보』 1권의 마지막 부분에 대해 들은 바가 없는지 넌지시 알아 보거라. 정말 누에를 손댄 것이 상차 강원종이라는 확신이 든다면 은근슬쩍 그런 의심을 내비친 후, 그쪽에서 화

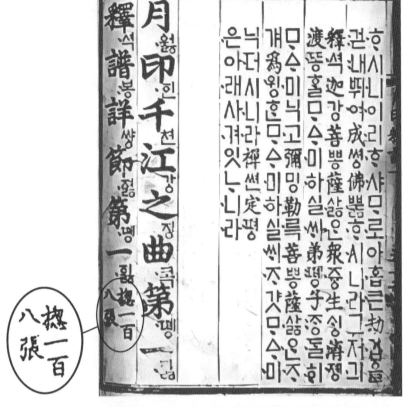

『월인석보』 1권의 마지막 페이지 끝부분에 있는 '총일백팔장'이라는 기록

를 낼 때 슬쩍 대화를 바꾸기 위해 묻는 것처럼 『월인석보』에 대해 물어 보거라. 단순히 소용 박씨와 관련하여 호기심 때문에 물어보는 것처럼 해야 할 것이며, 절대 지나친 관심을 보이지 말거라. 강원종은 전 상선의 심복이나 다름없으니, 아무리 친구라 해도 항상 마음을 완전히 놓아서는 안 될 것이다."

"무슨 말씀인지 잘 알겠습니다."

"그리고 지난번에 말한, 소용 박씨 연서 사건에 말려들어 목숨을 잃은 환관 김중호와 최호의 아내들의 생계에 관한 것인데, 잘 해결이 될 것 같다. 걱정마라."

얼마 전 궐내에서 연회 음식을 담당하던 대령숙수가 완전히 출궁하였다. 궐 밖에 나가면 어떻게 생계를 이어갈 생각이냐고 물었더니, 고급 음식점을 차릴 생각이라고 했다. 그는 주상전하나 종친의 연회를 위해 음식을 만들던 최고급 요리사였다. 비록 늙긴 했으나, 그 뛰어난 음식 솜씨라면 어디에서나 생계를 꾸려가는 데 어려움이 없을 것이다.

"대령숙수가 음식점을 차리도록 돈을 조금 보태주고, 죽은 환관 김중호와 최호의 아내들이 그곳에서 일하면서 음식 만드는 법을 배우도록 해줄 작정이다. 그러니 이제 그 염려는 붙들어 매거라. 서로 외로운 처지이니 잘 돕고 살아갈 것이다."

25

귀성군이 임영대군에게

1466년 1월 7일

아버님, 악몽에 시달리다가 눈을 떠보니, 뿌연 새벽입니다. 온 몸의 뼈들이 헐거운 못들처럼 흔들거리고, 가슴이 쥐어짜듯 아픕니다. 한동안 산에 머물다가 몸이 회복되면 돌아오라는 아버님 말씀에 따라, 오늘 떠나려 합니다. 인사 없이 떠나라는 말씀을 전해 들으니, 욱, 피를 토하는 심정입니다. 가문과 아버님을 욕되고 수치스럽게 했으니, 당연합니다. 엎드려 절을 올리며 아버님, 그동안 차마 말하지 못한 것을 적어놓겠습니다.

저로서는 이해되지 않는 점이 있습니다. 아버님과 제가 궐에 들어가 숙부인 주상전하께 소용 박씨의 서찰을 내놓았던 날이었습니다. 환관들을 잡아들이라는 어명이 내려진 직후 아버님이 자리를 피하시고, 저는 주상전하와 독대를 하지 않았습니까. 그때 부들부들 떨리던 심정을 생각하니 지금도 정신이 아득해집니다. 주상전하와 무슨 이야기를 나누었냐고 아버님께서 물으셨지만, 당시에는 무서워서 차마 말씀드릴 수가 없었습니다.

문종 숙부가 왕으로 계실 때였습니다. 당시 수양 숙부댁에는 뛰어난 장사들이 많이 있지 않았습니까. 아버님도 그 장사들에게 무예를 배우라고 저에게 이르셨고, 숙부 수양대군께서도 그렇게 하라고 적극 권하셨습니다. 저도 무과 급제하려면 실력도 쌓아야 하고 숙부의 후원도 필요해서, 그 댁에 자주 드나들었습니다. 그런데 어느 날인가, 숙부가 저를 부르시더니 서찰 한 통을 내미셨습니다. 아버님께 전하라는 줄 알고 받아들었는데, 뜻밖에도 "뒤뜰 정원에 가면 덕중이 있을 터이니 건네주라" 하셨습니다. 그리고 수양 숙부께서 당부하셨습니다.

"내가 다시 찾을 때까지 잘 보관하고 있어야 하며, 다시 찾을 때도 귀성군을 통해 찾을 터이니, 다른 누가 내놓으라고 윽박질러도 내주어서는 안 된다고 전하거라."

중요한 내용이 담긴 서찰인 듯했습니다. 그 많은 아랫것들을 두고 저에게 그 소임을 맡기시다니, 기분이 우쭐해졌습니다. 사실 수양 숙부가 저를 많이 신뢰하시지요. 그때도 그렇고 지금도 변함…… 그래서 서찰을 소맷부리에 넣고 뒤뜰로 갔습니다. 아버님도 아시겠지만, 숙부댁에는 바깥채와 안채 사이에 과수원만큼이나 큰 뜰이 있지 않았습니까. 거센 장사들이나 말 많은 식객들이 드나드는 수양 숙부댁의 분위기에 비해, 그곳은 좀 다른…… 별천지 같은 곳이었습니다. 하늘과 나무와 짐승이 하나처럼 있는 곳이랄까, 마음이 불안한 소자도 그곳에 가면 마음이 착 가라앉고 평온해지곤 했으니까요. 그곳에 들어가니, 어디서 소리는 나는데 사람이 보이지 않았습니다. 귀를 기울이니, 여인의 목소리가 들렸습니다. "보고 싶지?" 살금살금 다가가서 보니, 하얀 토끼의 두 귀를 허공에 움켜쥔 채, 한 여종이 토끼의 눈을 들여다보며 대화를 나누고 있었습니다. 그 모습을 보니, 풋, 하고 웃음이 터져 나와 버렸습니다. 화들짝 놀란 여종은 토끼를 손에서 놓아 버렸고, 토끼는 쏜살같이 달아나 사라져 버렸습니다. 여종은 너무 놀라 눈에 눈물이 그렁그렁 맺힌 듯했습니다.

"여기 덕중이 있다는데, 어디 있느냐?"

"제가 덕중이옵니다."

그제야 수양 숙부께서 한 여인에게 보내는 서찰임을 알게 되었습니다. 내가 가만히 서찰을 내밀자, 덕중은 수줍어하며 그것을 받아 쥐었습니다. 그러더니 들릴락 말락 "토끼!"라고 말하는 것이었습니다. 토끼가 울타리를 벗어나서 푸성귀가 있는 곳으로 달아난 모양이었습니다. 덕중은 토끼를 빨리 잡아야 야채를 망치지 않는다고 했습니다. 토끼를 놓친 것이 아무래도 제 불찰인 것 같아서 함께 토끼를 잡으러 다녔습니다. 큰 나무 뒤, 짚단 뒤, 혹은 잡목 속도 샅샅이 뒤졌으나, 얼핏 얼핏 흰 토끼는 우리를 놀리듯 나타났다 사라지곤 했습니다. 이리저리 달리며 헤매니, 두 사람이 얼굴이 벌겋게 열이 나고, 나중에는 얼굴에 땀방울까지 맺힐 정도였습니다. 숙부의 서찰도 전하고 그렇게 간신히 토끼도 잡았는데, 지금 생각해 보면, 숙부는 이미 그때 덕중을 사랑하고 계시지 않았나 합니다. 아랫것들에게 마음을 들킬까 하여, 저에게 그것을 전하게 한 것이지요. 그러니까 숙부가 덕중에게 보내는 연서를 제가 전달했던 것 같습니다.

소자 정말 오늘 떠날 것이니 말씀드리지만,
우리가 주상전하께 가져갔던 서찰이 수양대군 시절 숙부가 저를 통해 덕중에게 건네준 연서였습니다.

환관들이 가져와서 내민 보자기에 싸인 서찰이 너무 낡아서 이상하게 여겨 살펴보았더니, 이전에 수양대군 때의 서찰임을 알 수 있는 표시가 보였습니다. 소용 박씨가 이미 뜯어본 서찰을 다시 봉해서 십수 년 만에 저에게 돌려보낸 것이었습니다. 수양 숙부가 덕중에게 보냈던 옛적 연서였습니다. 임금의 은밀한 연서였기에 아버지께 말씀드릴 수 없었던 이유를 이제 아시겠습니까?

"내가 다시 찾을 때까지 잘 보관하고 있어야 하며, 다시 찾을 때도 귀성군을 통해 찾을 터이니, 다른 누가 내놓으라고 윽박질러도 내주어서는 안 된다고 전하거라"라고 당부한 수양대군의 엄포가 생각났습니다. 주상전하가 요청하지 않았는데 소용 박씨, 아니 덕중이 저에게 보내왔으니 주상전하께 돌려드릴 때가 되었나 생각한 것입니다. 우리는 뜯지 않고 그대로 그 서찰을 돌려드렸고, 주상전하께서 펼쳐서 내용도 확인했으니 잘 처리했다고 생각했습니다.

그런데 주상전하께서 아버님을 돌려보내시고 저와 독대하던 중에, '덕중에게 전했던 그 서찰'을 다시 받아오라는 것이었습니다. 주상전하의 손안에 그 서찰이 분명 있는데도 주상전하는 그것을 다시 받아오라고 했습니다.

무슨 말인가 이해하지 못한 상태에서, 눈앞에서 주상전하가 쥐고 있는 서찰이 수양대군 시절의 연서가 아니고 정말 소용 박씨가 저에게 쓴 사적인 서찰이었나 의구심이 생기기도 했지만, 단언컨대 그것은 수양 숙부가 덕중에게 보냈던 연서가 분명했습니다. 그 내용을 주상전하가 보았으니 모든 것이 아득하고 복잡하고 두려웠습니다. 그때부터 머리가 어지러웠고 앞이 한순간 보이지 않았습니다. 너무 당황한 나머지 그러겠다고 엉겁결에 물러났으나, 이해가 되지 않는 일이었습니다. 주상전하께서 저를 한번 떠보시려고 그런 것이 아닌가, 극도로 혼란스러운 마음에 그 앞에서 물러날 때는 다리가 후들후들 떨려 어떻게 걸어나왔는지 기억이 나지 않습니다.

아버님, 오늘 소자는 꼭 떠날 생각입니다. 그러기 전에 한 가지만 더 염려스러운 문제를 말씀드리겠습니다. 입궐했던 날, 주상전하와 독대를 하고 나서, 저는 과거급제 소식을 전하기 위해 어쩔 수 없이 다시 중전마마를 뵈러 갔습니다. 중전마마의 눈빛을 보았을 때 가슴이 철렁했습니다. 그 눈빛은 바로 제가 주상전하의 서찰을 덕중에게 전해주던 날, 토끼를 잡느라고 땀을 뻘뻘 흘렸던 날 본 눈빛과 같은 것이었습니다. 잡은 토끼를 덕중에게 막 건네주고 나오려다가, 그곳에 막 들어서는 숙모와 마주쳤던 것입니다. 당시 숙모는 내가 덕중에게 건네는 서찰은 보지 못하고, 어쩌면 내가 덕중에게 건네는 토끼는 아슬아슬하게 보았을 수도 있습니다. 변명하고 싶었지만, 그렇다고 숙부의 서찰을 덕중에게 전하려고 왔다고 말할 수는 없는 노릇이었습니다. 숙모가 상처를 입을 수도 있었기 때문입니다. 얼굴이 벌겋게 상기되고 땀방울이 맺힌 내 얼굴을 말없이 유심히 보시던 그때 숙모의 그 눈빛이, 바로 그날 제가 궐에서 본 눈빛과 같은 것이었습니다.

지금 생각해 보면, 숙모가 숙부의 서찰을 전하는 광경을 보았을 수도 있다는 생각이 듭니다. 숙모는 제가 오래전부터 덕중과 연서를 주고받은 것으로 오해하고 있었을 수도 있을 것입니다. 제가 건넨 것이 숙부의 서찰임을 알지 못할 테니까요. 오랫동안 연서를 주고받다가, 제가 변심하여 서찰 한 통을 들고 궐 안으로 들어와 주상전하께 고해바친 셈이 되는 것이지요. 서찰이 아니라 제가 토끼를 잡아 덕중에게 건네는 장면을 보셨다 해도, 덕중과 예사로운 사이가 아니라고 오해하셨을 것입니다. 서찰을 보았건 토끼를 보았건 혹여 아무 것도 보지 않았건, 숙모는 저와 덕중의 관계를 의심스럽게 여겼을 수 있습니다. 그런데도 덕중을 숙부의 후궁으로 삼도록 내버려두셨습니다. 후궁으로 삼도록 적극적으로 권했다는 풍문도 있지 않습니까. 그런 말이 나올 만큼, 숙모는 덕중을 지극히 아끼셨습니다. 아버님, 궁지에 몰리고 보니, 별의별 생각이 다 떠오르면서 마음이 심란하고 불안하기 그지없습니다.

아버님, 주상전하께서 왜 저에게 그 서찰을 다시 찾아오라고 시키신 것일까요? 분명 손에 쥐고 계시면서 왜 덕중에게 받아오라고 하셨을까요? 반드시 귀성군을 통해 돌려주라는 명도 어기지 않았는데 말입니다. 정말이지 그것이 과거의 그 편지라면, 저를 시켜 다시 가져오라고 하신 주상전하의 심중에 어떤 뜻이 있는지 알 수 없어, 두렵고 불안할 뿐입니다. 그 서찰을 다시 받아오라는 명을 내리신 후, 저를 다시 부르시거나 닦달을 하지도 않으십니다. 저를 혼쭐내주려고 일부러 그러신 것이 아니겠습니까.

　이제 떠나겠지만, 집 밖으로 나가는 것이 두렵습니다. 사람들 앞에 나가면 발가벗은 채로 저잣거리 한가운데 선 심정입니다. 아버님이 떠나라고 하시니 떠날 것입니다. 다시 건강을 회복하여 돌아오겠습니다. 그때 돌아오면, 어떻게든 주상전하의 마음을 사로잡아 가문과 아버님의 영광을 다시 찾도록 하겠습니다.

　다시 뵙게 될 때까지 강녕하시길 바랍니다.

아들 이준 배상

26

보명상궁이 정희왕후에게

1466년 1월 11일

중전마마, 중전마마를 모시게 된 것을 하늘의 뜻이라 여기고 있습니다.

그동안 귀성군의 동태를 살피라고 붙여 놓은 '눈사람'에 따르면, 귀성군은 한동안 집안에서 두문불출했다고 합니다. 그동안 마음의 병을 얻어 집안에서만 머물렀다고 합니다. 그런데 오늘 주상전하의 명을 받고 귀성군이 입궐하였습니다. 점점 건강이 나빠져 산에 요양을 가려던 차에, 주상전하의 입궐 어명을 전달받은 모양입니다.

주상전하와 귀성군이 무슨 말씀을 나누었는지 알 수 없지만, 대전에서 나가는 귀성군의 얼굴이 백짓장처럼 하얗게 질려, 몸이 많이 아픈 상태처럼 보였다고 합니다. 그런데 중전마마, 혹여 소용 박씨의 서찰과 관련하여 임영대군과 귀성군의 태도가 조금 수상하지 않은지요? 생각해보면, 임영대군이 귀성군과 함께 소용 박씨의 연서를 들고 주상전하를 찾아왔던 것부터 믿기 어려운 일입니다. 상상해보십시오. 아들이 그런 연서를 받았다면, 그 연서를 없애거나 쉬쉬 입막음하고, 소용 박씨에게 더 이상 그렇게 하지 말 것을 당부했을 것입니다. 서찰을 들고 들어와서 주상전하께 보여드리게 되면, 궐 안이 발칵 뒤집힐 것을 임영대군은 누구보다 잘 알고 있지 않습니까. 더구나 아들 귀성군의 생명과 명예가 달린 문제입니다.

게다가 궐에서 나간 후, 귀성군의 움직임이 수상합니다. 귀성군은 처음에 용우사 쪽으로 갔습니다. 산에 요양을 하기 위해서인가 했더니, 이번에는 표운사로 갔습니다. 월경사, 점유사, 양정사, 차례차례 다니고 있습니다. 불공을 드리기 위해서거나 그곳에서 머물기 위해서가 아니라, '눈사람'이 이리 묻고 저리 물어 알아낸 바로는, 귀성군이 승려 덕중을 찾고 있는 듯하다고 합니다. 주상전하를 뵌 뒤 일어난 변화이니, 짐작컨대 주상전하의 명을 받은 것이 아닌가 합니다. 주상전하께서 직접 승지에게 하명하시면 될 것을, 왜 굳이 귀성군에게 시켜서 승려 덕중을 찾는지는 알 수 없습니다.

중전마마, 이처럼 주상전하와 임영대군과 귀성군 사이의 묘한 움직임에 대해 생각하다가, 쇤네의 머리에 언뜻 떠오르는 것이 있었습니다. 6~7년 전쯤의 일이었을 것입니다. 의경세자가 돌아가시고 난 뒤부터, 중전마마께서는 해양세자의 건강과 안위에 대해 지극히 마음을 쓰셨습니다. 중전마마께서는 해양세자가 서책만 읽고 몸을 많이 움직이지 않는 것에 대해 염려하시면서 궐 안쪽, 원유에서 왕자들의 몸을 단련할 수 있는 사냥대회를 열어 달라고 주상전하께 청을 드리신 일을 기억하시는지요. 비록 금원이기는 하나, 주상전하의 허락이 있으면, 사냥대회도 하고 과거 시험도 치르고 때로 종친들과 술자리도 마련할 수 있는 곳이 원유가 아닙니까. 더구나 아지랑이가 피어오르는 초봄이라 양잠을 하는 시기도 아니어서, 잠실 주변이 소란해도 무방한 때였습니다.

마침내 사냥대회가 열렸는데, 활과 창을 사용하는 것이 아니라 사람들이 다치지 않도록 맨손으로 풀어놓은 토끼를 잡는 놀이였습니다. 대회 목적이 토끼가 아니라, 해양세자와 다른 왕자군들의 몸을 움직이게 하는 것이었습니다. 해양세자 뿐만 아니라 근빈 박씨의 어린 왕자들 그리고 귀성군을 비롯한 종친의 자녀들도 참석한 유쾌한 자리였습니다. 그때 소용 박씨의 아지 왕자군은 태어나지도, 아니 생기지도 않았을 때입니다. 당시 중전마마도 소용 박씨와 함께 왕자들이 토끼를 잡으려 드넓은 원유를 뛰어다니는 모습을 지켜보셨습니다.

주상전하께서는 토끼를 잡는 왕자나 왕자군에게 큰 상을 내리겠다고 하셨습니다. 중전마마, 기억나시는지요? 당시 중전마마께서 저에게 은밀히 명하신 것이 있었습니다. 주상전하께서 왕자들 앞에서 풀어놓을 토끼 한 마리 외에도, 다른 토끼 한 마리를 대회 전날, 비어 있는 잠실에 몰래 넣어 두라고 하셨습니다. 물론 저는 중전마마께서 시키는 대로 했습니다. 사냥은 아침부터 시작되어서 야외에서 점심을 먹고, 다시 오후 내내 지속되었기에, 중전마마와 근빈 박씨는 돌아와 오후에 침실에서 쉬셨고, 소용 박씨는 워낙 원유를 좋아하던 터라, 그날 종일 그곳에 있었던 것으로 압니다.

　해가 뉘엿뉘엿 져서 더 이상 사물들이 구분되지 않을 무렵에야 사냥대회는 끝이 났습니다. 토끼를 손에 쥐고 나타난 것은 귀성군이었고, 주상전하께서는 귀성군에게 큰 상을 내리셨습니다. 그런데 마마, 귀성군이 잡은 토끼는 주상전하께서 사람들 앞에서 풀어놓으신 토끼가 아니라 제가 빈 잠실에 가두어 놓은 토끼였습니다. 다른 사람들은 모르겠지만, 저는 그 두 토끼의 차이를 알 수 있었습니다. 사람들은 지금도 귀성군이 잡은 토끼가 주상전하의 토끼라고 여기고 있습니다. 해양세자가 그 토끼를 잡아 종친들이나 대신들 앞에 늠름한 모습을 보일 수 있도록 할 생각으로 중전마마께서 준비한 토끼라고 여겼으나, 결국 토끼를 잡고 상을 탄 것은 귀성군이었습니다. 중전마마께서는 그 이후 지금까지 아무 말씀이 없으시니, 다른 숨은 뜻이 있으셨으리라 짐작만 하고 있을 뿐입니다. 제가 귀성군의 최근 행보를 파악하는데 도움이 될 과거 행적을 뒤적이다가 떠올린 사건이니, 중전마마께서 일련의 작금의 사태를 파악하는 데 도움이 되지 않을까 하여 알려드립니다.

　중전마마, 잠저에서 전갈이 왔는데, 이상한 일이 있었습니다. 다름이 아니라, 승려 덕중이 잠저를 찾아왔었다고 합니다. 수염을 기르고 머리까지 길게 길러 묶은 터라, 처음에는 누구인지 알 수가 없었다고 합니다. 자세히 보니 깊은 눈빛이 예전 그대로 승려 덕중이었다고 합니다. 지나가다 옛 생각이 나서 들렀다며, 그는 야생초들이 잘 자라는지 보고 가겠다고 했답니다. 그는 '덕중의 정원'에 들러 한동안 그곳의 나무며 풀이며 꽃들을 넋을 잃은 듯 들여다보고 갔다고 합니다.

　중전마마, 이상하지 않습니까. 주상전하를 뵌 직후, 귀성군은 절마다 다니며 승려 덕중을 찾아다니고, 절에 머물러야 하는 승려 덕중은 잠저에 들러 꽃구경을 하고 갔습니다. 혹여 승려 덕중도 귀성군을 만나러 하산한 것은 아닐런지요. 그렇다면 서로를 찾는 이유는 무엇일까요? 이상하게 들리실지 모르겠지만, 서로 만나려고 애쓰는 것 같지만, 서로 피하면서 만나지 않으려고 하는 듯한 느낌도 듭니다. 명쾌하지 못한 글을 올려 황송할 따름입니다.

마지막으로, 중전마마! 세자빈께서 곧 왕손을 생산할 테니, 얼마나 기쁘십니까. 의경세자께서 돌아가신 것이 노산군을 죽인 응보라고 하는 그런 헛소문에 이제 더 신경 쓰시지 않으셔도 좋을 줄 압니다. 의경세자와 노산군이 같은 해에 명을 달리하신 것은 사실이지만, 노산군을 죽여서 의경세자가 그 응보로 죽었다는 소문은 천부당만부당한 일입니다. 날짜를 정확하게 따져보면, 의경세자 가신 지 한 달이나 지나서 노산군이 사사되지 않았습니까. 말하기 좋아하는 백성들이 그저 같은 해에 일어난 것을 빌미삼아 그렇게 떠들어댄 것뿐입니다.

어디 그뿐입니까. 작년에는 소용 박씨를 처형한 것 때문에 그 누군가가 해가 지나가기 전에 죽게 될 것이라는 소문이 파다했습니다. 소문과 달리 작년에 아무 일도 일어나지 않았고, 새해에 곧 건강한 아기씨가 탄생하실 것입니다. 새해, 새로운 기운을 받고 태어나실 왕손에게 누가 감히 죽음의 그림자를 드리울 수 있겠습니까. 중전마마, 이제 밝게 웃으실 때입니다. 중전마마의 그 환하신 미소로 주변을 환하게 밝히시옵소서!

보명상궁 배상

27

하동부원군 한명회는 종루의 파루[31]가 울리는 것을 듣고 있었다. 하나, 둘, 셋…… 아홉, 열, 속으로 쇠종 소리의 숫자를 세고 있었다. 종루의 종소리를 세는 일은 수년 계속되어 온 습관인데, 아마 하나를 놓친 모양인지 오늘은 서른두 개밖에 되지 않았다. 서른세 개건 서른두 개건 달라질 것은 없는데, 이런 하찮은 것까지 신경이 쓰이는 것을 보면 자신이 늙었거나, 아니면 호열자처럼 요즘 장안을 휩쓸고 있는 숫자놀음에 모르게 물이 든 모양이었다.

한명회는 이렇게 좋은 날이 이렇게 슬프고 불안한 날이 될 수도 있는가 하는 생각에 잠들지 못하고 앉아 있었다. 오늘 낮에는 이 나라 종묘와 사직을 이을 왕손의 탄생을 축하하기 위해, 주상전하께서 특별히 베푼 술자리가 있었다. 한명회의 딸은 열여섯 나이에 세자빈으로 책봉되어 이듬해 첫아들을 낳았으나 세상을 떠났고, 세자의 후궁이었던 우의정 한백렴의 딸 소훈 한 씨가 왕손을 생산했으니 한명회로서는 참으로 만감이 교차할 수밖에 없는 술자리였다. 더구나 해양세자에게 바쳤던 딸은 죽고 한백렴의 딸이 세자빈이 되니, 한 씨 가문에서 무게의 추가 한백렴 쪽으로 기울고 있

---

31 조선 시대에는 새벽 4시경 33번의 쇠북을 쳤는데 이를 '파루'라고 한다. 파루가 울리면 도성 문이 열리면서 통행금지가 해제되었다.

었다. 한명회는 그래서 죽은 의경세자의 둘째 아들 자을산군의 짝으로 자신의 다른 딸을 들이밀어야겠다고 이런저런 복잡한 심정이 찾아드는 순간이었는데, 양정사건이 터졌다.

한명회가 양정을 한양으로 불러들인 것은 최근 정치적인 흐름이 달라지고 있어서였다. 정인지 대감도 몸이 아프다며 입궐이 뜸하고, 한명회는 세상 사람들의 입방아들이 예사롭지 않은 것도 신경이 쓰였다. 요즘 백성들은 왕이 몇 명을 죽였는지 세는 재미에 시간 가는 줄을 모른다고 하는데, 놀라운 일은 그 이름 중에 한명회와 정인지 이름이 오르내리고 있다는 것이었다. 멀쩡하게 산 자들을 죽은 자 이름 속에 넣다니!

과거 계유정난 이전처럼 모두 다시 뜻을 합치지 않으면 무슨 변고가 생길지 모른다는 생각이 들었다. 그러자 오랫동안 변방의 국경 지대를 관리 감독하고 있는 양산군 양정이 문득 떠올랐다. 그를 너무 오랫동안 변방에 둔 것 같았다. 양산군 양정은 계유정난 때 철퇴로 김종서 머리를 날린 사람이었다. 무식할 정도로 씩씩한 그 사람이 돌아오면 맥 빠진 궐의 분위기나 계유정난 공신들의 투지를 되살려 놓을 수 있을 것이라 여겼다. 과거의 동지들을 규합하여 임금을 위로하고 새로운 힘이 되어 드려야겠다고 생각했다. 양산군 양정은 술도 좋아하니, 그가 돌아오면 상당부원군 정인지도 입궐케 하여 전하와 함께 다시 술잔을 들게 해야겠다고 계획했다. 양정이 한양으로 돌아올 수 있도록 임금께 주청을 한 사람이 한명회 자신이었다.

그런데 얼마 전에 상당부원군 정인지의 취기 때문에 혼비백산한 일이 있어서인지, 오늘 술자리에서는 소름이 끼칠 만큼 종친이나 대신들이 조심스럽고 정중하게 술을 마셨다. 술자리에서만은 격의 없이 대화를 주고받던 군신의 관계였고, 더구나 왕손이 탄생하신 다시없을 기쁨을 나누는 자리였는데, 다들 심하게 조심하는 기색이 역력했다. 손자를 본 임금은 피폐한 심정을 내려놓고 술을 마셨고, 용안에 화색이 도니 신하들도 점점 마음이 놓였다. 안도하는 마음에 술기운이 보태져 조금씩 분위기가 풀어지는 듯도 싶었다.

그 분위기 속에서도 위태위태한 것은 바로 양산군 양정이었다. 그는 시작부터 끝까지 술만 마셨는데, 본래 술을 좋아하는 위인이긴 하나 변방에서 돌아와 사람들을 만날 때마다 마신 술이 연회에까지 계속 연결된 듯했다. 양정은 수양대군께 한명회가 처음 소개한 인물로, 무식하지만 신의가 있는 사람이었다. 그런 사람을 너무 오랜 세월 변방에 방치하면 안 되는 것이었다. 사람들은 자신의 공을 알아주지 않으면 서둘러 마음이 떠나 버리기 때문이었다. 연거푸 마시는 술잔에서 그의 분노가 느껴졌다. 임금도 그것을 느꼈는지 그의 어깨에 손을 얹고 다독이듯 두어 번 두드리고, 그의 큰 잔에 가득 술을 부어 주었다. 하지만 이미 만취한 양정은 왕이 내린 술잔에도 별 반응을 보이지 않았다.

임금은 머쓱해져 곁에 앉아 있는 관상감과 누군가에게 무슨 책에 대해 하문하는 듯했다. 술자리에서 일부러 학문을 꺼내서 불편한 분위기를 풀려고 했는데, 웬일인지 질문을 받은 그들이 입을 벙긋하려 들지 않았다. 참으로 기가 막히는 침묵이었다. 아무리 술이 취했다 해도, 아니 오히려 술 취한 것 같지도 않은 두 사람은 어쩐 일로 묵묵부답이었다. 한명회는 그들이 대답을 몰라 고개를 숙이고 있는 줄 알았고, 모르면 모른다고 대답하면 그만이라고 생각했다. 오리무중으로 그들은 가타부타 대답이 없었다. 임금은 더 참을 수 없었던 듯 소리를 질렀다.

"감히 왕이 묻는 말에 침묵으로 저항하다니, 여봐라. 저들을 옥에 가두어라."

그때 술에 취한 양정이 앞으로 나오더니 정색을 하면서 말했다.

"전하는 무엇 때문에 그처럼 역정을 내십니까?"

연회에 있던 사람들 모두 너무 놀라 숨을 멈추었다. 한명회는 그제야 변방에 그를 그대로 두어야만 했다는 후회가 물밀듯이 밀려왔다. 그를 한양으로 끌어올리자고 주청한 것은 자신이었고, 되돌리기에는 너무 늦었다. 양정의 갑작스러운 질문에 임금은 대답했다.

"과인은 나라의 왕이다. 어찌 내 앞에서 신하가 침묵으로 일관할 수 있단 말이냐."

"전하가 즉위하시고 세월도 흘렀으니, 이제 마음을 조금 편안하게 가지심이 합당하옵니다."

"내가 편안하게 지내면 나랏일은 누가 한단 말인가?"

"일을 할 누군가가 나타나게 될 것입니다."

"양산군은 내가 임금의 권세를 누리고 있다고 말하는가? 어서 승지를 시켜 옥새를 가져오게 하라."

양정의 무엄함도 도를 넘었지만, 임금은 또 이 무슨 말을 하는가 싶어 다들 소스라치게 놀랐다. 여느 때 같으면 술 때문이라며 도리어 신하를 다독이던 임금이 그런 말을 하니, 모두 가슴이 철렁했다. 어찌 보면 대신들이나 백성들의 잇따른 공격에, 임금이 마음을 많이 다치신 것이 분명했다. 상서원에 가서 옥새를 가져오라고 득달같이 호령했지만, 그 명을 받을 사람은 아무도 없었다. 옥새를 가져오라 독촉을 할 때마다 그저 죽여 달라고 신하들은 고개를 조아리는 수밖에 다른 도리가 없었다. 그런데 양정은 사태를 깨닫기는커녕, 오히려 임금의 코앞에 앉아 여전히 큰소리를 쳤다.

"어느 명이라고 승지들은 옥새를 가져오지 않는가?"

한명회는 지금도 악몽을 꾸는 기분이었다. 자신이 판 함정에 자신이 걸려든 기분이었다. 양정이 김종서의 머리를 철퇴로 내리치고, 수양대군을 왕위에 세운 최고의 무사였다. 앞으로도 그렇게 할 수 있다는 거만함이 무식하게 큰 덩치를 통해 배여 나오고 있었으니 위협적일 수밖에 없었다. 그의 몸에서는 술 냄새가 진동하고 있었다. 처음부터 긴장 속에서 시작된 연회는, 흥이 오르기도 전에 끝이 나고 말았다. 옥새를 가지러 간 승지는 돌아오지 않았고, 대신들은 술상 앞에서 끝없이 벌을 서고 있었다. 한명회는 한낱 창덕궁 지기에서 왕의 부원군이 되기까지 자신이 사용한 모든 술수와 지혜로도 풀 수 없는 난제 앞에 봉착했다. 주상전하께서 분명 철퇴를 맞은 듯한 충격을 받은 듯했다. 앞으로 끔찍한 일이 벌어질 것이 선연하게 보였다.

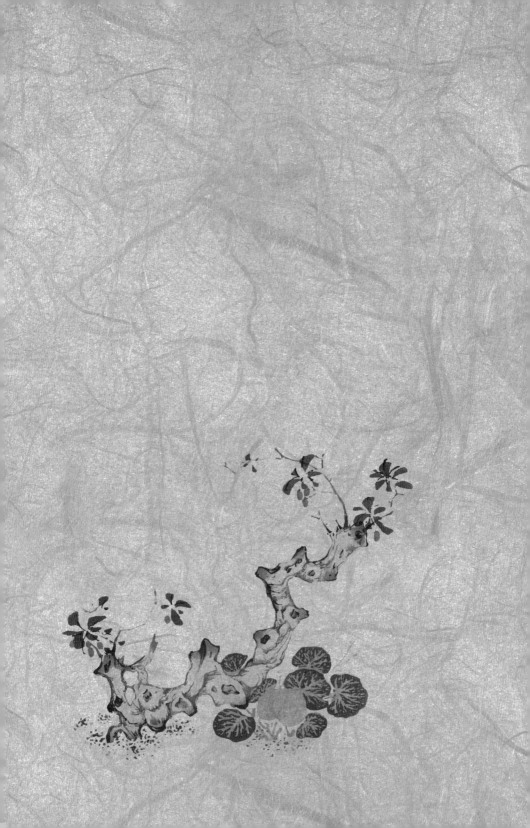

3부

밀약서의
비밀

28

백팔장百八張이 백팔장의 회원들에게

1466년 2월 13일

백팔장이 알린다.

하나, 왕손이 태어났다.

오늘은 나라에 경사가 있는 날이다. 궐 안에 새로운 생명이 태어났다. 새 세자빈의 첫아기가 태어나신 날이다. 열 달 전부터, 경이롭게도 아직 태어나지도 않은 아이가 양수 속에서 힘차게 호흡하며, 세상을 향해 점점 강하게 자신을 알리는 맥박과 심장의 고동 소리를 내보냈다 한다. 나올 준비가 되어가는 동안, 우리도 많은 준비를 하고 있었다. 이 아이는 천하의 감축을 받을 것이다. 그동안 왕족들이 끊임없이 저세상으로 갔으니, 이 새로운 왕족 아기의 탄생은 백성의 슬픔을 위로하고 잠재울 참으로 기쁜 일이 아닐 수 없다. 사찰마다 군왕께 축하의 말씀을 올리는 것이 좋을 것이다.

둘, 밀약서의 비밀을 지켜라.

뭐든 성할 때 조심하고 또 조심해야 하느니라. 군왕께서 불교를 사랑하시어, 궐내에 간경도감을 설치해 불교 서책을 간행하셨고, 궐 가까이에 원각사도 지으셨다. 하지만 현왕 즉위 전에 우리가 겪은 차별과 고통을 기억해야 할 것이다. 요즘 궐 안팎으로 백팔에 대한 궁금증이 하늘을 찌르니, 그 관심이 엉뚱하게 우리 백팔장으로 튀고 있다. 외부에서뿐만 아니라, 우리 내부에서도 스스로의 정체를 궁금해하는 사람들이 있는 모양이다. 우리는 백팔장이다. 새로운 왕을 세우고 불교를 다시 융성하게 만든 백팔장이다. 지금 와서 아무런 대책없이 우리의 정체가 세상에 드러난다면 군왕은 물론 우리 모임도 위험해질 것이다. 그러니 왕과 백팔장 사이에 맺은 밀약서의 비밀을 철저히 지키도록 하라. 밀약서, 그것은 도처에 있지만 그 어디에도 없다.

백팔장 씀

29

승려 만우가 승려 덕중에게

1466년 2월 15일

세월이 물과 같이 흐르니, 오래간만에 서찰을 쓴다.

덕중아, 네놈 때문에 귀찮은 일이 생겼다. 소용 박씨가 백팔을 툭 던져 놓고 가버리자, 사람들이 그 비밀을 까뒤집느라고 난리 법석이 난 모양이다. 정인지 대감이 백팔 자의 의미를 내놓으라고 이 땡중에게까지 염치없이 사람을 보냈더란 말이다. 똥줄이 타게 급박한 모양인데, 정 대감은 그 와중에도 백팔은 불교의 신성수라고 아는 척을 하면서, 은근슬쩍 비밀에 대해 아는 것이 있으면 내놓으라는 식이었다. 답장 없이 노자를 돌려보냈으니, 아마 지금쯤 내 욕을 실컷 하고 있을 것이다.

덕중, 이 중놈아, '백팔장百八張'에 가입하지 않는 나를 야속하다 하였지. 야속 정도가 아니라, 지금은 아예 수상쩍게 여기고 있겠지. '백팔장'이라! 그 모임 이름의 의미를 알기나 하는 것이냐. 고려 때 입었던 구색鳩色과 비슷한 회색을 조선의 승려들은 입을 수 없고 대신에 삼베와 같은 시색만을 입을 수 있다고 세종이 금령禁令을 내리자, 승려들은 차라리 백팔장을 입겠다고 나섰던 것이다. 내버린 옷이나 죽은 사람의 옷 108장을 모아 누덕누덕 꿰맨 중놈의 가사 말이다. 여하튼 방정맞은 소용 박씨 입이 백팔을 세상에 터뜨려놓았으니, 그 백팔장의 운명도 앞을 알 수가 없게 되었구나. 정신 바짝 차려라, 이놈아! 그동안 너에게 말하지 못한 것을 알려주어야 할 시기가 된 것 같다.

알다시피 고려는 불교의 나라였다. 인가에서 멀지 않은, 가장 풍광 좋고 물 좋은 명당에 사찰들이 자리 잡고 있었고, 불교는 국가의 기본 이념이자 철학이었고, 사찰은 안식처이자 위로의 본산지였다. 목탁만 두드리면 쌀이건 돈이건 심지어 괴기까지 시주를 받을 수 있었다. 왕이 대사나 승려들에게 극진했으니, 백성들이야 말해 무엇하겠느냐. 허나 이 씨 성을 가진 자가 고려를 무너뜨렸다.

새 왕조는 정통성을 세우기 위해 불교를 배척하고 유교를 받아들였다. 불교 억제정책은 불교 탄압정책으로 변하여 사찰과 '중놈들'을 박해하기 시작했고, 급기야 산으로 계곡으로 눈에 뜨이지 않는 곳으로 몰아냈다. 다행히 산속의 사찰은 여염집 아낙들에게 담장 밖을 나갈 수 있는 구실이 되어 주었기에 절들은 살아남을 수 있었다. 하지만 세종 임금은 여인들이 사찰에 드나드는 것까지 금해, 절에 가다가 잡히면 자녀목[32]에 이름을 새겨 넣겠다고까지 했다. 중들이 길을 다닐 때 도첩을 몸에 품고 있지 않으면, 개처럼 끌려가야 했다.

불교계는 세종 임금이 승하한 후에 어떤 왕을 세워야 불교를 다시 살려낼 수 있을지 고민하지 않을 수 없었다. 우리 같은 땡중이야 괴기를 먹건 우거지 죽을 먹건 마찬가지다. 그렇다 해도 출가한 이상 이 땅에서 불교의 몰락을 눈 뜨고 내버려둘 수는 없는 노릇이었다. 당시 세자(문종 임금)는 병약해서 오래 살지 못할 것이라 예측했고, 그 아들은 너무 어렸다. 그래서 당시 큰 사찰의 대사들이 모여 나라의 미래를 논의하게 되었던 것이다.

우리는 안평대군과 수양대군을 저울질할 수밖에 없었다. 처음에는 안평대군으로 기울었다. 안평대군은 온유한 인물이다. 하여, 유교를 숭상하더라도 불교를 강하게 억압할 성품은 아니라 여겼다. 당시 안평대군이 군왕이 되리라고 미래를 점치는 사람들도 있었고, 그림과 시를 좋아하는 그의 성품 때문에 주변에 사람들이 많이 모여들고 있었다. 우리는 안평대군을 다음 왕으

---

32 부정한 여자가 목을 매어 숨져 원귀가 있다고 여겨지는 나무다.

로 세우자고 뜻을 모으고, 어떻게 일을 풀어나갈지 고민하고 있었다. 그러던 중 안평대군이 집현전 학사들과 도원에 갔던 꿈을 매우 강렬하게 받아들이고 있다는 사실을 알게 되었다. 우리는 안평대군이 그 꿈을 통해 신탁을 받았다고 믿도록 유도하기로 했다.

꿈을 그림으로 그려 사람들에게 보여주는 것이 신탁의 열쇠라는 말을 안평대군에게 전한 사람은 바로 나였다. 안평대군은 그러지 않아도 그림을 그리게 할 작정이라고 대수롭지 않게 말했다. 나는 대사님들이 시키는 대로 그림 속의 도원에 절을 그려 넣은 후, 그 안으로 백여덟 명의 사람이 줄지어 들어가는 광경을 그려야만 신탁이 이루어질 것이라고 강조했고, 안평대군은 그것을 받아들였다. 안평대군은 약속한 대로 어린 왕의 즉위 1년 정월 초하루에 문사와 학사들을 불러 모았는데, 승려로는 나 혼자 그 자리에 참석하게 되었다. 어이쿠, 그런데 그림 속에 절은커녕 사람이라고는 눈 씻고 찾아보아도 보이지 않았다. 안평대군은 정월 초하루에 모임을 만들라는 말은 따랐으나, 신탁의 의미를 정확하게 이해하지 못하고 있었던 것이다. 그보다 안평대군은 자신이 꾼 꿈에, 그 꿈을 꾸고 느꼈던 감정에, 그 감정이 표현된 그림에 더 마음이 쏠려 있었다. 그는 시정을 정치성 앞에 두었던 것이다. 그는 그림에 '몽유도원도'라는 제첨을 붙였다. 그 그림은 우리의 의도대로 사용되지 못했고, 안평대군과의 새로운 세상을 꿈꾸던 불교계의 기획은 물거품이 되어 버렸다.

절망감에 빠져 있을 때 뜻밖의 소식이 전해졌다. 진짜 왕이 될 만한 사람이 나타났다는 것이었다. 사건은 사실 문종 임금이 즉위한 해에 일어난 일로, 안평대군이 〈몽유도원도〉를 그리기 몇 년 전의 일이었다. 하지만 그 사건에 대한 소문이 승려들의 입을 타고 옮겨진 것은 안평대군과의 기획이 실패로 돌아간 직후였다. 그러니까 한 중놈이 도첩 없이 길을 가다 포졸들에게 잡혀 칼이 씌워진 채 끌려가고 있었는데, 수양대군이 이를 보고 잘못을 저지른 것도 아니고 신분증을 깜박 잊은 것이니 목에 씌운 칼과 그 중놈을 풀어줄 것을 명령했다. 다음 날 수양대군은 형 문종 임금에게 죄 없는 승려에게 칼을 씌워 호송하는 것은 너무 심한 처사라는 상소까지 올렸다.

문제는 사간원에서 수양대군의 그런 개입을 부당하다고 들고 일어난 것이었다. 관료가 법에 따라 임무를 다하고 있는데, 수양대군이 왕족의 권한을 이용하여 도첩을 지니지 않은 승려를 풀어준 것은 사헌부뿐만 아니라 왕권에 대한 도전이라며, 수양대군을 벌해야 한다는 강력한 상소를 올린 것이었다. 하지만 문종은 승려의 칼을 벗긴 것은 측은지심이었고, 더구나 이를 즉각 왕에게 보고했으니 임금의 권위에 도전한 것과는 전혀 상관없는 일이라고 감싸며 무마했다.

이 이야기가 퍼져나가자, 승려들 사이에 신비한 기운이 감돌기 시작했다. 나라의 법을 어기면서까지 수양대군이 승려의 입장을 존중했다는 것과, 이로 인해 자신의 처지가 몹시 불리해졌는데도 승려들을 저버리지 않고 변호했으며, 도리어 왕의 신임까지 얻어낸 능력에 놀라워했다. 이 사실이 중들 사이에 알려지자, 다들 불교계의 새로운 희망과 가능성을 본 듯 흥분하기 시작했다. 과거 불교와 승려들의 영광을 되찾기 위해서 뭔가 해야 한다는 상승된 기운이 도처에서 무르익어 가고 있었다. 안평대군과의 조율에 실패한 뒤여서인지, 수양대군의 부각은 그의 난폭함과 거친 성격조차 모두 잊게 만들었다.

도첩 때문에 칼을 썼다가 풀려난 중놈이 바로 덕중 네놈이 아니냐. 수양대군이 네놈을 구했던 사건은 이상하게도 그렇게 몇 년 뒤에서야 입에서 입으로 전해졌는데, 심심산골 수도승에서부터 문전에서 비럭질하는 탁발승에 이르기까지 모두 기쁘게 받아들였다. 수양대군을 새 왕으로 모시자는 중지가 너무나 자연스럽게 모아졌다. 안평대군의 결정이나 의도를 미적미적 기다리던 때와는 달리 승려들은 전쟁터로 떠나는 병사들처럼 싸울 준비를 하고 나섰던 것이다. 당시 수양대군은 불경도감을 설치하고 수미대사, 신미대사, 학조대사 등의 승려들을 불러 불경을 간행하고 언해하고 있었으니 우리는 부처의 뜻이라고밖에는 달리 표현할 길이 없었다. 우리는 불교를 일으키고 부흥시킬 새로운 왕을 세우는 것도 중요했지만, 왕이 불교의 도움 없이 통치하기 어렵다는 사실을 부각해야만 했다.

그것은 바로 왕위 계승의 정통성을 어디에 두느냐 하는 것이었다.

유교의 성리학적인 윤리관에 따르면 적장손만 왕통을 계승할 수 있고, 적장손이 대가 끊기면 양자를 들여서 이를 계승해야 한다. 과거 집현전 학자들인 성삼문, 박팽년 등이 끝까지 어린 왕을 복위시키려 했던 것도 바로 이런 이유 때문이었다. 그래서 불교계는 왕자 중 그 누구건 가장 현명한 자가 왕위를 계승하는 것이 나라나 백성을 위해서 참된 것이며, 이것이 바로 하늘의 뜻이라는 윤리관으로 수양대군을 세뇌했다. 모든 것을 비유와 은유로 알렸다. 마침내 수양대군은 그것을 이해했고, 그리고 결단했다. 그러니까 네놈과 수양대군의 우연 같은 만남이 역사를 바꾸어 놓은 것이다.

그러면 내가 왜 '백팔장'에 가입하지 않았냐고?

왕이 요즘 〈몽유도원도〉를 찾고 있다고 들었다. 그것도 소용 박씨가 백팔 자를 입 밖에 낸 이후부터 말이다. 현왕은 〈몽유도원도〉에 관해 얻어들은 적은 있지만 직접 본 적은 없을 것이다. 그리고 그 그림을 빌미로 안평대군이 모임을 가졌다는 사실을 짐작하지만, 그곳에 누가 있었는지 알지는 못할 것이다. 내가 '백팔장'에 가입하지 않은 이유는 정인지 대감이 지금 〈몽유도원도〉를 찾아 헤매는 이유와 같다. 우리는 그 그림에 찬시를 붙였다. 안평대군을 왕으로 세우기 위해 모인 비밀 모임에는 정인지도 신숙주도 있었다. 그들은 나와 달리 그림을 보러온 것이었지만, 어쩌면 그들도 모임의 저의를 알고 있었는지 모른다(아니 몰랐을 수도 있다). 왕의 사돈이 된 정인지와 영의정이 된 신숙주가 과거 안평대군을 왕으로 세우려는 모임에 있었다는 사실이 알려지면 그들은 목숨을 부지하기 어려울 것이고, 마찬가지로 내가 그곳에 있었다는 사실이 알려지게 되면 불교계 전체가 어려움을 겪을 수도 있기 때문이다. 현왕의 불교에 대한 믿음에 금이 가고 마침내 깨질 수도 있다. 내가 '백팔장'에 가입하지 않은 이유를 대사들이야 다 알고 있는 사실이지만, 어리석은 네놈이 어떻게 알았겠느냐. 내가 이리저리 떠도는 것도 같은 이유인 것을! 불교와 부처와 네놈을 위해서인 것을.

　이 중놈아! 이것이 바로 정인지 대감 대신, 네놈에게 서찰을 써서 보내는 이유다. 어떻게 정인지 대감에게 이런 사실들을 알려주며, 알려주려다 서찰이라도 발각되면 어떻게 되겠느냐. 나는 앞으로도 계속 떠돌 것이니, 답신일랑 쓸 생각을 아예 말거

라. 나를 찾을 생각도 말거라. 나는 신탁과 그림 운운하다가 안평대군을 죽음으로 몰아넣은 땡중 중의 땡중이 아니냐. 그 인과로 나는 끝없는 떠돌이 수행을 해야만 할 것이다. 죽은 덕중이년의 유언 때문에 백팔장의 정체가 사람들 앞에 드러나지 않도록 대책을 세워야 할 것이다.

만우 씀

30

백장百張이 백칠장百七張에게

1466년 2월 20일

나는 백 번째 승려 백장이다.

백팔장百八張이 띄운 단체 서찰을 백칠장도 받았으리라고 생각한다.

백팔장이 띄운 서찰을 보니 사태가 심각하다.

걸내에 어떤 변화가 일고 있는 듯하다. 변방에서 돌아온 양산군 양정이 처형되었다. 계유년 10월 10일, 양정의 철퇴가 바로 우리 거사의 시작이 아니었던가. 그런데 이제 임금께서 그의 목을 치셨으니, 명분이 깨어진 것이나 다름없다. 수양대군이 왕좌에 오른 것은 많은 사람의 뜻과 도움으로 이루어진 것이었다. 임금은 그동안 계유정난 공신들에게 배려를 아끼지 않으셨다. 벼슬과 땅을 내렸을 뿐만 아니라, 살인죄 혹은 강간죄를 지어도 벌하지 않으셨고, 어쩔 수 없이 벌을 주어야 할 경우에도 옥에 가두는 척했을 뿐이다. 그런데 임금께서 양정의 취언에 죽음을 내리셨다.

담이 서늘한 이유는 임금께서 공신 중의 공신인 양정의 목을 베었다는 사실이다. 물론 양정이 왕을 능멸했다고 들었다. 하지만 그동안 술에 취해 왕에게 '너'라고 했던 정인지도 무사했고, 왕을 꼬집었던 신숙주도 무사했다. 공신들에게 절대적으로 관대하셨기에, 최근에는 그런 비호를 믿고 공신들이 날뛰기까지 했다. 그런데 양정을…… 임금께서 첫 번째 공신의 목을 베어 공중에 높이 매달았다! 공신은 임금을 세운 기둥이자 임금을 보호하는 담이 아닌가. 그들을 베거나 무너뜨리면 같이 무너지는 것이 임금이 아니던가. 임금의 심경에 일어나고 있는 이런 변화가 앞으로 우리 백팔장에 어떻게 미칠지 알 수 없다.

백칠장은 어떻게 생각하시는가?

어제 덕중이 놈이 나를 찾아왔다. 만우가 덕중에게 안평대군에 대한 일을 비교적 상세하게 털어놓은 모양이다. 상당히 놀란 기색이었다. 한때 안평대군을 왕으로 삼으려 했다는 이야기에 배신감마저 느끼는 눈치였다. 나는 물론 그 내막에 대해 말하지 않았다. 앞으로도 말하지 않을 것이다. 백팔장 모임의 그 누구도 모든 것을 통째로 알고 있지는 못한다. 비밀을 지키기 위한 방책이다. 각자가 해야 할 일을 정확하게 알려주긴 하지만, 나머지 알려주지 않는 부분은 자신이 하는 일이 무엇인지도 모르고 행하도록 되어 있다. 승려 덕중이 알고 있는 것도 한 조각밖에 되지 않는다. 물론 자네나 내가 알고 있는 것도 한 조각에 불과하다. 백여덟 조각의 헝겊으로 기운 승려들의 가사! 이것이 바로 백팔장의 원리이다. 백팔장 회원들이 알고 있는 조각들을 모두 붙여야 큰 그림 하나가 온전하게 완성되도록 되어 있다.

안평대군에게 신탁이 내려졌다고 믿게끔 하는 것은 만우의 역할이었다. 하지만 백칠장, 자네도 알겠지만 만우가 믿고 있는 것처럼 정말 우리가 안평대군을 세우려고 한 것은 아니었다. 안평대군의 꿈이나 그림은 궁극적인 목적을 위한 하나의 과정이었을 뿐이다. 안평대군에게 그림을 그리게 하고, 정월 초하루에 사람들을 불러 모으게 하고, 왕이 나올 땅이라 하여 무계정사를 짓게끔 한 것은 미끼였을 뿐이다. 이 모든 것이, 안평대군이 왕이 되도록 만든 과정이 아니라 도리어 수양대군이 왕이 되도록 만드는 과정이었다. 수양대군이 무엇을 빌미로 조카의 왕위 자리를 빼앗을 수 있었겠는가. 어느 날 갑자기 칼을 들이대고 비키라고 할 수 없는 노릇 아닌가. 특히 왕의 자리는 명분이 중요하다. 그래서 안평대군이 어린 왕의 자리를 노린다는 것을 핑계 삼을 수 있도록, 수양대군이 명분을 가지고 거사를 치를 수 있도록, 앞서 준비한 것뿐이다.

　백칠장 보게나, 그런데 백팔장의 서찰 내용 중, 밀약서의 비밀을 엄중히 지키라는 당부를 보았을 것이다. 누가 밀약서를 보관하고 있단 말인가. 백팔장이 아니었더란 말인가. 밀약서의 비밀이 유지되기를 원한다면, 당사자에게만 당부하면 될 일 아닌가. 이렇게 모두에게 서찰로 당부하면, 없던 관심도 생기고 도리어 비밀이 폭로되기 쉬운 것이 아닌가. 그리고 항상 백팔장이 되풀이하는 말, '밀약서는 도처에 있으며 어디에도 없다' 이 선문선답은 도대체 무슨 말인가. 백칠장, 자네와 우리가 뭔가 확실하게 해야 하지 않겠나.

　　　　　　　　　　　　　　　　　　　　백장 씀

31

승려 덕중이 백팔장에게

1466년 2월 28일

백팔장 보십시요!

계절 탓인지 사람 탓인지 승려 덕중은 마음이 쓸쓸합니다. 궐에 들어가 왕의 후궁이 되기 이전, 수양대군의 사저에서 외롭게 꽃과 나무와 짐승을 벗 삼던 순진한 한 소녀를 기억하고 있어 그러한가 봅니다. 죽음에 대해 깊이 생각하게 된 이유 역시, 죽은 그 여인과 제 이름이 같기 때문일 것입니다. 덕중이 죽었다는 이야기는 마치 제가 죽었다는 말로 들려 소스라칠 때가 있었습니다. 제 본명은 잊은 지 오래고, 백팔장이 주신(다들 수양대군이 준 것이라고 알지만) 덕중이라는 법명으로 살아온 세월입니다. 이렇게 서찰을 써도 개인적인 회신을 받을 기대를 하지 못하지만, 항상 존경하는 마음이며 곧 뵐 수 있으리라는 기대는 하고 있습니다.

목에 칼을 차고 개처럼 끌려갈 때의 치욕감을 꿈엔들 잊을 수가 있겠습니까. 우연이었을까요. 하필 그때 수양대군께서 길을 지나가셨습니다. 물론 길을 그냥 지나쳤을 수도 있습니다. 하지만 수양대군은 제 목을 조르고 있던 칼을 풀어주라 하셨습니다. 그것으로 끝났을 수도 있었습니다. 수양대군은 저를 사저로 불러들여 피가 흐르는 목을 치료해주셨고, 따뜻한 차를 대접해 주셨습니다. 그때 저는 그분과 운명을 같이 하리라 맹세했습니다. 불가에서 옷깃만 스쳐도 인연이라는데, 그 인연의 무서움이 실감나서 하는 이야기입니다. 그런 의미에서 같은 이름을 지닌 여인 덕중과 함께 보낸 시간이 적지 않으니, 그 여인과 나의 인연은 무엇이었을까 생각하게 됩니다.

왕위를 주관하게 될 것이다.

이것이 수양대군에게 전하라고 백팔장이 저에게 주신 첫 번째 전언이었습니다. 그때 저는 이미 수양대군에게 연결된 운명의 끈을 느꼈습니다. 그분은 무슨 소리냐며 벌컥 화를 내시면서, 그런 말을 할 것이면 다시는 집에 걸음을 하지 말라고 엄포를 놓으셨습니다. 하지만 소신은 때가 되면 아시게 되실 것이라 전했습니다. 수양대군은 칼을 쓰고 걷던 미천한 승려가 목숨을 걸고 전하는 전언의 무게를 알고 계셨습니다.

백성을 위해 만든 소리를 부처에게 바치면 신기를 주관하게 될 것이다.

백팔장께서 주신 두 번째 전언이었습니다. 말을 전하기는 했으나, 당시 백성을 위해 만든 소리가 무엇인지 알려주지 않았기에, 저도 수양대군도 그것이 무엇인지 잘 몰랐습니다. 처음에는 그것이 원각사종[33]이 아닐까 생각했습니다. 수양대군도 저와 같은 생각이었는지, 이미 원각사에 바쳐졌으니 부처에게 바친 것이나 다름없다 답하셨습니다. 수양대군은 문종 임금이 승하하실 때까지, 백성을 위한 바른 소리가 무엇인지 깨닫지 못하신 것도 같습니다. 하지만 어린 조카가 왕위에 올랐을 때, 이번에는 수양대군이 저에게 전언을 주셨습니다.

백성을 위한 소리가 무엇이냐고 물어오너라.

그제야 백팔장께서는 그것이 훈민정음이라고 답하셨습니다. 저도 놀랐지만, 수양대군도 수긍하는 눈치가 아니었습니다. 훈

---

33 지금의 보신각종을 일컫는다.

민정음은 부왕인 세종께서 만드셨고, 백성을 위한 글이기에 자신이 마음대로 부처에게 바칠 수는 없는 노릇이라 하셨습니다. 훈민정음은, 부왕 세종대왕이 『용비어천가』를 지어 선조들의 공적과 왕권의 위엄을 세운 글이며, 유교 경서들을 번역하는 선비들을 위한 글이며, 『삼강행실도』 등 열녀전을 번역하는 부녀자들을 위한 글이라고도 했습니다. 더구나 이 문자는 집현전 학사들의 절대적인 협조 아래 만들어진 것이기 때문에 부처를 위해 바치라는 요구는 실현하기 어려운 것이라 답하셨습니다.

사람들이 눈치채게 일을 진행할 필요가 없다.

백팔장의 다른 전언은 그렇게 전해졌습니다. 저는 그렇게 백팔장과 수양대군 사이의 전령 노릇을 했습니다. 최근 백팔의 소용돌이가 궐 안팎에서 몰아치고 있는 몇 달 동안, 저는 아무런 전언도 받지 못했습니다. 임금이 백팔장께 보내는 전언도, 반대로 백팔장께서 주상전하께 보내는 전언도 없었습니다. 도리어 여태 아무런 연관도 없다고 느꼈던 승려 만우가 서찰로 이런저런 이야기를 털어놓아, 이전에 안평대군을 왕으로 세우려 했다는 사실을 알게 되었습니다. 저에게 그 사실을 알려 줄 수 없는 어쩔 수 없는 사연이 있었겠지요. 제가 현왕과 가까운 관계이니, 마음을 다치지 않도록 배려하신 결과라 여기고 있겠습니다.

왕좌를 차지하고 임금이 되는 것은 하늘의 뜻이 있어야 가능
하겠지요. 인간적인 욕심이나 단순한 욕망만으로, 어찌 하늘을
대신하여 세상 만물을 지키고 백성을 다스릴 수 있겠습니까. 수
양대군께서 즉위하신 것은 크신 하늘의 뜻이었음을 믿어 의심
치 않습니다.

　　허락하신다면, 한번 뵙기를 소망합니다.

　　　　　　　　　　　　　　　　　　　　　　승려 덕중 배상

32

상차 강원종은 방비리를 보자마자 냅다 잔소리를 늘어놓았다.

"사람의 천성이 변하지는 않는 모양이여. 옛날처럼 방방 뛰던 방망이 기질이 여전하니 말이여. 자네가 곁에 있으면 기쁘면서도 한편으로는 마음이 불안한 이유가 그 때문일거여. 내가 전 상선에게 건넨 『월인석보』를 자네가 들고 떡하니 나타나니 말이지. 궐 안에 자네만 나타나면 뚜렷했던 적과 친구의 관계가 엉클어지니, 머리가 복잡하이."

"자네가 전 상선에게 건넨 책이라고?"

"내가 전 상선에게 건네고, 전 상선이 김 상선에게 건네고, 김 상선이 자네에게 건네고, 자네는 다시 나에게…… 이것이 도대체 뭔 짓거리인지 모르것어. 어쩐지 흘러가는 뽄새가 요상혀. 이 나쁜 머리로는 앞뒤가 잘 꿰맞춰지지 않혀. 왜 다시 들고 온 것인감?"

"1권 끝의 '총일백팔장'에 대해 아는 것이 있는가?"

"몰러. 당시 정음청에 있었지만 나야 학사도 아니고, 새로 만드는 서책을 들여다볼 입장이 아니었구먼. 정음청 담당 환관이었을 뿐이니, 그곳에 누가 드나드는지, 자료가 없어지지는 않는지 살피고 감독하는 수준이었어."

"그런데 왜 시선을 피하나?"

"자네가 1권 끝의 '총일백팔장'에 대해 의문을 제기하는 순간, 가슴이 철렸했어. 그 의미를 알아서는 아니고, 뭐, 그냥 몸이 그렇게 느끼더라고. 소용 박씨의 서찰 심부름 한 번 했다고 환관 두 놈이 황천행을 당하는 판에, 『월인석보』1권 끝의 '총일백팔장'이 소용 박씨와 무관하리라는 법도 없고, 내가 말려들지 말라는 법도 없응게. 그렇게 치면 나뿐만 아니라 자네도 그렇고, 궐내 모든 사람이 그렇지."

"정음청에서 왜 『월인석보』에 훈민정음 언해 세종어지를 넣었는지 아는가?"

"방비리, 세종 임금 당시부터 『월인천강지곡』과 『석보상절』을 묶는 작업을 시작했지만, 세종 임금과 문종 임금이 승하하시면서 작업도 차일피일하게 되고, 급기야 유학자들의 저항으로 정음청이 폐지되면서 작업이 한동안 완전히 중단되었어. 그러다가 현왕이 즉위하고 난 후 의경세자가 갑자기 세상을 떠나자, 마음을 다치고 놀란 임금께서 다시 합본 작업을 시작해서 나온 것이 『월인석보』인 것으로 알어. 음, 자네 질문에 답하자면, 내가 정음청에서 감독일을 맡고 있는 시기에 『월인석보』를 묶는 작업이 시작된 것은 사실이지만, 정음청이 없어지면서 그 작업은 중단되었고 나도 그 이상은 몰러. 현왕이 다시 합본 작업을 시작할 때 나는 이미 전 상선 밑에서 일하고 있었으니, 1권 끝의 '총일백팔장'에 대해서는 아는 바가 없으이."

"다시 자세히 한 번 살펴보게. 여기."

"음, 『월인석보』1권 끝에 '총일백팔장'이라는 구절이 들어있는 것, 생각해보니 수상하긴 수상혀. 뭔고 하니 『월인석보』는 당시 수양대군이 저술한 『석보상절』과 그것을 읽고 세종 임금이 감동하여 지었다는 『월인천강지곡』을 합본하여 만든 책이잖여. 이러한 연유로, 『월인석보』는 운문으로 된 『월인천강지곡』을 순서에 따라 앞에 놓고, 뒤이어 그 내용과 일치하는 산문으로 된 『석보상절』을 제시하는 순서로 되어 있어. 그러하니 이 서책은 단락

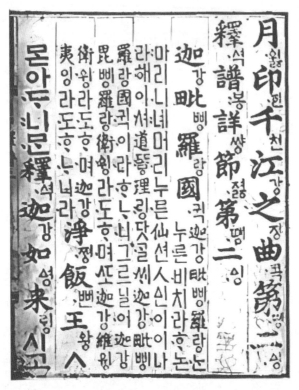

『월인석보』 2권 첫 부분, 1권에서 끝나지 못한 『석보상절』의 내용이 시작되고 있다.

마다 내용상으로 연관이 있어서 아무 데나 자를 수 없게 되어 있지. 방비리, 자네는 1권만 보았겠지만 2권과 관련해서 보면 아주 요상혀. 1권과 2권으로 나눌 수 없는 부분을 잘라 1권을 마감했어. 실제로 1권을 제외하고는, 다른 모든 권은 『월인천강지곡』으로 시작하여 『석보상절』의 내용이 다 전개된 후에야 끝나는데 말이지."

"자네가 봐도 이상하지?"

"1권만은, 무슨 까닭에서인지 유독 『석보상절』의 내용이 진행되고 있는 도중에 잘라 버리고 108면이 되는 곳에서 1권을 막아 버렸는데 말이지.

음, 요상혀. 내 머리로는 앞뒤가 잘 꿰맞춰지지 않혀. 싸던 똥덩어리 항문으로 끊어 버리고 짚으로 뒤를 닦은 후, 남은 똥덩어리를 다른 곳에 가서 누는 형상이니, 뭐 당연히 께름직하네. 2권의 첫머리를 보면 『월인천강지곡』의 내용은 보이지 않고, 내용상 1권에서 끝나지 못한 『석보상절』로 시작되고 있어."

급하면 똥도 끊고 달아날 수 있다며 웃더니, 원종은 정색하고 말했다.

"그래서 말인데…… 음, 작년 봄 양잠 때 내가 자네를 보러 잠실에 들렀잖어. 그때 그곳에서 한 잠녀가 뽕잎에 바늘구멍을 내는 모습을 우연히 보게 되었더란 말이지. 무슨 수작인가 하여, 그 뽕잎을 따다 살펴보니, 이상한 글자를 새겨 놓은 것이 분명했어. 지금 생각하면 그러지 말았어야 하는데, 그 뽕잎을 전 상선에게 갖다 바쳤단 말이지. 화내지 말어. 잠실에서 일어나는 일을 전 상선께 고자질하기 위해서라기보다, 자네가 방방 뛰니 또 무슨 일이 일어나면 방어할 무언가가 있어야 할 것 같아서 말이지. 쯥!"

"잠녀? 누구인가?"

"몰러. 일부러 꼬치꼬치 알아보지 않았어. 너처럼 조금만 수상해도 샅샅이 조사하고, 이전의 누에량과 비단 수확량에 대해 은근히 떠보던 일 같은 것은 하지 않는단 말이지. 우리도 눈에 안 보여서 가만히 있는 것이 아녀. 그렇게 함부로 나대지 말고 자신이 맡은 소임이나 착실히 잘하는 것이 좋을 것이여. 진정 친구로서 하는 말인데, 조신하게 있는 것이 목숨을 연장하는 길임을 깨달을 때도 되지 않았어? 그 뽕잎에 글자를 새긴 잠녀가 누구인지, 새겨진 글자가 무엇이었는지 알고 나면, 뭐, 그렇게 방방 뛰지 못할 거여. 소용 박씨의 백팔 글자와 관련이 있는 것 같으니, 목숨이 열 개 아니면 가만히 있어. 쯥!"

33

영의정 신숙주는 양정의 죽음을 보고 나서 비로소 정치의 본질을 본 느낌이었다. 양정은 계유정난의 가장 큰 공신이었다. 왕의 약속에 따르면 어떤 죄를 지어도 벌을 받지 않을 자였지만, 그는 왕의 단 한 마디에 목숨을 잃었다. 신숙주는 임금이 〈몽유도원도〉를 찾기 전에 죽을 수 있는 행운을 바랐는데, 그림을 찾으나 못 찾으나 권력 가까이 있는 한 죽음도 가까이 있음을 깨달았다. 영의정으로 죽어도 변절자라는 소리를 들을 생각을 하니 피가 마르는 심정이었다. 어린 왕의 편에 서지 못한 것을 후회하는 것은 절대 아니었다. 하지만 현왕을 세웠다 해도 숨겨진 진실을 알고 싶었다.

죽어 나간 사람의 숫자를 세는 백성들의 놀이를 알고 보니, 신숙주는 그 첫 번째가 진정 김종서가 맞는지 의문스러워졌다. 김종서보다 앞서…… 다른 첫째가 있었다. 다른 임금! 그래서 훈민정음 언해 원본이 책을 햇살에 내놓은 포쇄 과정에 없어진 것이 아니라 의도적으로 전부 없앤 것이 아닌가 의심이 들었다.

최근 불교 서책인 『월인석보』를 읽도록 유도하기 위해 훈민정음 언해본 원본을 일부러 없앴다는 소문이 자자하다. 불교계가 현왕을 조종한 배후라는 이야기도 돌고 있다. 과거 세종 임금께서 소헌왕후를 잃고 한순간에 불교에 귀의하셨던 것처럼, 현왕이 의경세자를 잃고 마음의 중심을 잃었을 때, 슬그머니 『월인석보』 안에 훈민정음 세종어지 언해를 삽입하도록 유도했다는 것이다. 그렇게 되면, 과거시험을 준비하는 유생들이나 홍문관 학사들이 훈민정음 언해를 보기 위해 불교 서책을 가까이할 수밖에 없다.

최근 더 괴상한 소문은, 궐 안팎으로 돌아다니던 소용 박씨의 서찰이 가짜로 판명이 되었다. 필체를 조사해본 결과, 소용 박씨의 것이 아니라 누군가가 수십 장 베껴서 뿌린 것이었다. 한지를 수십 장 겹쳐 놓고 맨 붓으로 글을 쓰면 아래 여러 장에 똑같이 글씨가 나타나는 기법을 사용한 것이었다. 여러 개 나도는 필사본의 필체가 똑같았다. 이런 고수의 글쓰기가 가능한 사람은 몇 되지 않으니 범인은 곧 잡힐 것이다.

소용 박씨의 연서를 빙자한 가짜 편지의 의도가 무엇일까. 소용 박씨가 자신의 처지를 '『월인석보』 안에 묶인 훈민정음 언해 같다'고 적은 부분이 바로 가짜 연서가 노린 부분이었다. 유생들이 수업을 거부하는 권당을 계속하면서, 『월인석보』 안에 훈민정음을 넣어 놓고 과거를 치르게 하는 부당함을 알리기 위해 소용 박씨의 연서를 이용했다고 한다. 물론 다 소문일 뿐이다. 단지 훈민정음을 둘러싼 불교와 유교의 싸움이 코앞에서 벌어지고 있다. 신숙주는 조선의 정체성에 혼란이 와서 더는 영의정 직을 유지하고 싶지 않았다.

그런데 이런 소란한 와중에도 꿋꿋하게 일하는 자도 있어 신숙주는 정신이 번쩍 들었다. 한때 집현전 학사였던 홍문관 양성지가 훈민정음과 관련하여 주상전하께 상소를 올렸다. 그가 세종 임금 때 발간된 훈민정음 언해 원본이 거의 사라지고 없으니, 앞으로 서책 관리에 필요한 원칙을 세워야 한다고 조목조목 올렸다.

주상전하,

이 미천한 양성지, 주상전하께 긴요하게 아뢸 말씀이 있습니다. 최근 훈민정음 언해본 원본이 없어져 모두들 당혹해한다고 합니다. 한두 권도 아니고 통째로 거의 없어져 버린 것은 이상한 일이 아닐 수 없었습니다. 최근 햇살에 서책들을 내놓는 포쇄가 있었는데, 그때 그 책들을 들고나는 과정에서 다른 장소에 놓아두었거나 다른 곳에 섞여 있는 것이 아닌가 생각됩니다. 시간이 지나면 나오겠지만, 훈민정음 언해본뿐만 아니라 다른 책들의 분실을 방지하기 위해 대책을 세워야 될 것으로 사료됩니다.

이를 해결하는 방법은 같은 서책을 여러 부 만들어 장서 기능을 가진 여러 기관에 보관하는 것입니다. 가령, 중국에서 들어온 서적은 혹시 흩어져 없어지더라도 오히려 다시 구할 수 있지만, 조선에서 만들어진 서책은 진실로 한번 잃으면 이를 얻을 길이 없기 때문입니다. 청하건대 우리나라에서 편찬한 서적의 현황을 모두 조사하여 부족한 건수는 인쇄하거나 베껴 쓰거나 구입하여 홍문관과 춘추관 및 지방의 삼사고에 각기 2권을 보관토록 해주시기를 주청드리옵니다. 긴요하지 않은 서책들은 모두 찾아내어 예문관, 성균관, 전교서에 나누어 보관토록 하며, 서로 혼잡하여 헤아려보기 어려운 폐단을 고치게 하여 주시옵소서.

전하, 소인의 주청은 하늘 아래 전혀 새로운 것이 아닙니다. 세종 임금 때부터 여러 부의 서책을 마련하여 여러 기관에 보관하도록 장례화 되어 있었습니다. 단지 그것이 잘 실행되지 않았습니다. 학사의 본분을 다하기 위해 이렇게 감히 상서를 올리오니, 앞으로는 이 나라 조선에서 서책이 없어 글을 읽지 못한다는 소리가 새어 나오지 않도록 헤아려 주시기 바랍니다.

신숙주는 작년 여름에 임금과의 독대에서 영의정 자리에서 물러나겠다는 뜻을 밝힌 적이 있었다. 임금은 역정을 내며 윤허하지 않았다. 안견이 〈몽유도원도〉에 대한 최종 보고를 올리고 나면, 홀가분하게 영의정 자리에서 물러나야겠다고 마음을 정리하고 있는데, 하인이 하동부원군 한명회와 상당부원군 정인지가 함께 찾아왔다고 알렸다. 두 부원군끼리 친하지 않아서 좀처럼 셋이 보는 경우는 드문 일이었다.

"영의정 대감께서도 궐에 잘 나타나지 않으시고, 또 영의정 자리에도 애착이 없다고들 해서 무슨 병이라도 나셨나 걱정이 되어 함께 찾아왔습니다."

사실 신숙주는 양정의 죽음 이후로 입맛을 잃었고, 일하고 싶은 의욕도 거의 상실한 상태였다. 상당부원군 정인지가 찾아온 연유를 덧붙였다.

"영의정 대감, 주상전하께서 워낙 공신들을 아끼셨기에 이번 양정 사건은 나도 마른 하늘의 날벼락이었습니다. 하지만 대감께서도, 다른 공신들처럼 주상전하께서 약속을 깨셨다고 믿으십니까. '죄를 지어도 영원히 용서한다'는 약속을 해놓고 양정의 목을 벤 것은, 왕 스스로 어명의 절대성을 훼손한 일이라며 공신들이 동요하고 있으니 말입니다."

"모든 일에는 유효기간이 있지 않습니까. 이제 나도 영의정 자리에서 물러날 때가 되어서 주상전하께 말씀드렸지만, 윤허를 내리지 않고 있습니다."

한명회가 눈치를 보며 거들었다.

"이 일로 영의정께서 물러나겠다고 한다면, 나라는 어떻게 되겠습니까?"

정인지도 영의정의 낙담에 위로의 말을 더해 보려고 혼잣말처럼 이어갔다.

"주상전하께서 약속하신 '죄'는 사람이나 짐승이나 다른 모든 것에 해당될지는 몰라도, 임금께 지은 죄까지 무화시킨다는 뜻은 아니지 않은가. 공신이 반란을 일으킨다 해도 용서하란 말인가. 양정은 왕에게 왕좌에서 물러나 쉬라는 뜻을 펼쳤으니, 역모의 궤변이 아니고 무엇이겠는가."

한명회는 그날 임금의 진심을 제대로 이해했다면, 양정이 그러지는 못했을 것이라고 피력했다. 부왕인 세종 임금, 형님인 문종 임금 그리고 지금의 임금까지 지속해서 끔찍한 피부병을 앓으셨다. 술을 마시면 등에 실린 고름이 더 심해지리라는 전의의 간곡한 만류를 듣고도 양정을 위한 술자리를 마련한 것이었다. 고름뿐 아니라, 등에는 종기의 딱지와 상처가 뜨거운 불길처럼 주상전하를 할퀴고 있었다. 그런데도 왕손의 탄생을 기뻐하고 변방에서 온 양정을 맞이하기 위해 임금이 기꺼이 술을 드신 자리였다. 한명회도 갑자기 남을 위로할 처지가 아니라는 생각이 들었다.

"저만 해도 딸년은 죽고 뒤를 이은 세자빈이 낳은 왕손을 축하하는 술자리였으니, 누구는 마음이 편해서 술을 마신 것은 아닙니다. 마찬가지로 임영대군도 마음이 편해서 그곳에 앉아 술을 마시지는 않았을 것입니다. 영의정 대감, 주상전하를 좀 이해해주십시오. 요즘 상당부원군 대감께서는 몸이 불편하다시며 입궐을 기피하시고, 대감은 영의정 자리를 내놓겠다고 하시고…… 주상전하의 심정이 오죽하시겠습니까. 사랑했던 후궁이 귀성군에게 연서를 보내는 참으로 망극한 일을 당하지 않으셨습니까. 사랑하는 여자를 처형하고, 조카 귀성군을 살릴 수밖에 없는 왕의 갈등과 번민이 얼마나 컸겠습니까. 사랑보다는 형제의 우애를 선택한 것은 또다시 다른 조카와 악연을 계속하고 싶지 않다는 뜻이 아니겠습니까. 그러다 보니 결국 사랑하는 여자를 두 번 잃게 되었지요. 소용 박씨가 귀성군에게 연서를 보냄으로써 한번 잃고, 자신이 소용 박씨를 처형함으로써 다시 잃게 된 셈입니다. 그 끔찍한 괴로움을 잊기 위해 마련한 술자리에서 상당부원군 대감은 소용 박씨의 백팔 글자를 들고 나왔고, 어디 그뿐입니까? 이번에는 축복처럼 태어나신 왕손을 보신 기쁨을 나누는 자리에서 양정은 찬물을 끼얹었습니다. 이 어찌 제대로 된 군신의 관계라 하겠습니까."

한명회의 사설이 이렇게 길 때는 뭔가 목적이 있었다. 영의정도 상당부원군도 그것을 파악하고, 그 저의가 무엇인지 긴장했다.

"백성들은 또 어떻습니까. 새 왕손을 보신 뒤 그런 잔인한 일을 하시니 제정신이 아니라고들 합니다. 소용 박씨의 죽음에 대한 응보라는 소문도 되풀이되고. 소용 박씨와 양정 중에 누가 왕의 편이고 누가 형제의 편이냐고, 또 편 가르기를 하면서 말입니다. 백성들은 왕과 형제 사이를 끊임없이 갈라놓으려 하지 않습니까. 그것이 주상전하의 불안감의 이유이고, 또 주상전하께서 귀성군을 끝까지 지키려고 하는 이유입니다."

들다가 더 참지 못하고 정인지가 말했다.

"에두르지 말고 대감이 진짜 하고 싶은 말을 하시게."

"그래서 말인데, 영의정 대감, 이 암울한 분위기와 망극한 상태에서 빠져나갈 수 있는 방책을 찾아봤으면 합니다. 여자로 인해 다친 마음은 여자를 통해서만 치유할 수 있다며, 왕께 후궁을 새로 들이라고 주청을 넣어 보자는 이도 있지만, 대감도 아시다시피 주상전하께서는 예전부터 색을 좋아하지 않으셨습니다. 기생에게 관심은커녕, 얼굴을 알아볼 수 없도록 화장을 두껍게 하니 인간 족속이 아니라고 하시니, 여인으로 상심한 성심을 달랠 수는 없을 것입니다."

"우리가 무엇을 할 수 있다고 생각하시는가?"

"지금 임금의 상한 마음을 치유하고 기쁨을 드릴 수 있는 것은 바로 왕손을 많이 안겨드리는 일이지요. 그래서 하는 말인데, 돌아가신 의경세자는 두 명의 왕자를 남겨 놓지 않으셨습니까. 중전마마께서 첫 왕자인 월산군을 곧 박중선의 딸과 혼례를 올리게 하실 모양입니다. 하루라도 빨리 그리고 많이, 왕손을 보고 싶으신 중전마마의 조치라고 하지만, 아마 주상전하의 심기를 바로잡기 위한 중전마마의 극단적인 결정이 아니겠습니까. 가을에 월산군의 혼례를 올리실 것으로 결정이 난 모양입니다."

정인지가 눈치를 채고 말했다.

"나도 그 이야기는 들었는데, 혹여 또 부원군께서는……."

한명회는 정인지의 말을 가로막으며 말했다.

"월산군이 혼례를 올리고 나면 둘째 왕자인 자을산군이 남게 됩니다. 자을산군의 배필로 적당한 처자가 있는가 하고 생각하던 중에, 나에게 어린 딸이 아직 하나 있다는 것을 깨달았습니다. 영의정 대감, 자을산군과 내 딸년을 맺어 주면 어떨까 해서 상의드리기 위해 이렇게 찾아왔습니다."

두 대감이 묵묵부답이자 한명회는 정인지를 설득하기 시작했다.

"월산군의 혼례가 끝나면, 중전마마께서 자을산군의 배필 찾는 일을 바로 하실 것이네. 그리고 하동부원군 대감, 자네는 주상전하의 외동딸 의숙공주를 며느리로 삼아 사돈지간이 되니, 의숙공주를 통해 이런 뜻을 한번 귈에 전해 보면 어떻겠는가. 대감의 뜻이라고 하면 의숙공주마마께서 더 잘 중전마마께 말씀드릴 것이 아니겠는가. 대감은 아들을 가진 덕으로 아무 탈 없이 주상전하와 사돈지간을 계속 이어가지만, 나는 딸을 가진 죄로 계속 마음을 졸이며 주상전하와 사돈지간을 맺어왔네."

정인지는 대답없이 망설이는 태도를 보였다. 그럴 수밖에 없는 것이 한명회의 첫 딸은 세자빈으로 이미 들어와서 실패했다. 정인지의 속마음을 꿰뚫어본 한명회가 덧붙였다.

"물론 해양세자의 첫 세자빈이었던 내 첫 딸은 몸이 약했네. 인성대군을 낳자마자 가 버리고 인성대군도……. 그래서 나는 주상전하의 지금 심정을 이해할 수 있네. 주상전하께서는 의경세자도 잃고, 인성대군도 잃고 소용 박씨도…… 양정도 잃고, 사랑했던 사람들이 끊임없이 죽어가니, 또 죽여야 하니!"

정인지는 한명회가 딸의 죽음과 새 세자빈을 얽어서 자신을 설득하려는 것을 경계하는 눈빛으로 바라보았다. 이럴 때 한명회는 몸을 납작 낮추어 자신이 얻고자 하는 것을 얻는 능력이 있었다.

"상당부원군 대감께서 주상전하를 바로 모신다는 충정으로 이번에 나를 한번 도와주게. 주상전하의 웃음을 되찾아 드리세. 딸년이 총명하고 마음이 다정하니, 이 복잡한 왕실과 종실을 어지럽히지 않는 좋은 짝이 될 걸세. 의숙공주를 통해 분위기를 몰아주거나 주상전하께 잘 말씀드려, 자을산군과 내 딸년을 맺어 주면, 대감, 그 은혜 잊지 않도록 하겠네."

상당부원군 정인지는 마지 못해 말했다.

"대감의 부탁이니 생각해봄세."

한명회는 영의정 대감 쪽으로 몸을 납작 숙이며 말했다.

"영의정 대감, 이것을 기회로 우리가 주상전하를 바로 모실 중지를 모았으면 합니다. 영의정 대감도 좀 도와주십시오."

34

백삼장白三張이 백사장百四張에게

1466년 3월 20일

백사장 잘 지내시는가?

어떻게 생각하는가? 평소 백팔장의 조심성을 감안하면 이런 공개 서찰은 있을 수 없는 일이다. 모임의 법도나 규율이 깨어진 것이나 다름없다. 모두가 한자리에 모이거나, 최소한 백장부터 백팔장까지 의사결정권을 가진 장張들이 한번 모여야 하지 않겠나.

우리 108명이 빠짐없이 모두 모인 적이 언제였던가. 군왕께서 가뭄을 핑계로 백팔장을 모두 궐 안으로 불러들이셨던 기축己丑년의 기우제34가 마지막이었다. 물론 비가 오래도록 오지 않으니 기우祈雨제를 마련하셨지만, 그것은 표면적인 핑계였고 사람들에 대한 눈속임이었다. 수양대군은 우리 백팔장 모임의 도움

207

二十四滿花方席一十張滿花席一十張雜彩花席一十張銅
錢一萬貫人參一百觔松子五百觔五味子五斗清蜜三十斗
豹皮心虎皮邊獏皮裹坐子一事鹽斜皮一十張豹皮一十張
虎皮一十張摺扇一百把油筆一十張牛黃一十張乾虎皮臟五
十二箇乾虎肉四十二箇乾虎肉四百七十條乾虎肋肉帶骨
六部乾虎宵兒二部乾虎脚肉帶骨四箇○己丑太白晝見○
會僧徒一百八人于興天寺祈雨 命左副承旨韓繼美行杳
禁諸司刑戮屠殺○命右副承旨權摯齎乾獐四口片脯八十
脡乾雉四十首徙開城府宣慰明使○御扎付速接使朴元亨
一聞陳鑑等自慶知禮事事瑕疵若有更張之言當答曰我國
故事如此吾等何敢擅便更改有 殿下之命然後改之耳鑑
等若曰 殿下則當若曰啓之美一雛小碎之事不當之事
極難之事皆啓一聞鑑等曰事大之誠既已美而宜盡迎詔禮
度子謂此儒等徒知班超之使外國宣漢德能以口舌順服夷
狄故意謂如彼也若鑑等後裘如此言說則卿等勿勤勤裘明

34 조선왕조실록 세조 3년 5월 27일에는 승려 108인이 여천사에 모아 기우제를 가졌고, 5월 28일에 비가 내렸다는 기록이 있다.

으로 거뜬히 왕좌에 오르신 후, 눈치를 보면서 기다리시다가 가뭄이 연일 계속되자 이를 핑계 삼아 공식적인 명목으로 우리를 불러들이셨다. 그전까지는 우리도 왕을, 왕도 우리를 보지 못했다. 덕중이 양쪽을 왔다 갔다 하면서 일을 전달하고 진행했다. 기우제는 왕과 백팔장 모임이 처음으로 정식 대면하는 뜻깊은 자리였지.

궁궐의 그것도 가장 위상이 높은 근정전에서 108명의 승려가 모여 비가 오기를 기원하다니! 그때의 감격을 어찌 잊을까. 그 화려한 자리에 당당하게 서서 엄숙하게 불경을 외우고 있었으니! 다시는 산속으로 내쫓기거나 개처럼 끌려다니던 처참했던 과거는 되풀이되지 않을 것이라는 안도감과 조만간에 불교가 국교의 자리를 되찾을 희망에 부풀어 질금질금 눈물이 나왔다. 그래서 더욱 열심히 비가 오기를 간구했지. 비! 참, 하늘이 도왔지. 다음 날 조선 팔도에 거짓말처럼 비가 내렸다. 산으로 돌아온 우리는 덩실덩실 춤을 추었다. 군왕의 백팔장 모임에 대한 믿음은 극에 달할 수밖에 없었지.

불행하게도 그해 9월 의경세자가 병이 나서, 대사 네 명이 내전까지 들어가 기도했지만 소용없었다. 그때 나와 자네도 함께했다. 세자가 죽는 참변을 겪으신 이후에도, 왕께서는 백에서 백팔장까지 의견 결정권을 가진 아홉 명을 자주 불러들이셨다. 그러나 소용 박씨 사건이 터진 지난해 6월부터 해가 바뀐 지금까지 왕께서 모임 백팔장에 띄운 전갈은 하나도 없으며, 걸 안으로 불러들인 자도 없다. 어떻게 된 것일까. 백사장百四張도 들었겠지만, 최근 왕은 공신 양정을, '죄를 지어도 영원히 용서한다'하는 언약을 저버리고, 무참하게 처형하고 말았다. 주변이 혼동 속으로 빠져들고 있다.

이 와중에 덕중이 찾아왔다. 뭔가 눈치를 챈듯했다. 우리는 오래전부터 덕중을 새로운 왕을 만들기 위한 중간자로 사용해왔다. 수양대군의 입장에서 보면 어려운 상황에 빠진 중놈 하나 구해줬더니, '왕이 되십시오'라는 신탁을 들고 온 셈이다. 덕중은 은혜를 입었으니 수양대군을 위해서라면 목숨도 바칠 수 있는 충성심을 지니게 되었다. 백팔장은 그들의 이런 관계를 잘 활용했다. 덕중이 수양대군과 차분히 친분을 쌓아가면서 우리의 뜻을 차질 없이 전하도록 한 것이다. 덕중은 수양대군과 백팔장 사이의 고리로 양쪽의 뜻을 전달하는 역할을 충실히 해냈지만, 그것이 전부는 아니었다.

덕중! 수양대군의 덕을 받고 불교를 융성시키는 데 큰일을 했다하여 백팔장이 내린 법명인데, 묘하게 수양대군 사저의 여종, 즉 소용 박씨의 이름과 같다. 이런 법명을 내린 것이 우연이 아닐 수도 있다. 두 덕중은 수양대군의 잠저에서 인연으로 만나도록 계획되어 있었기 때문이다. 그 사실을 어떻게 아느냐 하면,

210

야생초 구하는 일을 내가 맡았다. 승려 덕중이 야생초들을 수양대군의 잠저로 가져다주게 될 것인데, 그 야생초를 좀 구해달라고 백팔장이 내게 지시했었다. 어디에 쓸 것이냐고 했더니, 당시 수양대군 사저에 큰 과수원이 있는데 그곳을 관리하는 여종 덕중의 환심을 사기 위해 건네주게 될 것이라고 했다. 야생초는 평범한 것들이었다.

두 덕중은 자신도 모르는 사이에 새로운 왕을 세우는데 큰일을 했다. 보잘것없는 야생초를 구하는 내 역할이 얼마나 중요한 일인지 몰랐던 것처럼, 두 덕중도 권력의 소용돌이 속에서 얼마나 자신들이 큰일을 했는지 잘 몰랐다. 백팔장 모임의 비밀이 여태 유지되었던 이유가 각자 맡은 역할이 미미하거나 너무나 보잘것없어서 도무지 새 왕을 세우는데 자신이 어떤 역할을 했는지 알기 어려웠기 때문이다. 그렇게 교묘하게 일을 진행한 승려 백팔장이 이렇게 터무니없이 비밀이 새어 나가도록 공개 서찰을 썼다는 것은 어불성설이다. 더구나 비밀을 유지하기 위해 짝패까지 두지 않았던가. 두 사람이 하나의 비밀을 공유하고, 그 비밀이 새어 나가면 상대방의 목숨도 위험해지니 함부로 발설할 수 없도록 한 것이었다.

백사장百四張!
그럴 리 없겠지만, 승려 백팔장이 밀약서의 비밀을 폭로하기 위해 의도적으로 공개 서찰에 그런 내용을 적은 것이 아닐까. 백팔장 모임이 현왕을 세웠다는 것을 공개적으로 소문을 내는 것이지. 이유야 정확하게 모르지만, 이미 드러났거나 조만간 드러날 수밖에 없는 것을 앞서 폭로하는 것도 상수이지 않은가. 불교의 위세가 이렇게 강하니 이제 백팔장의 정체가 드러난다 한들 달라질 것도 없으니, 내놓고 그 위세를 과시할 수도 있는 일이지. 다른 이유로는 어쩌면 진짜 숨겨야 할 것이 있을 때, 이보다 가벼운 비밀을 일부러 폭로해서 중요한 비밀을 가리는 일이지. 만일 후자라면, 뭔가 상황이 위급하게 진행되고 있다는 이야기가 아닌가.

백장부터 백팔장 아홉 명 중 다섯 명 이상이 합의되어야 백팔장 모임을 가질 수 있으니, 백사장! 자네의 뜻을 알려주기 바란다.

백삼장 씀

35

환관 방비리가 잠녀 고아라에게

1466년 3월 30일

쓰지 않아야 하는 서찰을 쓰게 된 이유는, 으음, 상황이 조금 급박하네. 아무래도 자네와 무관치 않은 일 같아서 말일세. 누군지 알 걸세. 주상전하의 차를 담당하고 가끔 나를 보러오는 상차 강원종이 우연히 무엇을 본 모양이네. 그가 나에게 원유의 뽕밭에서 잠녀가 뽕잎에 바늘구멍을 내던 것을 보았고, 몰래 잎을 따다가 새겨진 글자를 확인한 후, 전 상선에게 가져다가 바쳤다고 고백해왔네.

소용 박씨가 무엇이 급해서 목숨을 걸고 귀성군에게 서찰을 보냈을까 하고 혀를 찼었는데, 막상 이런 상황이 되고 보니 나역시 목숨을 걸고 자네에게 서찰을 전할 수밖에 없다는 것을 알았네. 그 이유는…… 우선…… 뽕잎에 구멍을 내던 잠녀가 바로 자네가 아닌가 싶어서네. 알고 있어야 할 것 같아서 말이지. 자네가 다칠지도 모른다고 생각하니, 한시도 가만히 있을 수가 없었네. 자네가…… 다칠까 봐…… 으음.

상차가 건넨 뽕잎을 전 상선이 어떻게 했는지는 알 수 없네. 전 상선은 주상전하를 가장 가까이서 모시는 환관들의 수장으로 하찮은 뽕잎 하나에 신경 쓰시지 않았으리라 여겨지지만, 혹여 잎에 적힌 글자의 의미를 풀어냈다면 그냥 넘길 분은 아니네. 몇 번의 정난과 역모를 거치면서 많은 환관이 귀양을 가고 목숨을 잃어도 손끝 하나 다치지 않고 승승장구한 분이니, 전 상선의 처세술과 판단력은 보통 사람을 넘어서니 하는 말일세. 그 나뭇잎을 어떻게 했는지, 해가 넘어가도록 아무런 말이 없으니 별일 없이 넘어갈 것이라 여겨지지만, 아 그러고 보니, 최근 전 상선이 내가 한번 찾아왔으면 한다는 말을 김 상선을 통해 들었는데, 이 일과 관련이 없기를 바랄 뿐이네.

상차가 그 뽕잎을 전 상선에게 건넨 이유는 내가 누에와 비단의 양을 비교조사 하는 등 트집을 잡는 것에 대해 방어하기 위해서였다고 했네. 혹여 내가 무슨 꼬투리라도 잡으면 그것을 상쇄시키기 위한 것이라고 말일세. 이런 이야기를 하면, 무슨 친구 사이가 그러냐고 물을 것이네. 그렇게 서로 못 믿으면서 무슨 친구냐. 하지만 서로를 아껴도 주변의 권력이나 힘이 휘돌 때는, 본인의 의사와 상관없이 상대방을 함정에 빠뜨리거나 적

214

으로 대할 수밖에 없는 입장에 놓인다네. 세상을 순수하게만 보는 자네에게 그런 복잡한 상황이나 감정을 설명하기가 쉽지 않지만, 상차나 나는 그 점을 너무나 잘 알고 있기 때문에 이런 상황에서도 원망 같은 것은 하지 않는다네. 우리는 서로를 아끼는 친구가 분명하이. 나보다 도리어 원종이 더 나를 아낀다고도 할 수 있지. 나는 옳고 그름을 따지는 성격인데다가 원칙을 지켜 사는 것이 중요하다고 여겨, 친구라 하여 덮어주거나 감싸주지 않는다네. 상차가 뽕잎을 가져다가 전 상선에게 준 것은 나를 공격하기 위한 무기라기보다 무슨 일이 일어났을 때 방어하기 위해서였다니, 어떤 의미에서 나에게도 일말의 책임이 있지.

뽕잎에 구멍을 낸 일이 무슨 일 때문인지 모르지만, 유사시를 대비해서 해결책을 찾아두게.

아무쪼록 몸조심하시게.

잠실 방비리 씀

36

백오장百五張이 백육장百六張에게

1466년 4월 18일

서로 다른 산에 기거하니 이렇게 서찰로 연통할 수밖에 없는
처지네.

소문 들었나. 결내 대대적인 물갈이가 있어 영의정 신숙주가
물러났다. 스스로 영의정 자리에서 물러나기를 원했다고들 하
지만, 권력이란 일단 손에 쥐게 되면 놓기가 어려운 것인데, 무
슨 일로 그렇게 되었는가. 군왕께서는 구치관을 영의정으로 삼
고, 황수신을 좌의정으로 삼고, 박원형을 우의정으로 삼으셨
다. 신숙주는 고령군으로 명하셨을 뿐이다. 한때 신숙주가 영의
정 자리를 믿고 구치관을 벌주려 한 적도 있는데, 이제 구치관
이 영의정이 되었으니 신숙주도 마음이 편치만은 않을 것이다.

권력이란 달과 같아 찼다가 기울고 기울었다가 차기도 하는 법, 우리처럼 권력과 무관한 자들의 삶이 최고 경지가 아닌가.

이번 대대적인 물갈이 중에 김수경이 사헌부 장령이 되었다고 한다. 김수경이 누군가. 그는 활을 쏘는 재주도 없고 말을 잘 달리는 재주도 없고 계획을 잘하는 머리 반듯한 인간도 아닌데, 그런 벼슬을 하게 된 연유가 무엇이겠나. 오로지 신미信眉 대사의 아우라는 이유뿐이다. 김수경은 법명도 없이 속세의 이름만 가지고 중 행세를 하던 땡추가 아닌가. 하, 김수경이 사헌부 장령이면 나는 영의정일세. 도대체 이 무슨 모양새인가.

백팔장 모임을 만들 때는 중들을 벼슬자리에 내보내려고 만든 것이 아니었다. 부처의 뜻을 널리 펴고 불교를 부흥시키기 위해 만든 것이다. 그런데 이제 커진 불교의 힘을 빌려 권력을 취하려 하다니, 이 어찌 있을 수 있는 일인가. 신미는 첫째 동생인 김수경뿐만 아니라, 『월인천강지곡』과 『월인석보』 편찬 작업에 참여한 문장가 둘째 동생인 김수온에게도 높은 벼슬을 내리게 하려고 작업 중이라 한다. 셋째 동생, 심지어 조카들의 벼슬까지 꿈꾸고 있다 한다. 신미가 그러할진대, 다른 대사들이나 승려들이 어떻게 권력에 눈독을 들이지 않겠는가.

우리가 백팔장 모임을 만든 본뜻을 되찾아야 할 것이다. 우리 목적은 두말할 것도 없이 과거 고려 시대 불교가 누렸던 영광을 되찾는 것이다. 속세의 권력에 눈멀어 우리의 큰뜻이 길을 잃어서는 결코 안 될 것이다.

자네가 승려 백팔장의 짝패에 대해 알려달라고 했는데 내가 알기로 그의 짝패는 없다. 백일장과 백이장, 백삼장과 백사장, 백오장인 나와 백육장인 자네, 백장과 백칠장이 모두 짝패이다. 짝패가 없는 이는 오로지 백팔장뿐이다. 물론 승려 덕중의 짝패는 여종 덕중이었고, 승려 만유의 짝패는 안평대군이었다. 백팔장 안에서만, 승려들끼리만 짝패가 이루어진 것은 아니고, 필요에 따라 속세의 사람들도 짝패로 삼았다. 각자의 임무에 따라 그 짝패가 정해졌는데, 당사자들은 짝패인 줄 모르는 경우도 있었다. 가령, 승려 덕중은 여종 덕중과 짝패인 것을 알았겠지만, 여종 덕중은 알지 못했을 것이다.

백육장도 우리 모임이 수양대군에게 전한 신탁의 내용을 알고 있을 것이다. 즉 백성의 소리를 부처에 바쳐야 하는데, 그때 나랏님의 뜻을 적은 훈민정음 어지 서문이 불교의 신성수인 108글자여야 한다는 조건이 있었다. 이것은 사실 불가능한 일이었다. 세종 임금은 이미 승하하셨는데, 그가 적어 놓은 어지 54자를 그 두 배인 108 글자로 만들 수는 없는 노릇이었다. 죽은 임금을 다시 살려내어 어지를 다시 쓰게 만들어야 할 만큼 어려운 신탁의 조건이었다.

(한문본)

國之語音異乎中國與文字不相流通故愚民有所欲言而終不得伸
其情者多矣予爲此憫然新制二十八字欲使人人易習便於日用耳

54자

　그 해답을 찾아낸 것이 바로 여종 덕중이었다. 어느 날 언문
으로 글자 연습을 하는 여종 덕중을 보시고, 수양대군께서 세종
대왕의 어지가 54자인데 108자로 만들 방법이 있겠느냐고 물었
다. 그랬더니 소용 덕중이 그 자리에서 해답을 말했다고 한다.
훈민정음 어지가 한문으로 되어 있으니, 언문으로 108자로 번역
하면 되지 않겠느냐는 것이었다. 이렇게 해서 만들어진 것이 바
로 훈민정음 언해본 어지 108자였다. 이 이야기를 백팔장은 수
양대군으로부터 전해 들었다. 그러자 백팔장이 지금의 승려 덕
중에게 그 여종과 똑같은 법명을 내리고, 수양대군 댁에 드나들
면서 소용 덕중과 친해지도록 한 것이다. 백팔장이 두 덕중 사
이에서 어떤 일을 꾸몄는지는, 나도 자네도 그리고 심지어 두
덕중도 알지 못한다.

　소용 박씨가 죽어가면서 나름 큰 비밀을 폭로한 것은 사실이
다. 왜냐하면 소용 박씨는 수양대군이 왜 108자로 바꾸려고 했
는지 궁금했을 것이고, 결국 그것이 어린 왕을 죽이고 수양대군
이 왕을 차지하는 것과 관련이 있었다는 것을 나중에 알게 되었

을 것이다. 하지만,

백팔장의 계획은 그것보다 훨씬 크고 무서운 것이 아니었을까?

백장, 백일장, 백삼장, 백사장, 백오장, 백육장, 백칠장, 모두 회합을 갖기를 원하고 있다. 나도 찬성이다. 백육장의 뜻을 알려 주기 바란다.

백오장 씀

37

백일장百一張이 백이장百二張에게

1466년 4월 19일

백이장 보게나.

5월 마지막 날에 열릴 백팔장 대표 모임에 백이장만 참가 의사를 밝히지 않은 것으로 안다. 다른 짝패들은 둘씩 같이 모임에 참석하겠지만, 백이장이 오지 않으면 나는 혼자 참석하게 된다. 모임에 참석하겠다는 의사를 밝히지 않는 특별한 이유가 있는가. 혹여 연락을 제대로 받지 못해서 그런 것이 아닌가 하여, 다시 급하게 이 서찰을 보내니, 보낸 인편으로 바로 나에게 답장을 주기 바란다.

군왕의 현 상황에 대해 어떻게 생각하는가. 어제 백장과 그 짝패 백칠장을 만났는데, 두 승은 묵묵히 고개를 숙이고 앉아 있다가, 수수께끼 같은 말을 시작했다. 백장이 "이제 임금께서는 치러야 할 모든 업보를 다 치른 셈인가?" 하고 묻자, 백칠장이 "그것을 내가 어떻게 알겠나?" 하고 무심히 대답했다. 그러자 다시 백장이 "의경세자가 죽었고 그리고 아지 왕자군이 죽었다. 두 왕자가 죽었으니 그 업보가 끝이 난 셈이 아니겠느냐?"라고 다시 물었다. 백장의 말을 듣고 백칠장이 고개를 들더니 다시 대답했다. "그것을 내가 어떻게 알겠나?"

백이장, 나는 그들의 수수께끼 놀음을 이해할 수가 없었다. 그런데 백장이 다시 말했다. "의경세자가 죽고 나서 주상전하는 나머지 한 아들을 잃게 될 것을 노심초사하셨을 것이다. 꼭 왕자 둘을 잃어야 한다면 지금 세자로 계신 해양대군을 절대 잃을 수는 없다고 생각하셨을 것이고"라고 하자, 백칠장이 다시 "그래서 또 다른 업보가 생겼네"라고 말했다. 그들 짝패만이 알고 있는 비밀을 이야기하고 있음이 분명했다. 내가 무슨 말이냐고 자꾸 묻자, 그들은 우리 짝패가 알고 있는 것을 내놓으면 자기들 것을 내놓겠다고 말했다. 나는 어차피 이번 백팔장 대표모임이 이루어지면 다 나올 이야기다 싶어, 나도 알고 있는 비밀을 말할 테니 지금 주고받는 이야기가 무엇인지 알려 달라고 했다.

"두 왕자를 잃어야 업보가 끝난다는 것이 무슨 말인가?"

백장과 백칠장이 맡은 임무는 특이하게도 '소문'이었다. 왕과 형제간의 측근이 인과응보 식으로 죽음을 맞이한다는 등, 필요할 때 소문을 만들어 백성들 사이에 퍼뜨렸다는 것이다. 두 왕자를 잃어야 업보가 끝난다는 말은 백성들 사이에 퍼뜨린 소문이 아니라, 예언 형식으로 왕과 왕비에게 전해지게 한 것이라 한다. 이 예언이 무슨 뜻이냐고 물었더니, 수양대군이 왕이 되고 나서도 불교와 승려들을 푸대접하지 못하도록 오금을 박아놓은 것이라 했다. 왜냐하면 왕이 된 자가 가장 신경 쓸 수밖에 없는 것이 다음 왕위를 이을 왕자였다. 현왕에게 적자로는 두 왕자밖에 없는데, 두 왕자를 잃게 될지도 모른다는 예언은 받으면 그 심정이 어떻겠는가. 왕은 불교의 자비를 기댈 수밖에 없고 불교를 배척할 수 없는 심리적 상황에 놓이게 되는 것이다. 왕을 상대로 백팔장이 얼마나 교묘한 심리전을 펼쳤는지 알 수 있었다. 왕자들은 옛부터 쉽게 죽었으니 그 예언은 자연스럽게 이루어질 것이고, 이루어지지 않는다 해도 그것은 불교의 자비 덕분으로 돌리면 그만이었다. 그런데 의경세자에 이어 해양대군이 아니라 왕자군 아지가 죽었다는 것이다. 백장과 백칠장 짝패가 알고 있는 비밀은 딱 여기까지라 했다.

그 비밀의 대가로 우리 짝패가 알고 있는 비밀을 내놓았다. 어차피 승려 백팔장의 공개 서찰로 인해 이런 비밀들은 자연히 드러날 수밖에 없는 상황이 아닌가. 우리가 가지고 있는 비밀은 큰 것도 아니고, 알려 주어도 별로 문제될 것이 없다고 여겨졌기 때문이다.

이미 세종 임금 시절에 번역해서 출간한 훈민정음 언해본 원본에는, '**나·랏:말ᄊᆞ·미 듕귁·에 달·아**'로 시작되는 세종대왕의 어지가 110자 이상이었다. 우리는 그 원본 대체 작업을 하였다. 지금 원본이 없어져 가고 있다고들 난리지만, 지금 원본이라고 하는 것은 진짜 원본이 아니다. 세종 어지를 108자로 줄이는 작업을 처음에는 궐 안의 정음청에서 할 계획이었으나, 사정이 여의치않아 여장사 암자로 옮긴 것이었다. 당시 우리는 그 작업을 큰 비밀이라고 여기지도 않았다. 어지의 글자수를 불교의 신성수로 바꾸기 위해, 없어도 괜찮은 글자를 두세 자 줄이는 정도로 여겼다. 불심이 지극하신 왕의 정성이라 여겼을 뿐이다. 진짜 원본인 세종 임금의 어지는 여장사 암자에서 108글자로 대체된 후, 모두 파기되어진 것으로 안다.

우리는 훈민정음 어지를 108글자로 만들기 위해 특이한 방법을 사용했다. 본래 책을 만들기 위해서는, 먼저 붓글씨로 책 내용을 쓴 다음 이것을 목판에 뒤집어 붙인 후 그 글자대로 목판에 새겨야 한다. 하지만 우리는 당시 번각을 사용했다. 즉 책 내용을 쓰지 않고 이미 세종 시절 만들어진 언해본 원본 어제 서문을 목판에 뒤집어 붙여 그대로 새기는 방식을 사용했다. 책 내용을 새로 쓰지 않아도 되는 장점 때문에 시간과 노동력이 절약되었다. 이런 방식으로 원래의 책과 똑같은 형태의 책을 만드는 과정에서, 몇 자 줄여 108자로 만든 것이다. 그러니까 지금 원본이라고 하는 것, 즉 108자로 된 어지는 원본이 아니라 원본을 대체한 것이다. 진짜 원본은 더 이상 존재하지 않을지도 모른다.

훈민정음 언해본 108자를 완성했을 즈음 문종 임금이 승하하셨고, 어린 왕이 즉위했다. 현왕은 신성수인 108자 완성 작업을 했으나, 왕권을 쥔 뒤부터는 이미 교만해져 그 새 문자를 부처에게 바치겠다는 약속을 지키지 않았다. 백성이나 유학자들의 원성을 살 수 있었기에 망설였는지도 모른다. 그러자 마치 약속을 어긴 벌처럼 갑자기 의경세자가 명을 달리했다. 군왕은 아차 했을 것이다. 약속을 어긴 것을 깨달았던 것이다. 그래서 백성의 소리를 부처에 바친다는 약속을 지키기 위해 108자의 훈민정음 세종어지를 넣어『월인석보』를 완성하여 백성들에게 배부한 것이다.

백이장!

『월인석보』의 첫 부분을 보면 '세종어제 훈민정음'이라는 글귀로 시작하고 있다. '세종'이라는 묘효는 살아있을 때는 쓸 수 없는 것이니, 이렇게 '세종'이라는 묘효가 든 것은, 승하하신 부왕의 신문자 창제 업적을 높이기 위해 현왕이 개작한 것처럼 여기게 만들기 위해서였다. 첫머리에 보란 듯이 '세종어제 훈민정음'이라는 제목을 달고 앞 4줄을 글자체가 다르게 넣어 놓았다. 그렇지 않다면 얼마든지 같은 글자체로 통일할 수 있었을 것이다.

이 때문에 사람들은 아무런 의심 없이 이 안에 들어 있는 훈민정음 언해 어제 서문을 본래 것인 양 받아들이게 된 것이다. 『월인석보』와 우리가 대체한 원본, 양쪽이 모두 108자로 통일되어 있으니, 사람들은 전혀 알아차리지 못했던 것이다. 이것은 원본의 원본을 숨기고, 새 문자를 부처에게 바치기 위한 비밀 작업이었다.

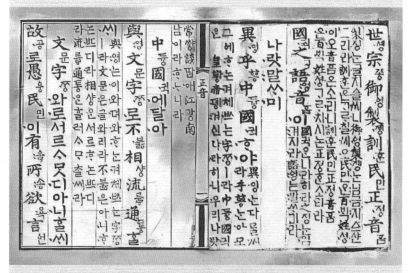

『월인석보』 1권의 첫 부분에 들어있는 훈민정음 언해본 첫 페이지

이런 작업이 가능했던 이유는 현왕의 학식과 경험 덕분이기도 했다. 과거 세종 임금은 부왕 태종이 신하들의 반대를 무릅쓰고 주자소를 설치하여 활자를 주조한 것을 대단한 업적으로

여기시면서, 서적들을 인출할 수 있도록 글자를 주조하는 책임을 집현전 학사들에게 주었다. 이때 활자의 기본은 경연[34]에 소장된 서책들을 열람하여 삼도록 하였고, 이러한 서책에서도 찾을 수 없는 글자체는 수양대군으로 하여금 직접 쓰게 하였다. 다시 말해, 필요한 글자체가 있으면 수양대군은 얼마든지 만들수 있도록 훈련이 되어 있었다. 훈민정음 언해 어지의 글자 몇개를 없애거나, 『월인석보』첫 페이지에 몇 줄을 수정하는 것은 현왕에게 전혀 어려운 일이 아니었다.

　백이장, 우리 짝패가 알고 있는 비밀을 백장과 백칠장도 알게 되었고, 우리도 그들의 비밀을 공유하게 되었다. 이제 점점 다른 비밀들도 모습을 드러낼 것이니 서로 고리를 엮어 가면, 백팔장의 본 모습이 드러날 것이다. 혹여 백이장이 이번 모임에 참석하지 못하는 연유가 있으면 알려 달라. 혹여 몸이 아프신 것은 아닌지도 알려 달라. 혹여 혼자만 알고 마음 고생하는 비밀이 있으면 그것도 알려 달라. 적어도 짝패인 나에게는 모든 것을 알려야 한다. 그래야 앞으로 일어날 많은 변화에 대비할 수 있을 것이라 여겨진다.

백일장 씀

---

34 왕과 유교경전을 강론하는 일을 주관한다.

38

성균관 정앙이 고령군 신숙주에게

1466년 4월 24일

고령군 대감.

그동안 강녕하신지요? 집현전이 폐지된 이후로, 대감을 뵈옵는 일이 점점 드물어졌습니다. 고매한 학사들을 가까이 모실 수 없는 시대적 상황이 가슴 아플 따름입니다. 대감께서 영의정 자리에서 물러나셨다는 소식을 듣고 한편으로는 반갑고 한편으로는 안타까웠습니다. 대감의 용기와 결단에 머리가 숙여집니다. 영의정 자리를 마다하는 학사시니, 성균관에서 후학을 가르치는 자로써 어찌 만감이 교차하지 않을 수 있겠습니까.

대감, 대감께서 영의정 자리에서 물러나시는 상황에서 소인은 몇 가지 궁금한 것이 있어서 감히 이렇게 서찰을 쓰게 되었습니다. 우선, 선왕이 승하하시면 3개월 후 지내는 제사 졸곡을 마지막으로 실록청을 만들고, 새로 즉위한 왕은 영의정을 책임자로 임명하여 선왕의 실록편찬에 착수하는 것이 관례입니다. 하지만 현왕 즉위 십 년이 지나서야 겨우 실록청이 입질에 오르내리게 되었습니다. 선왕 시절의 각종 기록을 모으고 있으나 다들 몸을 사리고 내놓지 않는다고 들었습니다. 물론 가장 기본이 되는 자료는 춘추관에서 그날그날 직접 본 사건을 기록한 입시사초일 것입니다. 하지만 사관들이 집에 돌아가서 자신의 의견까지 넣어 기록하는 가정사초는 구할 수 없었을 뿐만 아니라, 반강제로 걷은 것이 빈 종이뿐이라고 들었습니다.

소인이 궁금한 것은 사관이나 대신들의 몸사림이 아닙니다. 괴이하게도 어린 선왕의 실록에서 '왕'이라는 표현을 아예 없애버리고 '노산군'으로 기록을 남긴다고 들었습니다. 소문이 진실이라면, 이는 어린 왕이 국정을 이끌었던 약 3년이라는 세월 동안 조선에는 아예 왕이 없었다는 논리가 됩니다. 물론 선왕은 노산군으로 강등되었으니, 그대로 기록하면 그만입니다. 노산군으로 강등당한 것이 역모를 꾀했다는 것인데, 그런 이유라면 역적의 실록을 남겨서 무엇하겠습니까. 그런 논리라면, 승하하셨으니 아예 '죽은 자의 기록'이라고 남기는 것이 타당하지 않겠습니까. 대감께서 영의정으로 지내셨으니, 이 일을 모른다고 하지 않으시겠지요.

선왕의 실록에 대해 차마 입을 열지 못했으나, 대감께, 과거 존경했던 학사께 감히 진실을 알기를 청하는 것이옵니다. 게다가 실록청이 아니라 일기청을 세웠다고 들었습니다. 실록은 왕을 위한 기록이니, 노산군을 위해서는 매일매일의 기록을 담은 일기청을 만들었다지요. 말 그대로, 일기라 해도 당연히 선왕의 즉위부터 양위[35]한 때까지 왕으로서의 기록을 남겨야 하는 것 아니겠습니까. 선왕이 노산군으로 강등된 것은 선위가 이루어지고 난 후의 일일진데, 왕의 행적을 실록으로 기록하지 못한다면 어떻게 역사가 제대로 기록될 수 있겠습니까.

　'태조', '태종', '정종', '세종', '문종'이라는 묘호는 왕이 승하하신 즉시 붙여졌으나, 어린 선왕은 아직 묘호조차 없으니[36] 이 일을 어찌 합니까. 어린 왕에 대한 연민이나 현왕에 대한 불만 때문에 말씀을 드리는 것이 아닙니다. 더구나 노산군의 일기를 편찬할 자들의 이름까지 비밀에 붙여졌습니다. 물론 사초를 기록하는 작업은 가능한 그 비밀을 유지하는 것이지만, 그렇다고 편찬자까지 알 수 없다면, 그 사초의 진실 여부에 대한 책임을 누구에게 물을 수 있겠습니까. 물론 현왕의 치하에서 어린 선왕의 업적에 대해 긍정적인 평가를 들고 나올 신하가 누가 있겠습니까. 모두 편찬자가 되기를 기피하고, 집에서 쓴 가정사초를 내라

---

35 임금의 자리를 물러주는 것으로 선위라고도 한다.
36 우리가 흔히 알고 있는 단종이라는 묘호는 후일 숙종에 의해 붙여진 것이다.

고 해도 그날그날의 날씨나 적은 기록만 내놓는다니 참으로 일기日記가 아니라 일기日氣가 아니겠습니까. 항간에는 대감께서 이런 과정에 염증을 느껴 영의정 자리에서 물러났다는 이들도 있습니다. 소인은 과거 존경했던 집현전 학사께 우리 조선의 역사를 위한 진실을 간구할 따름입니다.

두 번째, 대감께서 영의정 자리에서 물러나시는 상황에서 혹여 집현전을 다시 복원하실 계획이 없으신지요. 우리 성균관은 유생들을 이끌어 주실 집현전이 다시 복원되기를 간절히 소망하고 있습니다. 집현전은 세종 임금 시절에 학자 양성과 학문 연구를 위한 기관으로 집현전관은 외교문서를 작성하고, 과거시험의 시험관으로도 참여하고, 무엇보다도 사관史官의 일을 맡기도 했습니다. 집현전이 있어 학사들이 사관의 일을 맡았다면, 지금 같은 황당한 상황은 꿈에도 생각하지 못할 것입니다. 지난 37년간이나 건재해 왔던 집현전이 현왕에 와서 폐지되었습니다. 이는 노산군 복위 시도 과정에 박팽년, 성삼문 등 사육신을 비롯한 반대파 인사가 집현전에서 많이 나왔기 때문일 것입니다.

집현전의 폐지는 단순히 학문을 연구할 수 있는 공간이나 집현전 학자가 누릴 수 있는 특전을 빼앗긴 것만을 의미하지 않습니다. 집현전은 왕에게 경서나 사서를 강론하는 자리로 국왕이 유교적 교양을 쌓도록 하여 올바른 정치를 하도록 돕는 기관이었습니다. 이를 하지 않으니 조선의 근간인 유교가 흔들리고 그

틈새로 불교가 틈입하여 국가의 정체성이 흔들릴 지경에 놓였습니다. 더구나 집현전에서 공부하는 학사들에게 주어졌던 서책의 우선권이 사라지니, 과거처럼 서책 전집典籍을 구입하거나 인출하기도 어렵고, 마음껏 서책을 연구할 수도 없습니다. 집현전이 폐지되면서 서책들이 예문관 등 다른 곳으로 옮겨지다 보니, 유교 서책의 가치를 제대로 아는 이가 없어 관리가 소홀하고 없어지는 경우도 허다하다고 들었습니다. 그뿐만 아니라, 세종 임금과 유학자들이 창제한 신문자가 불교 서책인 『월인석보』의 앞잡이처럼 들어가 있지 않습니까.

기가 막히는 일은 최근 수미대사의 동생인 김수경이 사헌부 장령이 되었다고 들었습니다. 능력 있는 유학자들은 벼슬에서 물러나고 절에서 떠돌던 중들이 벼슬 감투를 쓰고 앉으니, 앞으로 이 나라 꼴이 어떻게 되어가겠습니까. 존경하는 대감, 지금이라도 늦지 않으니, 집현전을 복원하여 이 미련한 유학사들이 제대로 길을 갈 수 있도록 인도해주시고, 올바른 정치를 할 수 있도록 힘써 주시기 바랍니다.

다시 뵙게 될 때가지 강녕하시기 바랍니다.

정앙 배상

39

　화공 안견은 고령군 신숙주 앞에서 큰 보자기를 풀었다. 보자기가 흘러
내리자 두 사람은 그림을 감상하느라 한동안 넋을 잃고 있었다.

　"아, 〈몽유도원도〉를 어디서 찾아냈는가?"

　"대감, 치지정 비밀의 벽 틈에서 발견했습니다. 예전부터 안평대군께서
귀중한 것들을 그곳에 은밀하게 넣어두시는 것을 보았기에, 그곳에서 그림
을 찾아낼 수 있으리라 여겼습니다."

　"그림을 다시 보니 어떠신가?"

　"미천한 소인이 그린 그림이라는 느낌이 들지 않을 정도였습니다. 대감
께서도 감회가 새로우시지요?"

　신숙주는 한동안 말없이 그림을 감상하고, 그림과 함께 찬시들을 찬찬
히 읽어보았다. 두루마리에는 안평대군이 쓴 두 편의 글을 포함하여 모두
22명, 23편의 글이 실려 있었다. 그림과 시문은 2개의 두루마리로 나뉘어
있었는데, 이들 시문은 저마다 친필로 되어 있어 그 누구도 자신이 쓴 것이
아니라고 부인하지 못하게 되어 있었다. 찬시의 순서는 고득종─강석덕─
정인지─박연─김종서─이적─최항─신숙주─이개─하연─송처관─김
담─박팽년─윤자운─이예─이현로─서거정─성삼문─김수온─만우─최
수 순으로 되어 있었다.

"대감! 앞으로 이 그림을 어떻게 처리하면 좋을지요? 그림을 찾게 되면, 곧장 임금께 갖다 바치지 않고 반드시 대감과 먼저 상의하겠다는, 소인은 그 약속을 지켰습니다. 미천한 화공이지만, 제 분신과 같은 그림으로 사람들의 목숨을 더 이상 위협하고 싶지 않습니다. 더구나 그 그림이 제 목숨을 위협하지 말라는 법도 없습니다."

신숙주의 눈은 자신의 찬시에 머물러 있었다.

消息盈虛一理通
形神燮化妙難窮
膏肓不必論因想
眞妄須明覺夢同
萬事擾神常役役
只惟睡鄉可歸息
且息若非知所歸
誰能更入桃源谷

소멸하고 생장하며 차고 기우는 것 한결 같은 이치인데,
형체와 정신의 변화는 기묘하여 헤아리기 어렵네.
깊은 곳에 담긴 뜻 제멋대로 이야기 할 아니러니,
참과 거짓 모름지기 꿈과 현실이 같다는 것을 알아야 하네.
세상 온갖 일들 정신을 어지럽혀 항상 피곤하게 하는데,
돌아가 쉴 만한 곳은 오직 꿈나라뿐이로세.

돌아가 쉴 만한 곳을 알지 못하면

도원의 골짜기에 뉘라서 다시 들어갈 수 있으리?

앞의 두 연을 읽어본 후 신숙주는 22연이 끝난 부분에 '고양 신숙주高
陽 申叔舟'라고 적은 부분에 눈길을 보냈다.

"지난번 대감께서는 그림을 찾게 되면 임금께 고하고 찬시들은 없애 버
리자고 하셨습니다. 그러시겠습니까?"

"자네가 그림을 없애지 못하는 것처럼, 나도 찬시를 없애 버릴 수가 없을
것 같네. 그림도 찬시도 다 살리도록 함세."

"주상전하께 거짓을 아뢰고 그림과 찬시를 그대로 지니고 있고자 하시
면 죽기를 각오한 결정이 아니겠습니까. 더구나 대감께서는 주상전하께서
〈몽유도원도〉를 찾으신다는 사실을 정인지 대감께 알렸고, 정인지 대감은
승려 만우에게 알렸다고 하지 않았습니까."

두 사람은 한참 논의 끝에 합의했다. 수개월에 걸쳐 은밀하게 샅샅이 찾
아보았으나 〈몽유도원도〉는 없었다고 안견은 임금에게, 고령군 신숙주는 상
당부원군 정인지에게 알려드리기로 했다. 여기까지는 합의가 잘 이루어졌다.

하지만 다음 합의가 쉽지 않았다. 그렇다면 그림과 찬시를 누가 어떻게
보관하느냐는 것이었다. 그림은 안견이 보관하고, 찬시들은 신숙주가 집
으로 가져가 보관하기로 했다가, 둘 중에 하나라도 발각되면 두 사람은 물
론 물론 찬시를 붙인 사람들도 죽음을 면치 못할 것이다. 그래서 지금처럼
그림과 찬시들을 이 별장의 비밀 틈새에 그대로 두자고 합의했다. 허나 치
지정은 신숙주의 별장이 되었으니, 그림과 찬시들은 신숙주가 전부 보관
하는 것이 되고, 만약에 그림에 문제가 생긴다면 모두 그의 책임이 될 수밖

에 없었다.

"영의정을 내놓고 나니 아무런 권력의 욕심이 없네. 이제 와서 무슨 일이 일어난들 두려울 것이 있겠는가."

안견은 치지정의 비밀 벽 틈에서 발견된 또 다른 글씨들을 내놓았다. 똑같은 글씨들이 여러 장 들어있었는데, 누가 어떤 과정에서 썼길래 안평대군께서 몰래 그곳에 두었나 더듬어 보았다. 안평대군 생전에 복색이 허름한 사람이 찾아와 뵙기를 청한 일이 있었는데, 최성달이라는 자였다. 말을 더듬고 외모가 부실해 보이는 자여서 기억이 뚜렷한데, 마침 안평대군은 평양에 급히 갈 일이 있어 그자의 요청을 거절했으나, 부득부득 떼를 쓰는 바람에 안평대군께서 안으로 불러들였다.

"이 젊은이가 실력을 뽐내고 싶어 하니, 지필묵을 가져오너라."

이렇게 해서 최성달이라는 자와 안평대군이 같은 자리에서 붓으로 글을 써내려가기 시작했다. 안평대군은 조선 최대 문장가이시고 아름다운 필체는 견줄 사람이 없었는데, 최성달의 글씨는 조잡하고 형편없었다. 안평대군은 그의 글씨를 보더니 말씀하셨다.

"조금 더 훈련이 되거든 다시 오너라. 내가 평양으로 갈 길이 멀구나."

그런데도 최성달은 몸을 움직일 생각은 않고 이렇게 말했다.

"소인 같은 자도 필요할 것이옵니다."

"왜 필요하다고 생각하느냐."

"대감께서는 한 번에 한 장밖에 쓰지 못하지만, 저는 한 번에 다섯 장 심지어 일곱 장까지 글을 쓸 수 있습니다. 큰일을 하실 때 요긴하게 쓸 수도 있지 않겠습니까. 백성의 마음을 움직이는 소문을 적을 때는 필적을 남기지 않는 것이 중요합니다."

최성달이 쓴 글자의 종이를 걷어내니 그 밑에는 똑같은 글씨가 쓰여 있었다. 그 밑의 종이도, 또다시 그 밑의 종이도 똑같이 인출한 듯 같았다. 안평대군은 놀라워하면서 평양행을 취소하고, 그 자와 오랫동안 이야기를 나누었다.

"대감, 그런데 그 최성달이라는 자가 그때 썼던 글이 바로 치지정 비밀 벽틈에 있었던 것입니다. 물론 안평대군께서도 소인처럼 그때 받은 놀라움이나 신기함으로 인해 보관해 놓았을 것입니다. 그런데 돌아다니는 소용 박씨의 연서 필사본들이 이 최성달의 소행이 아닌가 하는 생각이 드는 것이었습니다. 물론 이것은 미천한 소인의 추측일 뿐이지만, 안평대군 쪽 사람들이 최근 움직이고 있는 것 같습니다."

"과연 그렇군. 최근 돌아다니는 연서의 필체가 인출한 듯 똑같은 것에 착안해서 그런 글쓰기 능력이 있는 자를 추적하고 있는데, 이 자의 소행이구면. 안평대군 사람이었던 최성달이 정치적인 놀음을 하고 있구면."

"안평대군을 따르던 수많은 무리를 생각해보십시오. 귀한 자나 천한 자를 막론하고 은덕을 입었던 자들은 안평대군의 관대함과 풍류를 잊지 못하고 있습니다. 최근 안평대군의 호인 비해 匪海라는 이름 아래, 안평대군을 따르던 무리들이 모이고 있다는 소문도 있습니다. 〈몽유도원도〉도 그렇지만, 최성달의 글도 화근의 소지가 있습니다."

"아닐세. 그림을 찾지 못한 대신 최성달의 글들을 찾았다고 아뢰게. 아무것도 없었다고 하면 믿지 않으실 걸세."

"치지정 벽 틈에서 찾았다고 알려드리란 말입니까?"

"그것이 도리어 믿음을 주지 않겠나. 그래야 〈몽유도원도〉를 찾는다고 다시 이 별장을 뒤지는 일이 없을 것일세. 그리고 나도는 연서가 가짜임을 밝힐 수도 있고."

그렇게 일이 정리되니, 신숙주는 안평대군이 그림에 붙인 찬시가 눈에 들어왔다.

世間何處夢桃源.
野服山冠尙宛然
著畵看來定好事
自多千載擬相傳.

그 뜻을 풀어 다음과 같이 소리 내어 읊었다.

이 세상 어느 곳을 도원으로 꿈꾸었나
은자의 옷차림새 아직도 눈에 선하고
그림으로 그려놓고 보니 참으로 좋다
천년을 이대로 전하여 봄직하지 않는가

두 사람은 해가 져서 점점 그림의 색깔이 보이지 않을 때까지 그렇게 있었다. 그리고 안견이 떠나는 뒷모습을 신숙주는 길게 바라보고 있었다. 시를 대하는 자신의 마음이나 그림을 대하는 안견의 마음 수준이 같은 것을 보고, 여태 그를 화공으로 얕잡아보았던 자신의 옹졸함이 느껴져서였다.

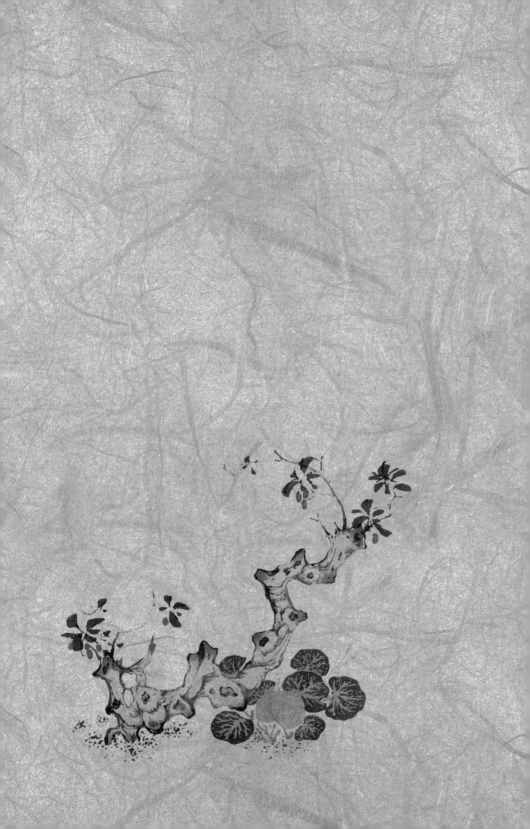

4부

연애편지는
없었다

40

정희왕후가 세희 공주에게

1466년 4월 28일

세희야,

살다 보니, 결국 네 소식을 듣게 되는구나. 네가 죽었다고 장사를 치르고, 선원록에서 네 이름을 지운지도 오래되었다. 그런데 살아있다는 소식을 들으니, 어찌 놀라움을 넘어 눈물이 쏟아지지 않겠느냐. 네 유모가 충청도 산속 깊숙한 곳에서 몸을 보전하고 있으며 공주가 살아 있다는 것과 좋은 낭군 만나 아들까지 낳고 산다는 것을 전해 주었다. 죽기 전에 자신의 소임을 다해야 할 것 같아서 서찰을 보내는 것이라 했다. 네 유모가 보희에게 전한 서찰을 이 어미가 받아 보았다.

세희야,

너는 본래 마음이 착하면서도 그릇된 것을 잘 참아내지 못하는 성품이었다. 조카 홍위[37]를 상왕에서 노산군으로 강등시켜 영월로 유배를 보내는 것을 보고, 너는 아버지 침실 앞에 가서 눈물로 간청했다. 상왕을 유배하는 것은 왕가의 폐도로써 민가에서도 있어서는 안 되며, 이미 왕좌를 차지하셨는데 무슨 영화를 더 누리려고 스스로 왕좌를 내놓은 어린 조카를 역적으로 몰아 유배를 보내려고 하느냐고, 내가 들어도 정말 가슴 서늘한 진언을 하고 말았다. 비록 네가 장녀로써 아버지의 사랑을 듬뿍 받았으나, 아버지는 이미 왕좌에 오른 왕이었다. 차마 왕이 들어서는 안 되는 말이었다. 게다는 너는 해서는 안 될 마지막 말까지 하고 말았다. 유배 보낸 어린 조카에게 내릴 다음 수순이 무엇이냐, 바로 사약을 내려 죽이는 것이 아니겠느냐고 말이다.

세희야, 아버지는 한 나라의 왕이시다. 왕에게 그런 언사를 쓰는 것은 역모의 무리일 수밖에 없다. 왕은 진노하여 궐 밖으로 내쫓으라고 명하셨지만, 다행히 침전 앞이라 환관 전균 외에 그것을 들은 이가 없었다. 내가 그때 밤새 너에게 잘못했다고 사죄하라고 일렀지만, 옳은 것은 아무리 가려도 가려지지 않는다며, 너는 그런 뜻이 없음을 분명히 했다. 이를 전해 들은 왕은 드

---

37 단종의 이름이 이홍위이다.

디어 이성을 잃고 말았다. 다음날 다시 그 죄를 물어 아예 죽음을 내리겠다고 말씀하셨다.

아버지와 딸, 왕과 공주의 그 엄청난 갈등 앞에서, 어미가 어떤 결정을 할 수 있었겠느냐. 날이 새면 왕은 대신들과 너의 문제를 논하게 될 것이고, 싫어도 할 수밖에 없는 일을 해야만 했다. 나는 패물을 챙겨 줄 테니 유모와 궐 밖에 나가서 살라고 너를 설득했다. 너는 차라리 죽음을 택하겠다고 버텼다. 네가 죽게 되면 나도 평생 죄인의 어미로 살아가야 한다고 했을 때야 비로소 너는 내 무릎에 고개를 묻었다. 길게 흐느끼고 난 후, 내 뜻에 따르겠다고 고집을 꺾었다. 네가 떠날 때, 너는 이제 죽은 사람이니 차후에도 다시는 궐로 돌아오지 말라고 나는 명했다. 그렇게 너는 새벽녘에 몰래 유모와 궐을 빠져나갔다.

너를 잃은 슬픔을 느낄 겨를이 없었다. 네가 밤사이에 갑자기 죽은 것을 아버지에게 믿게 만들어야만 했기 때문이다. 자칫 들통나면 모든 것이 끝장이었다. 내 목숨도 네 목숨도 잃게 될 것이었기 때문이다. 내 생애에 그렇게 온몸으로 거짓 연기를 한 것은 이전에도 이후에도 없었다. 며칠 동안 먹지 못하고 정신적인 고통으로 심신이 약해진 공주가 아침에 깨어나지 못했다고 말씀드렸으나, 네가 자살한 것 같다는 어조로 말씀드렸다. 선왕의 유배에 대해 공주가 저항하다 목숨을 끊었다는 소문이 퍼지면 왕으로서는 덕과 신망을 모두 잃고, 자칫하면 백성의 마음이 완

244

전히 왕에게서 돌아서 버릴 수도 있는 상황이었다. 공주가 죽은 것을 확인한 유모가 책임 추궁을 당할까 봐 걸 밖으로 도망을 가버렸다고 아뢰었다. 되도록 아무 일도 없는 것으로 덮고 넘어가야 한다고 말씀드렸다. 그렇게 해서 네가 몸이 허약하여 간밤에 갑자기 죽게 된 것으로 발표하게 되었다. 아버지는 진실을 아시는지 모른 척하시는지, 그렇게 네 목숨을 구했던 것이다.

십 년 이상의 세월이 흘렀구나. 네가 살아있을지 아니면 비관하여 진정 자살을 택했을지, 이 어미는 얼마나 슬프고 괴로운 나날을 보냈는지 모른다. 꿈에서 네가 쫓겨서 달아나는 모습을 보았고, 달아나다 무지막지한 남정네들에게 몸을 더럽히는 것도 보았고, 아버지가 군사를 풀어 너를 끝없이 쫓는 것도 보았고, 잡혀 와서 눈앞에서 목이 잘리는 것을 보기도 했다. 가슴에 돌덩이를 얹어 놓고 사는 세월이었다. 그런데 네가 살아있다는 소식을 듣다니, 야합**38**해서 아들까지 낳고 산다니 어미로써 이보다 기쁜 일이 어디 있겠느냐. 유모 말로는, 네 지아비가 천한 옷가지에 가려 있기는 하나 기품 있고 박식하다고 하니, 좋은 가문의 자제가 피치 못할 사연으로 산골에 숨어 들어온 것이

---

38 우연히 만난 남녀가 정식 혼례식은 올리지 못하고 부부처럼 살아가는 것을 일컫던 옛 표현이다.

아닌가 싶다. 너도 그에게 공주라는 신분을 숨기고 유모도 노모라 부르며 살아간다고 하니, 어쩌면 그도 정난이나 대란으로 가문이 망한 유서 깊은 혈통의 자제일 수도 있겠다는 생각이 드는구나. 그렇지 않다면 산속 깊은 곳에 혼자 그렇게 와서 숨어 살다가, 숨어 살려고 산에 온 너를 만날 일이 없지 않겠느냐. 아들이 낳았다니 내 외손주가 되겠구나.

유모는 네가 사는 곳이 충청도 산속 깊은 곳이라고만 밝혔다. 그런데 멀지 않는 절에 갔다가 귀성군을 보게 되었다고 적었더구나. 유모는 우리가 궐로 들어가기 전 사저에서부터 너를 돌봐온 이가 아니냐. 임영대군과 귀성군이 자주 우리 집에 들렀으니, 세월이 지났지만 유모는 귀성군을 분명 알아보았을 것이다. 너는 소문을 들을 기회가 없겠지만, 덕중이 귀성군에게 연서를 써서 장안이 발칵 뒤집어지는 사건이 있었다. 너도 옛날 그 여종 덕중을 기억하고 있을 것이다. 그 사건으로 덕중은 목숨을 잃었지만, 귀성군은 살아남았다. 그 뒤로 귀성군이 여러 절을 돌아다니는데, 무슨 연유인지 확실히 알지 못한다.

덕중이 어릴 때부터 귀성군을 마음에 두고 있다는 것을 나는 알고 있었다. 항간에는 네 아버지와 덕중 사이에 꿩에 얽힌 사랑 이야기가 전설처럼 퍼져 있지만, 그것은 사람들이 꾸며낸 이야기일 뿐이다. 아버지가 왕이 되어 궐로 들어갈 때, 이 어미는 여자로서 고민이 많았다. 지아비가 일국의 왕이 되는 영광을 누

246

릴 수는 있으나, 궐 안의 꽃송이 같은 궁녀들이 시시각각 성은을 기다리며 엿보고 있다는 것을 생각해보아라. 이 어미는 그 해결책으로 덕중을 궐로 데리고 들어가 아버지로 하여금 후궁으로 삼게 했다. 덕중은 얼굴이나 몸은 눈을 끌지 못하지만, 사람의 마음을 사로잡는 능력이 있다. 나무나 짐승을 사랑하는 여자인데, 그런 자연의 힘을 아는 탓에 사내들에게 부담이 없으면서 연정을 느끼게 하는 매력이 있는 듯하다. 덕중을 아버지의 후궁으로 삼게 한 것은 덕중의 마음에 이미 귀성군이 들어 있었기 때문이다. 덕중을 아버지의 후궁으로 삼게 한 것은, 아버지가 다른 여자들에게 눈을 돌리지 못하게 하기 위한 것이기도 했다. 왕이 되어도 완전히 여자의 마음을 다 얻을 수 없는 것에 대해 남자는 묘한 정복욕에 사로잡히기 마련이고, 그렇게 되면 다른 여자는 돌아볼 여력이 없는 것이다. 남자란 그런 존재다. 내 입장에서는 지아비가 이미 남자에게 마음을 빼앗긴 덕중을 안는 것이 다른 궁녀를 아는 것보다 마음이 편할 수밖에 없었다. 내가 덕중을 이용한 것 같지만, 내버려 두었다면 덕중은 아마 귀성군의 노리갯감으로 지내다가 버림을 받았을 것이다. 덕중은 후궁이 되었으니 내가 이용했다고만 생각할 것은 없다. 더구나 귀성군과 덕중의 사랑을 방해하지 않았고, 두 사람의 사랑을 은밀하게 돌봐주기까지 했다. 그 이야기는 더 길게 서찰에 담을 내용은 아닌 듯하구나.

이런 이야기를 너에게 하는 것은, 부근에 귀성군이 나타났으니, 혹여 잘못 엮여 너희의 신상이 위태로워지거나 사는 곳이 들통이 날까 해서 그런다. 내가 알기로 귀성군이 절을 돌아다니는 것은 아버지와 독대를 하고 난 뒤였는데, 아버지는 분명 귀성군 뒤에 은밀하게 사람을 붙여 일거수일투족을 보고받고 있을 것이기 때문이다. 유모가 멀찍이서 귀성군을 보았을 뿐이라고 하니 다행이긴 하지만, 혹여 역으로 귀성군을 뒤따르던 자가 유모나 멀찍이서 너를 발견할 수도 있다. 조심 또 조심하거라.

내가 이 서찰을 보낸다 하여 네가 회신을 보낼 것이라는 기대는 하지 않는다. 다만 유모가 나에게 너의 생사를 알려준 것은 그의 도리이니, 아는 척하거나 나무라지는 말도록 하여라.

어미가

41

귀성군이 임영대군에게

1466년 5월 1일

아버님, 강녕하신지요?

입궐하여 주상전하를 다시 만난 후, 제가 귀가하지 않은 이유가 궁금하시리라 생각하고 감히 서찰을 다시 씁니다. 주상전하께서 제 얼굴이 너무 창백하고 몸이 부실하다 하여 절에 머물면서 요양을 하는 것이 좋겠다고 하시면서, 당장 절로 들어가라고 명하셨습니다. 아버님도 그렇게 전달받으셨으리라 믿습니다.

아버지, 저를 용서하지 마옵소서. 소용 박씨 연서 사건이 있고 나서 아버님께서는 두 사람 사이의 진실이 무엇인지 몇 번이나 물으셨습니다. 연서를 보낸 것은 제가 아니라, 과거 수양대군 시절 숙부의 연서를 덕중에게 전한 적이 있다고 말씀드렸습니다.

그런데 아버님, 주상전하께서 저를 여전히 살려두시는 이유가 무엇인지 아십니까. 사람들은 현덕왕후의 저주가 깨지는 것을 보여주기 위해서라고 하지만, 그것이 아닌 모양입니다. 저도 몰랐던 사실을 알게 되었습니다.

과거 수양 숙부가 정원에 가면 덕중이 있을테니 그 서찰을 전하라고 했을 때, 저는 당연히 그 덕중이 여종 덕중이라 생각했습니다. 이번에 알고 보니, 그 서찰은 여종 덕중이 아닌 승려 덕중에게 가야 하는 것이었습니다. 당시 승려 덕중은 자주 수양 숙부 댁에 드나들었고, 심지어 보름이나 한 달씩 머물다 가지 않았습니까. 지금 생각해보니, 숙부가 조카를 시켜 연서를 여종에게 전달할 리 없다는 사실이 새삼 깨달아집니다. 그런데도 당시 저는 무엇에 홀린 듯 그 여자에게 그 서찰을 건네주고 말았습니다. 그 서찰의 내용이 무엇이었는지 저는 모르고, 주상전하께서도 말씀하시지 않으셨습니다. 당시 수양 숙부가 승려 덕중에게 전하려고 했던 내용을 여종 덕중이 중간에서 보게 된 것이 틀림없습니다. 주상전하도 여태 모르고 있었던 사실이었습니다.

그 서찰을 여종 덕중에게 전했다는 사실을 아신 주상전하께서는 한동안 하실 말을 잃으시고, 얼굴이 새파랗게 질리는 듯도 했습니다. 이 사실을 아버지도 알고 있느냐고 물으시길래, 당시 저는 숙부께서 여종에게 마음을 두신 듯해서 그런 고자질을 할 수 없었다고 말씀드렸습니다. 그렇다면 집으로 돌아가지 말고 당장 길을 떠나 절을 돌아다니면서 승려 덕중을 찾아오라고 하셨습니다. 어명으로 찾으면 금방 찾을 사람을, 저처럼 절의 위치나 지리도 모르는 사람에게 그런 명을 내리셨습니다. 그를 찾으라는 이유는 제 몸이 워낙 허약하니 건강해지기를 바라는 마음에서 명하는 것이니 편한 마음으로 찾아보라고 했습니다. 대신 어명이 있을 때까지 집에 돌아가지 말고 계속 절을 돌아다니는 것이 좋을 것이라고 했습니다.

아버님, 저는 귀성군 신분을 숨기고 범부의 옷을 입고 이 절에서 저 절로 돌아다니고 있습니다. 물론 승려 덕중의 모습은 보이지 않습니다. 신분을 숨긴 채 함부로 승려의 행방을 묻고 다닐 수 없는 처지여서, 그를 제대로 찾아낼지도 의문입니다. 주상전하의 말씀대로 그를 찾기보다 심신이 허약해진 저를 다시 찾는 것이 우선인 듯합니다. 아버님, 초록의 신선한 공기로 가득한 산속을 걷다 보니, 그동안 제 마음을 어지럽혔던 여러 가지 정념이나 욕심이 허황된 것이었다는 생각이 듭니다. 제가 막 과거 무과에 급제하여 이제 세상에 나가 내 뜻을 펼칠 수 있겠다고 생각한 순간에, 연서 사건이 터져 만신창이가 되고 말았습니다. 나와 덕중 사이에 정말 아무 일도 없었는지에 대해 아버지뿐만 아니라 많은 사람이 여전히 의문을 가지고 있는 듯해서 말씀드리고자 합니다.

아버님, 저를 용서하지 마옵소서. 무슨 이야기부터 말씀드려야 할지 모르겠습니다. 언젠가 궐 안에서 대군들과 군들이 모두 모여 토끼잡이를 하지 않았습니까. 왕자들과 군들이 몸이 허약한데도 많이 움직이지 않는다는 중전마마의 말씀을 들으시고, 주상전하께 특별히 마련한 사냥대회였습니다. 대회에 참가하기 전에 중전마마께서 저를 부르셨습니다. 이번 대회는 토끼가 목적이 아니라 왕자와 군들이 몸을 많이 움직이게 하기 위한 것이니, 되도록 토끼가 금방 잡히지 않아야 할 것이라고 말씀하셨습니다. 토끼를 풀어 주지만 곧 병사들이 도로 잡아 잠실에 넣어둘 예정이라고 하셨습니다. 하지만 종일 토끼를 그곳에 두면 굶게 되니 중간에 잠실에 들어가 토끼에게 먹이를 주는 것이 어떻겠냐고 하셨습니다. 비밀이니 아무에게도 말하지 말라고도 하셨습니다. 때가 되면 병사들이 다시 그 토끼를 바깥에 풀어놓을 것이라고도 말씀하셨습니다.

저는 시키는 대로 했습니다. 적당한 때 다른 사람들이 눈치채지 못하게 잠실 쪽으로 갔습니다. 토끼 먹이는 잠실 입구 벽 쪽에 있다고 들었습니다. 잠실은 어두운데다가, 토끼라는 것이 고양이처럼 울음소리를 내는 것도 아니고 닭이나 개처럼 기척을 하는 동물이 아니어서, 어디서 토끼를 찾을 수 있을지 알 수가 없었습니다. 조금씩 발을 내딛는데 갑자기 무슨 기척이 났고 놀라서 작게 소리치니, 저쪽에서도 작은 비명을 올렸습니다. "누,

누구냐?" 저는 더듬거리며 물었습니다. 그랬더니, 그쪽에서는 비교적 당당한 목소리가 대꾸했습니다. "나는 소용 박씨다. 너는 남정네인 듯한데 어이하여 이 잠실에 허락도 없이 왔더란 말이냐." 소용 박씨라면 옛날 덕중의 정원에서 같이 토끼를 잡던 여인이 아니옵니까. 비록 여종이지만 왕의 후궁이 되었으니, 저에게는 숙모가 된 것입니다. 귀성군이라고 밝혔더니, 그쪽에서도 놀라는 듯했습니다. 토끼에게 먹이를 주기 위해서 왔다는 말을 하면 중전마마와 약속을 어기는 것이 되기 때문에 토끼를 잡기 위해 뛰어다니다보니 덥고, 게다가 다른 어린 왕자가 상을 타도록 게으름을 피우기 위해 피신을 온 것이라고 말했습니다. 소용 박씨는 그러냐며 작게 웃었습니다. 소용 박씨는 원유에 온 김에 곧 시작될 양잠을 위해 잠실을 한번 둘러보러 왔다고 했습니다.

우리는 어둠 속에 잠시 서 있었는데 서로의 표정을 보면서 민망해 할 필요도 없었고, 그곳에 그렇게 있자니 편안한 마음이 생기는 것이었습니다. 더구나 소용 박씨는 제가 어색하지 않게 숙모로서의 태도를 잘 취하는 것이었습니다. 그때 소용 박씨가 화들짝 비명을 질렀습니다. 뭔가가 자신의 발을 타넘는 것 같다는 것이었습니다. 그제야 저는 토끼를 떠올렸습니다. 소용 박씨는 그곳에 토끼가 있는 줄을 모르고, 부드럽고 물컹한 것이 자신의 발을 타넘고 갔으니 쥐라고 여긴 듯했습니다. 너무 놀라 바닥에 주저앉고 말았습니다. 그래서 제가 급하게 "토, 토끼다"라고 말했습니다. 소용 박씨는 간신히 마음을 진정시키며, 토끼가 쫓기고 쫓기다가 갈 곳이 없어 이곳까지 온 것 같다며, 가여우니 숨겨주자고 말했습니다.

우리는 그때부터 정말 토끼가 있는지 어둠 속에서 찾기 시작했습니다. 두 사람은 손에 잡힐 듯 털이 닿았던 토끼를 따라 이리저리 같이 뛰어다녔습니다. 과거 수양 숙부의 정원에서 제가 서찰을 건네주고 토끼를 같이 잡던 시절이 생각이 나면서, 서로 손끝이 스치고 몸이 닿을 때마다 기분이 묘해졌습니다. 두 사람의 몸은 흠뻑 젖었고 숨이 가빴습니다. 어느 순간, 소용 박씨의 몸과 제 몸이 부딪혔고, 소용 박씨의 작은 몸이 제 가슴에 안겨들어왔습니다. 앞가슴의 뭉클한 감촉이 느껴지자 온몸에 전율이 일어나 정신을 잃을 정도였습니다. 그 다음 그곳에서 무슨 일이 일어났는지 저도 잘 모르겠습니다. 단지 아버님께는 죽을죄를 지었다는 소리밖에 드릴 말이 없습니다.

아버님, 저를 용서하지 마옵소서. 소용 박씨와 제가 잠실에서 얼마간의 시간을 보냈는지 모릅니다. 정신을 차리고 보니, 저 멀리서 사람의 소리가 나는 듯했습니다. 소용 박씨는 양잠 도구가 들어있는 창고 뒤쪽으로 숨었고, 저는 그때 마침 손에 들어온 토끼를 쥐고 문 쪽으로 급하게 다가갔습니다. 잠실 문이 열리자 관원 한 명이 서 있었습니다. 중전마마의 밀명을 받고 토끼를 밖으로 내놓기 위해 온 듯했으나, 내 손의 토끼를 보자 큰 상을 타게 되었다며 저에게 감축의 말을 건네는 것이었습니다. 토끼를 놓아주어 다른 왕자들이 잡게끔 해주어야 하는데, 관원은 서둘러 임금께 제가 토끼를 잡았노라고 고해 버렸습니다. 결국 상으로 제가 황금토끼를 받았습니다. 나중에 중전마마로부터 들은 설명은, 조카가 상을 타는 것이 아들이 상을 타는 것보다 사람들 눈에는 더 아름답게 보였을 것이니 걱정하지 말라고 하셨습니다.

그 뒤, 소용 박씨를 개인적으로 만날 기회가 몇 번 더 있었습니다. 잠실에서 그 일이 있고나서 남자로는 견딜 수 없는 열정에 휩싸이게 되었습니다. 왜 그때 그런 욕정에 휩싸였는지는 불가사의한 일입니다. 아마 몰래 여인을 만난다는 사실이 저를 흥분시켰고, 더구나 왕의 여자를 안는다는 것이 사내로써 우월감을 느끼게 했던 것 같습니다. 왕도 기쁘게 해줄 수 없는 여자를 내가 기쁘게 해줄 수 있다는 사실이 저를 미치도록 만들었습니다. 잠실에서 그 사건이 있고 나서, 소용 박씨는 중전마마의 심부름으로 잠저로 가끔 나왔습니다. 소용 박씨가 잠저로 나오는 날에는 거의 어김없이 제가 그곳에 가게 되었는데, 아버님 역시 저에게 잠저 심부름을 시키셨기 때문입니다. 아버님이 알고 하신 일인지 아니면 우연인지, 중전마마의 명에 따라 아버지가 저에게 명하신 것인지 알지 못합니다. 그렇게 잠저에 가면 덕중의 정원에 들르게 되었고, 한적한 잠저의 정원에서 소용 박씨를 만날 수 있었습니다.

이런 불장난은 소용 박씨가 임신하고 궐 밖 출입을 할 수 없게 되었을 때 끝이 났습니다. 소용 박씨가 회임하자 여자로써의 매력이 금방 사라져 버렸고, 숙부가 알게 될까 봐 갑자기 정신이 번쩍 들었기 때문입니다. 그렇게 소용 박씨와의 관계는 끝이 나고 다 잊힌 관계가 되었습니다. 나와의 관계를 더 지속하는 것이 위험하다는 것을 감지했는지, 소용 박씨 역시 궐 안에서는 나를 아는 척도 잘 하지 않았습니다.

소용 박씨가 보낸 서찰을 뜯어보지도 않고 임금께로 가지고 간 것은 아버님의 결정이었지만, 저는 그것이 한이 됩니다. 뜯어 보고 묻어 버렸다면 덕중은 살아남았을 것이고, 우리 부자도 무사하지 않았을까 여겨지는 것입니다. 아버님의 선택이 잘못되었다고 이제 와서 탓하는 것이 아니라, 아버님은 무엇을 구하기 위해 그렇게 큰 것들을 희생시켰는지가 궁금합니다. 제가 전하 앞에서 연서라고 말한 것은 부지불식간에 튀어나온 것으로, 과거 수양대군 때 덕중에게 건넸던 서찰이 연서라고 믿었기에 나온 표현이었습니다. 왜 그랬는지는 잘 모르겠습니다. 그리고 한 가지 의문점은 주상전하가 그 편지를 뜯어보고도 연애편지임을 묵인하셨으니, 과연 어떤 내용이 있었는지 궁금하지 않을 수 없습니다.

아버님, 이렇게 길게 서찰을 쓰는 것은, 감히 입에 담지 못할 속내를 털어놓은 것은, 이 불효자가 언제 어떻게 될지 모르기 때문입니다. 지난번 말씀드린 것처럼 제 뒤를 항상 미행하는 자들이 있으니 이 서찰을 아버님께 전달하면 이 또한 아버님께 문제를 일으킬까 두렵지만, 아들이 어떤 심정으로 쫓기는지 잠을 잘 주무시지 못할 것 같아 진실을 알려드리기로 한 것입니다. 언제 어떻게 전하게 될지 모르겠습니다. 혹여 제가 죽고 나서 전달될지, 영원히 묻혀 버리게 될지도 모르겠습니다. 다시 뵙게 될 때까지 강녕하시기 바랍니다.

아들 귀성군 올림

42

백이장百二張이 백일장百一張에게

1466년 5월 16일

백일장 보게,

오월 말 백팔장 대표 모임에 참가 의사를 밝히지 않은 이유가 뭐냐고? 석연치 않는 뭔가가 있어서다. 자네가 보낸 서찰을 읽으면서 흩어져 있는 사건의 진실을 조각조각 나름대로 꿰매어보았다. 우선 불교를 되살리기 위한 방책으로 새 문자를 부처에게 바치게 한 것, 새 문자의 세종어지를 불교의 신성수인 108자로 바꾸게 한 것, 그리고 불교 서책의 맨 앞에 넣어 묶게 한 것까지는 이해가 가는 일이다. 하지만 하고 많은 불교 서책들 중에 왜 하필『월인석보』인가. 땡중이 별로 할 일도 없으니,『월인석보』를 가져다놓고 찬찬히 읽으면서 그 의도를 파악해보았다.

백일장,

뭐, 무슨 이야기든지 갖다 붙이면 들어맞게 되어 있는 것이니 하는 말인데, 이 내용을 읽으면서 제법 이상한 생각이 들었다. 지금부터 하는 이야기는 가설이고 내 상상이니 탓하지는 말게. 아니 차라리 헛소리라고 생각하고, 진지하게 받아들이거나 다른 이들에게 전하지는 말게. 『월인석보』에 나오는 보살인 형과 아우의 관계를 생각해보면, 아우가 형 대신 왕이 되고, 아우에 의해 죽은 형은 자손이 없는데도 죽은 피가 다시 사람이 되어 부처의 조상인 구담씨가 되는 것을 보니, 그것이 참, 왠지 현왕의 이야기와 유사하다는 생각이 드는 것이다.

백팔장이 수양대군에게 신탁을 주장하며 『월인석보』에 신문자를 묶도록 유도했다면, 이 속에 백팔장이 수양대군에게 보낸 중요한 전언이 들어있을 수도 있다. 짝패 사이에 빙빙 돌릴 것 없이 그대로 말하면, 수양대군에게 형을 죽여야 한다는 사실을 간접적으로 알린 것이 아닌가 말이지. 일부러 살생하라는 것이 아니라, 이미 전 세상의 업보이니 어쩔 수 없이 그렇게 될 수밖에 없으리라는 것을 암암리에 세뇌한 것이 아닌가 하는 생각이 드는 것이다. 물론 수양대군의 형인 문종은 병으로 죽었으니, 이런 헛된 상상이 무슨 소용이 있겠나.

보살인 죽은 형의 피가 나중에 부처의 조상인 구담씨가 된다는 것은, 형님 문종의 피가 왕위를 이어갈 수도 있다는 이야기인가? 이는 수양대군을 설득하기 어려운 이야기이구먼. 자신의 아들이 왕위를 이어가는 것이 아니라, 형의 피가 왕위를 이어가게 된다는 것은 다시 역모가 일어나 왕위를 빼앗길 수도 있다는 이야기이다. 이런 내용을 그대로 수양대군이 받아들였을 리가 없고, 그런 운명을 바꾸려고 무엇인가 했을 수도 있다. 이런 저런 터무니없는 생각을 하다가 자네가 백장과 백칠장 짝패에게서 들은 대화가 떠올랐다.

"두 왕자를 잃어야 업보가 끝난다는 것이 무슨 말인가?"

현왕이 저지른 죄의 응보로 두 왕자가 죽게 되었다고 적지 않았나. 업보로 두 왕자가 죽었다면, 그런 업보에 해당하는 죄가 있다는 것이다. 물론 조카인 어린 왕을 죽인 해에 자신의 아들인 의경세자가 죽었으니, 더구나 같은 해 한 달 사이로 죽었으니 업보라는 말을 할 수도 있을 것이다. 두 왕자라면, 나머지 한 왕자는 누구를 말하는가? 죽은 다른 왕자로는 소용 박씨의 소생인 아지 왕자군이 있다. 한데 아지 왕자군의 죽음 때문에 업보가 끝나지 않고 다른 업보가 생겼다…… 죽어야 하는 사람은 다른 왕자인데 아지 왕자군이 대신 죽었다는 이야기인가. 적손으로 다른 왕자는 해양세자뿐이다. 해양세자가 죽어야 업보가 끝난단 말인가. 해양세자는 차기 왕이나 다름없는데! 현왕은 도대체 무슨 죄를 지었기에 적손으로 하나 남은 해양세자의 목숨을 내놓아야 업보가 끝난단 말인가.

　백일장, 가까운 절의 범종 소리가 들리누먼.
　항간에는 새 문자 훈민정음의 자음과 모음의 수가 28자인 것은 바로 범종소리 28개를 본뜬 것이고, 새 문자는 불교 전파를 위해 만든 것이라는 주장이 있으니 참으로 괴이쩍다. 불교의 위세가 커지니 전부 갖다 붙이는 것이지만, 어찌 타종 수에 맞추기 위해 자음과 모음의 숫자를 28개로 만들었단 말인가. 음운이나 발음법에 대해 아무 것도 모르는 나도 엉터리 주장인 것을 알겠는데, 어찌 현명한 사람들조차 진짜인 양 받아들이는지 모르겠다. 어디 그뿐인가. 최근 백팔 자가 화두가 되자, 임금이 28자를 27자로 바꾸라고 학사들에게 명했다는 말도 돌고 있다. 108글자의 반절인 54자, 54자의 반절인 27자로 꿰맞추기 위해서라는 것이다. 어이가 없다. 발음상 필요치 않거나 혼란이 있어서 자모음의 수를 줄이려고 하는 것이겠지. 어찌 이런 학문적인 사실까지 모두 불교에 갖다 붙이는가. 생각인들 무엇을 못할까. 갖다 붙이면 다 맞게 되어 있는 것이 인간의 말인 것을. 세종대왕과 정인지 등 집현전 학사들이 불교를 포교할 목적으로 훈민정음을 만들었다는 허무맹랑한 소리까지 돌아다니고 있으니,

말해 무엇 하겠나.

　하기야 사람들을 탓하면 무엇 할까. 그들만큼이나 내 말도 터무니가 없는 것을. 결론적으로, 나는 백팔장 대표 모임에 참석하지 않겠다. 짝패라기보다 친구로서 이해해주기 바란다.

백이장 씀

43

대령숙수가 기미상궁 오씨에게

1466년 5월 21일

순례 씨,

더는 상궁이라고 부를 수 없으니, 이 기회에 이름을 입에 올려봅니다. 참 정겨운, 내 가슴에 종소리가 울리는 이름입니다. 글을 읽을 줄 모르는 당신에게 이 서찰을 보내면 어떤 반응을 보일까요? 까막눈에게 서찰을 보냈다고 마음 상하거나 화를 내지 않을까 가슴이 조마조마합니다. 하지만 용기를 내었습니다. 궐 안에 있을 때는 평생에 한 번이라도 순례 씨에게 내 마음을 담은 서찰을 건네는 것이 소원이었습니다. 수십 년 그 마음을 접어두고 살았으니 얼마 남지 않은 인생, 이제는 주저할 것 없이 그것을 실행해보기로 했습니다. 당장 읽을 수는 없겠지만 내 서찰을 받았다는 사실만으로도 기뻐해주었으면 합니다.

요즘 가장 큰 고민거리는, 순례 씨의 혀가 맛을 느낄 수 있는 음식을 만드는 것입니다. 혀가 무감각해진 것은 강요된 음식만 먹어왔기 때문입니다. 임금이 드실 음식의 독을 가려내는 일을 평생 했으니, 혀가 그동안 얼마나 힘들었겠습니까. 지금은 혀가 긴장이 풀려서 그럴 것입니다. 아무리 귀한 음식이라도 몸이 원하지 않으면 독이 될 수 있습니다. 여지껏 공부해 온 음식과 몸의 궁합을 통하여, 순례 씨의 몸이 행복해할 음식을 찾고 있는 중입니다.

순례 씨는 그동안 궐 안에서 만든 호화로운 음식들만 먹었기 때문에 백성들의 음식에 대해 잘 모를 것입니다. 쇠고기와 돼지고기를 같이 먹지 않는 것이 좋고, 흔히 된장국에 같이 넣어 먹는 시금치와 두부도 같이 먹으면 몸에 좋지 않습니다. 고급 재료이지만 양송이 표고버섯과 닭고기를 같이 먹으면 치질이 생기고, 낙지와 감도 같이 먹으면 복통과 설사를 하게 됩니다. 토끼고기와 배추를 같이 먹으면 구토를 하게 되니 피하기 바랍니다.

인간과 마찬가지로 음식에도 궁합이 중요합니다. 궁합이 좋은 남녀가 만나면 행복해지듯이, 서로 궁합이 좋은 음식은 몸에도 좋습니다. 음식도 양과 음의 성질을 나누어 가지고 있어서 그런 모양입니다. 양의 성질은 따뜻하고 팽창하며, 음은 차고 수축합니다. 양은 움직이는 성질을 지니고 있기 때문에 동물에 해당하고, 음은 가만히 있는 성질을 가진 식물에 해당합니다. 그러므로 동물을 많이 먹으면 몸 안에 열이 생기고, 열이 지나치면 폐를 상하게 하여 천식을 발생시키고, 습열과 습담이 생겨 기혈순환을 방해하게 됩니다. 하기야 궐 밖 백성들이 육고기를 지나치게 먹을 일이 없습니다. 우리가 정성을 다하여 만든 음식을 사람들이 맛있게 먹고 건강했으면 하는 꿈을 꾸어봅니다.

아, 음식 궁합 이야기를 하니, 소용 박씨의 야지 왕자군이 생각납니다. 야지 왕자군은 주상전하의 수라상에 앉아 밥을 먹었는데, 소용 박씨가 발라주는 갈치요리를 매우 맛있게 먹었다고 들었습니다. 수라상이니 당연히 순례 씨가 은수저로 독을 확인했겠지요. 음식을 먹고 난 연후에 야지 왕자군이 토하고 새파랗게 질려 쓰러졌다고 들었습니다. 그 자리에 소용 박씨가 있어 두 눈으로 확인했기에 망정이지 자칫 잘못했으면, 누군가 음식에 독을 탔다고 여겼을 것입니다. 갈치와 단호박을 같이 먹으면 중독이 될 수 있습니다. 그러나 그날 갈치요리에 단호박은 전혀 들어있지 않았고, 같은 음식을 드신 주상전하나 다른 사람들은 아무런 증세도 없었기에, 아무도 죄를 받지 않았습니다. 그렇게 병이 난 야지 왕자군은 시름시름 앓다가, 결국 저 세상으로 가고 말았습니다. 소용 박씨가 귀성군에게 연서를 쓰는 등 괴상한 행동을 한 것도 야지 왕자군의 죽음으로 인한 충격 때문일 것입니다.

소용 박씨는 그 후에도 독 때문이라는 생각을 버리지 않았다고 하는데, 여러 차례 조사에도 불구하고 독은 아니라고 판명되었습니다. 그때 독 때문에 순례 씨도 독을 삼켜 위험해졌거나, 아니면 업무를 소홀히 했다는 이유로 중벌을 면치 못했을 것입니다. 하지만 예외라는 것이 있습니다. 계란국에 은수저를 담그면 독이 없어도 변하니, 역으로 독이 들어 있어도 은수저로 잡히지 않는 것이 있지 않겠습니까? 하지만 같은 음식을 먹은 소용 박씨에게조차 아무런 일이 없었으니, 끝까지 독이라고 주장할 수는 없는 일이었습니다.

아, 소용 박씨 이야기를 하다 보니, 깜박 잊고 있었던 이야기가 생각났습니다. 소용 박씨의 연서사건 때문에 죽은 두 환관의 이야기를 들었을 것입니다. 갑자기 지아비를 잃은 여자들을 가엾게 여기는 이가 많습니다. 환관들이 곡식과 옷가지를 모아 건네준 모양인데, 앞으로 제가 음식점을 하게 되면 와서 도와달라고 할 작정입니다. 두 분 모두 김 씨였습니다. 키가 큰 김 씨는 기꺼이 그렇게 하겠다고 했고, 키가 작은 김 씨는 아직 충격에서 벗어나지 못한 듯 별 반응이 없었지만 차차 같이 하게 될 것 같습니다. 순례 씨가 그들을 동생처럼 여기며, 같이 저를 도와주면 좋겠습니다.

순례 씨, 지난번에 우리가 만났을 때, 지금 머무는 궁말에 개구리와 뱀이 많아서 사람들이 두려워한다고 전하셨지요. 여러 가지 이유로 더 궐 안에 머물 수 없는 궁녀들만 모여 사는 곳이 궁말이니, 뱀을 잡거나 담을 제대로 쌓아줄 낭정네가 없어 더욱 그러할 것입니다. 금송화를 집주변에 심으라고 해보십시오. 노란 꽃이나 황금빛 꽃이 피는데, 식물이 내뿜는 냄새에 개구리나 뱀이 접근을 하지 못합니다. 곧 날씨가 더워지면 모기가 기승을 부릴 것입니다. 모기에는 초피나무나 산초나무가 제격입니다. 초피나무를 전라도에서는 젬피나무라고 부르는데, 서너 장 잎을 따서 으깨어 살에 문질러두면 모기가 가까이오지 못할 것입니다.

순례 씨, 마지막으로 욕심을 좀 낸다면 제 서찰을 받고나서 그 내용이 많이 궁금해지기를 바랍니다. 그래서 순례 씨가 글을 배우기를 기대해 봅니다. 앞으로 궐 밖 생활에 익숙해지려면, 글을 깨치고 있어야 불편이 덜할 것입니다. 순례 씨가 이 서찰을 읽고 회신을 보내주었으면 하는 꿈을 꾸어 봅니다. 이제 저는 더 이상 대령숙수가 아닙니다. 그냥 조 씨라고 부르거나 혹여 괜찮다면 이름을 불러 주었으면 좋겠습니다. 제 이름은 천복입니다.

천복 올림

백팔장 대표모임이 백팔장에게

1466년 5월 25일

백팔장 보십시요!

대표모임을 코앞에 두고 급하게 전할 말이 있어 이렇게 서찰을 씁니다. 백이장은 불참 의사를 표현해왔습니다. 겉으로 보면 대수롭지 않은 한 장張의 불참이지만, 내면적으로 보면 중대한 사안일 수 있습니다. 백일장은 지리산 땡추 출신이고, 백이장은 금강산 땡추 출신입니다. 조선 건국 초기 불교에 대한 억압의 방편으로 수많은 불교 종파를 일곱 개 종파로 정리할 때, 어느 종파에도 속하기를 거부했던 이들이 금강산으로 들어가 금강산 땡추가 되었습니다. 백팔장 모임을 만들 때, 우리는 여러 가지 이유로 금강산 땡추와 지리산 땡추의 대표를 합류시켰습니다. 백이장은 금강산 땡추들의 두목입니다.

땡추는 말 그대로 누덕누덕 기운 승복을 입고, 시주받을 밥 그릇 하나에 아낙네 노인 어린아이가 먹다 건네주는 한 숟가락 씩의 밥과 국물을 모아 먹거나, 술집에 앉아 아무렇지 않게 술도 얻어먹고, 간혹 괴기 덩어리도 입에 넣으며 파계승의 짓거리를 하는 승려 중의 가짜 승을 일컫지 않습니까. 이들은 산적과 은밀히 교통하는 수단이 있고, 백성들 사이를 돌며 민심을 읽어내는 힘이 대단합니다. 그동안 백이장은 민심을 읽어 전하는 역할을 아주 잘 해왔습니다. 그런데 갑자기 백팔장 모임을 거부하고, 시절이 하 수상하니 금강산에 들어가 본업에나 충실해야겠다는 말을 하고 있습니다.

이 땅에 불교를 되살려 놓는다는 백팔장 모임의 목적에 대해서는 찬성하나, 백이장은 그 외의 그동안 백팔장 모임이 해 온 일에 대해서는 의심과 회의를 하는 듯합니다. 백이장은 백일장에게 보낸 서찰에서 『월인석보』 안의 아우가 형을 죽이는 이야기를 현왕과 문종의 이야기로 빗대어 놓았다고 합니다. 그는 우리 모임이 문종의 생사에도 관여했는가에 대해 고민하고 있었습니다. 백팔장, 우리는 백이장이 백일장에게 보낸 서찰을 읽으며, 한 가지 의문에 사로잡혔습니다. 유교가 장자 상속을 주장하는 반면, 불교는 백성의 안전과 생사를 책임질 만큼 능력 있고 현명한 자가 왕위를 이어가기를 원했습니다. 그래서 열 살을 갓 넘어 동심을 벗어나지 못한 아이가 혈혈단신 왕위에 올랐을 때, 우리는 갈등과 비극의 온상이 될 씨앗을 제거하고 불교를 부흥시킬 수양대군을 왕위에 올린 것입니다. 그런데 백이장의 추측대로 수양대군을 왕으로 세우는 일뿐만 아니라, 앞서 문종 임금의 생사에도 관여했다면 이야기는 달라집니다. 오월 마지막 날 모임에서 이 문제를 짚고 넘어가 주실 것을 우리 대표들은 기대하고 있음을 알려드립니다.

백팔장, 그런데 말입니다. 주상전하가 원각사를 만들게 된 계기에 대해 사람들 사이에 돌아다니는 이야기를 알고 계실 것입니다. 주상전하께서는 어릴 때부터 피부병을 앓으셨는데 왕이 되시고 나서 더 심해지셨습니다. 그러던 중 금강산이 피부병에 좋다는 말을 들으셨습니다. 진주담의 물은 말 그대로 진주처럼 특이한 빛깔을 가지고 있을 뿐만 아니라, 신비한 효험을 가지고 있어 피부병에 특효가 있다고 알려진 곳입니다. 허나 그곳의 산세가 워낙 험악해서 일반 사람들은 접근이 어려운 곳입니다. 주상전하께서는 진주담이 피부병 치료에 효과가 있다는 말을 들으시고, 무리를 하면서도 진주담으로 떠나셨습니다. 주상전하께서 진주담에 들어가 혼자 목욕을 하시면서, 자신의 죄 때문에 피부병이 심해졌다는 자책을 하고 있을 때, 한 어린 소년이 원숭이처럼 가볍게 바위 계곡을 넘나들며 왕을 놀려대기 시작했습니다. 이 험난한 산속을 어린 소년이 올 수 있는 곳도 아니고 그 몸놀림이 보통 사람이 아니어서 왕은 깜짝 놀랐습니다. 자세히 보니 그 어린 소년 뒤로 큰 무지개가 서려 있었다고 합니다. 왕이 두려움과 경건함에 사로잡히자, 어린 소년은 깔깔거리며 왕을 비웃었다고 합니다.

"왕이라 하여 대단한 분인 줄 알았는데, 몸이 썩어가고 고름이 줄줄 흐르고 악취가 풍기고 있으니, 문둥병자보다 나을 것이 없지 않느냐."

"너는 누구냐."

"네가 죽인 조카처럼 어린 아이일 뿐이다."

왕은 자책감에 머리를 조아렸다고 합니다.

"진주담에 목욕한다 하여 그 몸이 회복될 것이라고 생각하다니, 어찌 그대 같이 현명하지 못한 자가 왕이 되었단 말인가. 영혼이 회복되지 않는데 어찌 몸을 회복할 수 있겠는가."

그 말을 들은 왕이 너무나 놀라 대답했다 합니다.

"제가 어린 조카와 왕을 죽이는 천륜을 범했습니다. 죄를 자백하니 용서해주십시오. 어떻게 하면 영혼과 몸을 회복할 수 있는지 알려주십시오."

"어린 조카와 왕을 죽였다면 한 사람을 말하느냐 두 사람을 말하느냐."

"두 사람을 말합니다."

"죄를 자복하니, 네가 지은 죄가 감해지는 방법을 한 가지 알려주겠다. 궐 가까이에 궐 크기와 같은 큰 사찰을 지으라. 그리고 그 이름을 원각사라 하라."

그 마지막 말을 남기고, 처음 나타날 때처럼 어린 소년은 원숭이처럼 팔짝팔짝 바위와 나무를 타고 사라져 버렸다는 이야기입니다. 이 일을 겪은 왕은 궐에 돌아온 뒤 한양에 큰 사찰을 지을 결심을 하게 되었고, 수년에 걸쳐 원각사를 완성한 것입니다.

백팔장, 제가 이 이야기를 하는 이유는 최근 백이장의 수상한 동태를 감시해오던 중에, 그가 누군가에게 보내는 서찰을 가로 채게 되었기 때문입니다. 그 서찰의 내용 중에 진주담의 어린 소년에 대한 이야기가 나와 있습니다. 그 아이는 신비한 힘을 지닌 현신이 아니라, 금강산 진주사에 머무는 동자승이었다고 적었습니다. 왕이 보았다는 무지개는 계곡을 타고 떨어지는 물줄기로 인한 습기와 빛 때문에 진주담에 항상 걸려 있는 것이라 합니다. 동자를 시켜 임금을 희롱하고, 임금에게 한양 한복판에 그렇게 절을 짓게 한 사람이 백이장 자신이라고 서찰에 적어 놓았습니다. 결과적으로는 큰 사찰을 짓게 했으니 상을 내릴 일이나, 왕을 상대로 그렇게 큰일을 간단하게 해치운 그의 기지와 계략이 섬뜩하지 않습니까. 더구나 백팔장과 상의 없이 한 일이라면, 그는 우리가 모르는 더 큰일을 해왔을지도 모릅니다. 백이장, 그가 돌연 백팔장 대표 모임에 참석하지 않고 금강산 산

채로 들어가겠다는 서찰을 쓴 것이 마음에 걸립니다. 이번 모임에서 백이장에 대해 논의해야 할 것입니다.

마지막으로, 밀약서에 대한 백팔장의 입장을 알고 싶습니다. 밀약서의 비밀을 지키라면서 일부러 그 사실을 공문을 통해 발설한 것에 대해 우리 대표들은 의문을 가지고 있습니다. 숨은 뜻이 있으리라 생각하지만, 실제로 우리들은 밀약서의 내용을 정확히 알지 못하며 그 밀약서를 누가 가지고 있는지도 알지 못합니다. 누가 밀약서의 원본을 보관하고 있습니까? 그리고 밀약서의 정확한 내용은 무엇입니까? 이번 모임에서 밝혀주실 것을 요청합니다.

백장, 백삼장, 백사장, 백오장,

백육장, 백칠장 올림

45

'천년을 이대로 전하여 봄직하지 않는가?'

고령군 신숙주는 안평대군의 찬시 한 구절이 자꾸 입안에 맴도는 것을 느꼈다. 안평대군은 〈몽유도원도〉를 천 년 동안 전하고 싶은 꿈을 가지고 있었다. 천 년 세월 저쪽 너머로! 신숙주는 고민하기 시작했다. 그림을 무조건 숨길 목적만으로 방치하면 비나 공기 혹은 쥐 등에 의해 손상되어 버릴 것이고, 누군가의 손에 맡겼다가는 발각되는 즉시 여러 사람의 목숨이 왔다 갔다 할 것이다. 그렇다면 다른 나라로 보내 보관하게 해야 하는데, 그렇게 위험한 물건을, 아! 누가 빼돌리려 하겠는가. 누가 그림의 가치를 제대로 보고, 천 년 동안 온전하게 전할 수 있게 보관한단 말인가.

그때 신숙주는 과거 세종 임금 시절 서장관으로 일본에 갔다 오면서 겪었던 일이 떠올랐다. 대마도주와 무역에 관한 협정인 계해조약을 맺고 돌아오는 도중이었다. 극심한 풍랑을 만나자 사람들이 배가 뒤집힐 것을 몹시 두려워했다. 그때 뱃사람들이 바다가 이렇게 노한 것은 태워서는 안 되는 사람을 태웠기 때문이라며 사람들을 색출하기 시작했는데, 그중에는 왜구들에게 납치되었다가 어쩔 수 없이 왜인의 아기를 가진 여자가 타고 있었다. 이런 날 여자를 배에 태우는 것도 부정한데, 재수 없게 왜인의 아이를 가진 여자가 배에 탔으니 용왕이 노한 것이라며, 여자를 바다의 제물로 바쳐야한다는 험악하고 살벌한 분위기가 표효하는 파도처럼 거셌다. 그때 신숙주는 바다의 물결이 거친 것은 바람 때문일 뿐, 임신한 여자와는 아무런 관련이 없음을 설득했고, 그렇게 해서 한 여인과 한 아이가 목숨을 건졌다.

그 후 뱃사람들도 일부 무역품을 그 여인에게 맡겨 장사하게 했고, 아예 그 여인은 조선과 일본을 왕래하며 장사를 하는 무역상이 되었다. 그러다 보니 그 여인에게서 태어난 아이는 조선말과 일본말을 유창하게 하는 청년으로 성장했고, 그 청년이 이번 일본에서 들어온 외교단에 함께 왔다. 그 청년이 며칠 전 궐에서 신숙주를 따로 찾아와서 생명의 은인이라고 큰절을 올렸다.

신숙주는 그 청년의 도움을 받아야겠다고 생각하고, 〈몽유도원도〉와 찬시들을 모두 일본으로 가지고 나가 줄 것을 요청하기로 마음먹었다. 어머니와 자신의 목숨을 구한 은인의 부탁이니 소홀히 저버리지 않을 것이다. 더구나 그 청년은 비록 말직이기는 하나 외교에 관한 일을 담당하고 있었다. 안평대군 사건이 지금은 비록 역모로 비춰지나 세월이 지나면 그림이 권력의 그림자에서 벗어나게 될 것이고, 그래서 온전히 그림으로 존재할 거라는 정도는 알 인물이었다.

염려스러운 것은 그림을 가지고 조선을 빠져나갈 때나 일본에 입국할 때였다. 청년이 외교단의 일원이니 조선을 빠져나갈 때는 유리해도 일본으로 들어갈 때는 반드시 모든 물품을 검사받을 것이었다. 고민 끝에 신숙주는 찬시들을 다시 들여다보았다. 두루마리에는 두 편의 안평대군의 글을 포함하여 모두 23편의 글이 실려 있었다. 시문들의 본래 순서는 고득종高

得宗 - 강석덕 姜碩德 - 정인지 鄭麟趾 - 박연 朴堧 - 김종서 金宗瑞 - 이적 李迹 - 최
항 崔恒 - 신숙주 申叔舟 - 이개 李塏 - 하연 河演 - 송처관 宋處寬 - 김담 金淡 - 박팽
년 朴彭年 - 윤자운 尹子雲 - 이예 李芮 - 이현로 李賢老 - 서거정 徐居正 - 성삼문 成三
問 - 김수온 金守溫 - 만우 卍雨 - 최수 崔脩 순이었다.

신숙주는 그림을 포장하기 전에 그 순서를 바꾸어 놓았다.

자신의 시를 제일 앞에 두어서, 신숙주 - 이개 - 하연 - 송처관 - 김담 순
서가 되게 했다. 이 순서가 청년이 일본에 입국하면서 겪을 수도 있을 어려
운 상황을 해결하는 열쇠가 되어 주길 바랐다.

46

백일장百一張이 승려 덕중에게

1466년 5월 31일

덕중, 보아라.

오늘 백팔장 대표모임이 있었다. 백이장이 빠진 여덟 명이 모였다. 모임이 끝나자마자 부랴부랴 자네에게 붓을 든 것은 생사를 다투는 일이기 때문이다. 두서없이 쓰게 될 것이나 글귀의 속뜻을 제발 잘 이해해줬으면 하는 바람이다.

우선 자네의 신변이 위태로운 상황이다. 무엇보다 함정에 빠지지 않아야 할 것이다. 어떤 함정이냐고 물으면, 이 또한 설명하기 어렵다. 단지 수년 전에 십이장+二張이 취중에 백팔장 모임의 정체를 은유적으로나 발설했다가 죽음을 면치 못했다는 사실을 상기하기 바란다. 그때 십이장+二張은 자신의 잘못을 깨닫고 도망쳤고 몸을 숨겼는데, 나중에 호랑이에게 갈기갈기 찢겨 죽은 채 발견되었다. 짝패인 십삼장十三張도 낭떠러지에서 발을 헛디디어 죽고 말았다. 우연인지 필연인지 이 사건으로 인해, 백팔장 모임의 승려들은 모임의 정체를 발설했다가는 자신은 물론 짝패까지 죽게 된다는 사실을 교훈으로 얻게 되었다.

덕중, 너의 짝패는 여종 덕중이 아니더냐. 그 짝패가 목숨을 잃었다. 죽어가는 마당에 백팔 자라는 의미심장한 말도 남겼다. 백팔장의 정체를 의도적으로 밝힌 것은 아니지만, 이로 인해 백팔장 모임의 존재 여부에 대한 사람들의 의심과 호기심이 지나치게 커지는 사태가 빚어지고 말았다. 짝패와 운명을 같이 해야 한다는 우리의 계율에 따르면, 백팔장이 아직 너에게 아무런 조치를 하지 않은 것은 예외적인 경우라 할 것이다. 호랑이가 아니더라도 죽임을 당하는 방법은 많다. 덕중이 네 놈이 여태 무사한 것은 백팔장 모임을 만들 계기를 제공한 장본인이자 일장一張으로서의 상징적인 의미 때문인지도 모른다. 그것도 아니라면, 백팔장과 너 사이에 우리가 모르는 어떤 일이 있는 것이냐? 백팔장은 이렇게 말했다.

"아직은 때가 아니다."

아직 때가 아니라면, 그때가 올 것이라는 의미로도 해석된다. 덕중아, 일장一張으로써의 네 비밀을 알려달라고 요구하기에 앞서, 나의 비밀을 먼저 알려주려 한다. 백일장百一張으로서 내가 했던 역할은 훈민정음 언해본에 들어있는 '나·랏:말ㅆ·미 듕귁·

에 달·아'로 시작되는 세종대왕의 어지 서문을 108자로 수정하는 작업이었다. 당시 그 일은 여장사 암자에서 비밀리에 이루어졌는데, 110자 이상인 글자 수를 불교의 신성수인 108자로 바꾸고, 수정한 훈민정음 언해본을 불교서책인 『월인석보』와 묶는 작업이었다. 그 작업이 승려들에게 맡겨진 것은 너무나 당연한 일이라 여겼다.

그런데 백이장百二張이 엉뚱한 서찰을 보내왔다. 백장百張과 백칠장百七張 짝패를 통해서 왕이 저지른 업보 때문에 두 왕자가 죽게 되리라는 것을 알게 되었다면서, 그 사실에 대해 나름 새로운 해석을 가한 것이었다. 즉 108자로 고친 훈민정음 언해본을 『월인석보』와 묶은 것은, 백팔장 모임이 수양대군으로 하여금 거사를 치르도록 유도하기 위한 것뿐만 아니라, 문종의 죽음까지 기획했을 것이라는 추론이었다. 『월인석보』에는 석가의 조상 이야기가 있는데, 그 조상인 소구담이 아우에 의해 죽음을 당한다는 이야기가 들어있다. 백이장은 이들 형과 아우의 몹쓸 인연을 문종 임금과 현왕의 관계로 재해석했던 것이다. 이 이야기가 대표모임에 흘러나왔을 때 다들 경악했다. 감히 그런 말을 입에 담을 수 있는가에 대해 분개하면서, 백성들이 들으면 백팔장이 사람 잡는 백정들로 인식될 것이라며 펄펄 뛰었다.

덕중, 이제 진심으로 내 말에 귀를 기울여야 한다. 네가 가지고 있는 비밀이자 방패막이가 무엇인지 그것을 나에게 알려주었으면 한다. 백팔장의 규율을 깨라는 이야기도 아니고, 너를 함정에 빠뜨리기 위함도 아니다. 너를 지키고 나를 지키기 위해서이다. 상황이 매우 급박하다. 백이장이 이번 모임에 참석하지 않고 금강산 땡추들의 산채로 들어가 버렸기 때문에 백팔장을 배반했다는 의심을 받고 있다. 그 뒷감당으로 짝패인 내가 백이장을 찾아오라는 명령을 받았다. 도중에 어떤 함정이 놓여 있을지, 백이장이나 나나 온전히 목숨을 보전할 수 있을지 알 수 없는 상황이다. 이 서찰은 내가 금강산으로 떠나기 직전에 급히 쓰는 것이다.

모임이 끝나고 돌아오는 길에 극심한 공포를 느꼈다. 나에게 어떤 일이 일어나게 되리라는 예감이다. 여종 덕중의 죽음이 예사롭지 않게 느껴진다. 죽어갈 때 백팔 글자라고 한 것이 무슨 뜻이었을까. 죽음의 극심한 공포에 떨면서 남긴 마지막 말이라 생각하니, 비로소 그 말의 무게가 느껴진다. 훈민정음 언해본의 세종대왕 어지 서문을 백팔 자로 줄인 것이 바로 나, 백일장이다. 소용 박씨의 마지막 말과 내 작업 사이에 어떤 연관이 있을 것이라는 직감이 든다. 훈민정음 언해본을 『월인석보』에 넣어 불교를 부흥시키겠다는 것이 백팔장과 현왕 사이의 밀약서 내용이라면, 반드시 백팔 글자로 고쳐야 했던 이유가 있을 것이다. 그렇지 않다면 내용이 달라지지도 않는 글자 두세 자 줄였다고 원본을 없애 버릴 이유는 없다. 정말 백팔 글자의 비밀을 알아보아야겠다. 그래서 말인데 덕중아, 네 목숨도 구하고 내 목숨도 구하기 위해서이니, 일장—張으로서 네가 한 일을 알려주기바란다.

마지막으로 밀약서에 관한 것이다. 밀약서의 내용은 우리가이미 아는 바, 백팔장은 수양대군이 왕이 되게 돕고 수양대군이왕이 되면 불교를 되살리고 부흥시킨다는 것을 문서화한 것이라 했다. 밀약서 원본을 누가 가지고 있느냐는 질문이 쏟아져나왔다. 밀약서 원본은 왕과 백팔장 모임이 합의한다는 뜻으로 양쪽 이름을 같이 적은 특이한 형태의 합의서라며 자신이 가지고있지 않다고 했다. 누가 가지고 있느냐는 수차례의 닦달 끝에,백팔장은 못 이기는 척 네 이름을 입에 올렸다. 바로 덕중 자네가 가지고 있다는 것이다. 어떻게 덕중이 보관하게 되었느냐고물으니, 왕의 편이나 백팔장의 편이나 어느 한쪽으로 기울지 않으면서, 그 어느 쪽도 배반하지 않을 중간자를 찾은 것이라 했다. 양쪽 모두 승려 덕중이라면 좋다고 합의가 되었다는 것이었다. 그것은 충분히 이해가 가는 것이었다. 밀약서가 도처에 있으며 어디에도 없다는 뜻이 무슨 뜻이냐고 하자, 이번 오월 말에있을 계룡산 모임 때 왕이 있는 자리에서 밀약서에 대한 비밀과그 대답을 듣게 될 것이라고 했다.

이 급한 와중에 너에게 서찰을 쓰는 이유가 바로 이 때문이다. 덕중아, 사실이냐. 양쪽의 이름을 같이 적은 특이한 형태의 합의서! 백팔장은 그것을 찾을 때까지 너를 죽이지 못할 것이다. 너를 위해서는 참으로 다행이다. 그것을 잘 보관해야 한다. 그것이 네 목숨을 보전해줄 것이다. 혹여 자네 거처나 물품을 뒤져 가져갈지 모르니, 특히 조심하거라. 백팔장이 물어보면, 자네는 항상 떠도는 관계로 몸에 지니지 않으며, 어느 한 곳에 숨겨 놓았다고 말하거라. 다른 사람에게 맡겨서 보관하고 있다고 말하는 것도 좋을 듯하다. 제발 그것이 가능하다면, 내가 가지고 있다고 말해 주었으면 한다. 그러면 그것을 찾을 때까지, 백팔장은 나도 너도 죽이지 못할 것이다. 내가 돌아오는 즉시 다시 연락하겠다.

그럼 다시 볼 때까지 몸조심하거라.

백이장을 찾아 금강산으로 떠나면서, 백일장 씀

환관 방비리는 상선 김처선이 지시한 것의 해답을 나름 찾아서 그를 찾아갔다.

"상선 어른, 상선 어른께서 『월인석보』 1권의 마지막에 들어있는 '摠 一百八張 총일백팔장'이라는 표기에 대해 아는 것이 있는지, 정음청에서 일했던 상차 강원종에게 넌지시 알아보라 하신 과제에 대한 답변을 가지고 왔습니다. 이것을 보십시오."

방비리가 원종에게 넌지시 물었더니 처음에는 별로 아는 바가 없다고 운을 떼더니, 『월인석보』는 운문으로 된 『월인천강지곡』이 먼저 나오고, 그 내용에 일치하는 산문으로 된 『석보상절』이 뒤이어 나오기 때문에 단락마다 내용상으로 연관이 있어, 아무데서나 자를 수 없게 되어 있다고 했다. 그런데 유독 1권은 108면에서 뚝 끊고 막아버려서, 2권의 첫 장에서 끝맺지 못한 『석보상절』로 시작되는 것이 이상하다 했다. 나머지 권들의 첫 장은 모두 『월인천강지곡』으로 시작되고 있었다.[39] 방비리의 말을 들으며, 김상선의 눈빛이 반짝였다.

"상선 어른, '摠一百八張 총일백팔장'이라는 표기 속에서, 장張이란 무엇을 의미하는지요?"

"왜 그러느냐?"

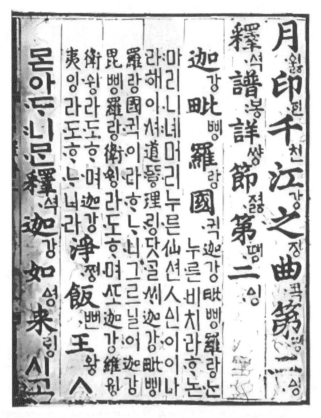

"108면面이 되는 끝부분에는 '총일백팔면'이라고 기록해야 하는데, '總一百八張(총일백팔장)'이라고 적어 놓은 연유는 무엇일까요. '총일백팔장'이면 216면面이 아닌지요. 혹여 장張이 면面과 동일하게 쓰이는지 알아보았더니, 33장張으로 되어 있다는 『訓民正音 훈민정음』 한문본은 정확하게 66면面으로 되어 있었습니다. 그러니까 『월인석보』 1권의 마지막에 있는 '총일백팔장'은 면面을 장張으로 잘못 표기한 것이거나, 그것도 아니라면 숫자와 상관이 없는 것은 아닐까요."

284

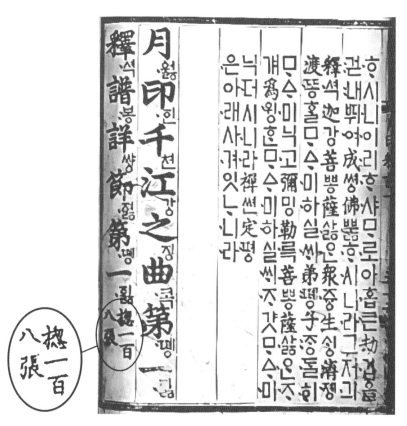

『월인석보』 1권의 마지막 페이지 끝부분에 있는 '총일백팔장'이라는 표기

"……."

"상선 어른! 그런데 학사들이 면과 장을 착각했을 가능성은 없습니다. 끝부분을 유심히 보십시오. '총일백팔장'이라고 읽을 수도 있지만, 줄이 구분되어 있으니 '摠一百총일백'과 '八張팔장'이라고 읽을 수도 있지 않겠습니까."

"그렇구나. 계속해 보거라."

"『월인식보』처럼 면수나 장수가 기록되어 있는 서책을 본 기억이 있으신지요?"

"본 기억이 별로 없구나."

"『월인석보』는 총 25권으로 구성된 방대한 서책인데, 면수나 장수를 세어서 기록한 것이 도리어 이상하구나."

"서책에 글을 정리하거나 쓴 자의 이름이나 호를 남기는 경우는 보았습니다. 시문의 끝에 이름과 낙관을 찍는 것도 보았습니다. 그래서 혹여 '摠一百_{총일백}'과 '八張_{팔장}'이 한사람의 호와 이름이거나 아니면 두 사람의 이름이 표시된 것이 아닌가 하는 생각도 해보았습니다. 물론 『월인석보』작업에 참여한 학사들이나 고승들의 이름과는 거리가 멉니다."

한참 생각을 한 뒤 김 상선은 말했다.

"'총일백팔장'이 면수나 장수가 아니라 다른 뜻을 가졌다면, 어떤 가능성이 있느냐?"

"그 특별한 의미를 알고 있는 자들이 누구일까요. 목숨이 다하는 마지막 순간에 '백팔자'를 심중에서 토해냈다고 하나 '백팔장'으로 들은 사람도 있다 합니다. 귀성군은 '총일백팔장'의 의미를 알고 있을지도 모릅니다. 지금 귀성군이 어디에 머무는지 아시는지요? 임영대군 댁에는 없다고 들었습니다."

"산사들을 돌아다니며 수양을 쌓고 있다고 들었다."

"친잠례가 막 시작되려는 시점에, 무슨 엉뚱한 소리를 늘어놓아 죄송합니다. 어설픈 추리 죄송합니다. 하지만 상선 어른, 이번 친잠례가 끝나면 과제의 해답을 온전하게 찾을 수 있을 듯도 합니다. 혹여 가능하다면, 전 상선께서 그 뽕잎을 어떻게 했는지 알아봐 주셨으면 합니다. 아, 세 본분을 잊지 않고 있습니다. 내일쯤 첫 번째 잠동의 누에가 알에서 깨어나게 될 것입니다. 모든 준비가 끝났습니다."

48

일본 외교 사절단의 미노루가 고령군 신숙주에게

1466년 6월 15일

대감, 대감 덕에 이 세상에 나와 빛을 보고 사람 노릇하며 살아가는 미노루임다. 내 목숨이 어찌 내 것이라 할 것임까. 이 미노루의 목숨은 대감의 것이옵다. 비록 조선 어미의 피를 이어 받았음이나 아비의 나라인 일본에서 거의 키워지다시피 해서 언문 사용이 조촐합니다. 눈을 괴롭힐 것임다. 이점 사죄드림다.

대감께서 부탁한 그림 '몽'[40]은 무사히 일본 땅으로 가지고 들여왔슴다. 입국 시 말썽이 없었다고 하면 거짓말임다. 이번 외교사절단은 일본에 있는 절을 중수하기 위함이며, 조선의 지원

---

40 〈몽유도원도〉를 의미한다.

을 얻기 위해 갔음다. 여느 정치적인 사안이 아니라 돈과 관련된 것이어서, 입국 때 외교단이 가지고 들어온 물건을 샅샅이 검사하는 일이 벌어졌음다. 어쩌부니까, '몽'은 딱 걸렸음다. 저 미노루는 물론, 잘못하면 일본과 조선 사이의 국제적인 갈등을 초라할[41] 수도 있는 것이었음다.

그런데 신기한 일이 일어났음다. 두루마리를 펼친 검사관은 그림에는 관심이 없고, 두루마리 안에 들어 있는 글에 관심을 가졌음다. 검사관은 맨 위에 올려져 있는 찬시를 살펴보았고, 그 시의 끝에 신숙주라는 대강의 함자를 보는 순간 얼굴이 환해지는 것이었음다. 일본에서 조선왕의 이름은 몰라도 대강의 이름은 어린아이나 어른이나 다 알고 있음다. '신숙주'라는 이름만 들어도 가슴을 설레고 열광함다. 대강이 일본에서 남긴 시문은 부르는 것이 값일 정도로 구하기 어려운 작품으로 꼽힘다. 검사관의 태도가 금방 달라지더니 물었음다. 이 그림과 글을 어떻게 구했느냐. 만일의 사태에 대비하여 준비한 것은, 다름 아닌 찬시들 중에 들어있는 승려 만우의 글을 내보이는 것이었음다. 이번 일본 외교단의 조선행은 사찰 중건과 관련된 것이기에, 승려들의 글은 사태를 합리화하기가 좋을 것이기 때문임다.

---

41 '초래할'을 잘못 쓴 것이다.

막 제가 승려 만우의 이름을 입에 올렸을 때였습니다. 외교단에 조선에서부터 동행했던 승려 분께이가 검사관과 제 곁으로 왔습니다. 이제 끝장이구나 하고 가슴이 철렁 내려앉았습니다. 승려 분께이는 품에서 종이 하나를 펼쳐 보이는 것이었습니다. 그 한지에는 얼핏 한 수의 시가 적혀 있었습니다. 시의 끝부분을 보여주었는데, '천봉 만우'라는 이름과 낙관이 찍혀 있음을 보았습니다. 승려 분께이는 이 시는 승려 만우에게 개인적으로 받은 것이지만, 미노루가 가지고 있는 그림과 글들은 새로 중건할 절에 기념으로 보관하라며 조선의 학사들과 승려들이 선물을 준 것이니 매우 소중한 것이라고 말했습니다. 자칫 잘못하여 손상이 되거나 분실이 되면 검사관이 책임져야 할 것이라고 말했습니다. 그러자 움찔한 검사관은 그런 뜻은 없고 단지 규정에 따라 확인하는 것뿐이라고 했습니다. 이어 새로 중건될 절에 보관될 중요한 자료라면 더 이상 관여하지 않겠다고 꼬리를 내렸습니다. 승려 분께이의 기세에 눌려, 검사관은 두루마리를 풀어헤친 것이 송구스럽다는 듯이 다시 싸서 저에게 돌려주었습니다.

그 위험천만한 장소를 벗어나서, 저는 승려 분께이에게 땅바닥에 엎드려 감사의 절을 올렸습니다. 승려 분께이께서는 '너를 구하기 위해서가 아니라, 조선의 승려 만우를 구하기 위해서였다'라고 말씀하셨습니다. 승려 분께이는 승려 만우와 오랫동안 친분이 있으신 듯, '몽' 때문에 친우 만우가 말려들지 않도록 일부러 나서서 무마한 듯 했습니다. 신숙주 대감이 자신의 시를 맨 위에 올린 것은 뜻이 있어서 그랬을 것이라고 덧붙였습니다. 자신의 찬 시를 맨 위에 놓아 잘난 척을 한 것 같지만, 실은 일본으로 가지고 들어갈 때 신숙주라는 이름을 보면 함부로 대하지 못할 것이라는 것을 알고 있었고, 문제가 생기면 제일 먼저 희생양이 되겠다는 마음이 들어 있는 것이라고 해석을 하셨습니다. 대감의 그런 큰 뜻을 알고 나자, 저도 모르게 눈에 눈물이 맺히는 것이었습니다.

승려 분께이는, '몽'이 무사히 일본에 있으니 세상이 달라지면 다시 돌려줄 수도 있을 것임을 승려 만우에게 알리겠다고 했습니다. 대감, 천 년 이상 전해지도록 '몽'을 저희 집 가보로 보관하려 했으나, 승려 분께이는 그림이나 글에 습기나 좀이 슬지 않으려면 보관 장소가 중요하다면서, 그것을 자신에게 맡기면 어떻겠느냐고 물었습니다. 심사숙고 끝에 그렇게 하는 것이 좋은 방법이라 여겼습니다. 저는 반쪽자리 조선인 출신이어서, 나라 사정이 바뀌면 언제든지 신변에 변화가 생기게 되어 있습니다. 그림과 찬 시들을 지키지 못하게 되면 대감에게 받은 은혜를 되갚기는커녕 도리어 문제를 일으킬까 싶어, 차라리 승려 분께이에게 넘겨주는 것이 좋겠다는 결정을 했습니다. 승려 분께이는 자신이 그 그림을 소유할 욕심이 없을 뿐만 아니라, 그 그림을 소유할 힘도 없다는 말을 하신 것 같습다. 잘 보관했다가 대감에게 돌려주자고 했습다. '몽' 때문에 가슴을 졸이실 대감을 생각하다가, 비록 조촐한 서찰이지만 조선으로 들어가는 어머니 편으로 보냅다.

생명의 은혜를 입고 살아가는 미노루가 엎드려 인사올림다.

미노루 배상

49

고령군 신숙주가 승려 만우(천봉)에게

1466년 6월 27일

천봉,

계곡과 구름 사이를 넘나드시는 천봉, 이 하찮은 인간의 서찰이 제대로 가서 닿을지 모르겠네. 하지만 아무래도 자네에게 이를 밝히지 않으면 안 될 것 같아 어렵게 붓을 들었네. 주상전하께서 <몽유도원도>를 찾으신다는 말을 정인지 대감을 통해 들었을 것이네. 나와 안견이 <몽유도원도>를 수개월에 걸쳐 찾다가 '이 땅에는 없는 것 같다'고 주상전하께 고하고, 정인지 대감과 자네에게도 그렇게 기별했네. 하지만 자네는 곧 일본의 승려 분께이로부터 내가 거짓말을 했음을 추론할 수 있는 기별을 받게 될 것이네. 사실 <몽유도원도>는 주상전하로부터 하사받은 안평대군의 별장에서 나왔는데, 여러 날 고민 끝에 일본 외교단의 한 조선인을 통해 그 그림을 나라 바깥으로 내보내게 되었고, 그 과정에서 자네와 친분이 있는 승려 분께이가 그림이 들킬 뻔한 순간을 모면시켜 주었다네. 결과적으로 천봉, 자네에게는 거짓말을 한 꼴이 되고 말았네.

이해하시게. 내 사욕으로 그림이나 찬시를 차지하려거나 어떤 정치적인 목적이 있어서가 결코 아니었음은 짐작하고 남을 것이네. 그 그림이 지금 세상 밖으로 나오게 되면 자네와 나는 물론 여러 목숨이 위태로울 것임을 어렵지 않게 짐작하고 있을 것이네. 특히 소용 박씨 사건이 있은 직후 주상전하께서 급하게 안견을 불러들여 <몽유도원도>를 찾으라 명하셨고, 소용 박씨가 귀성군에게 보낸 연서가 모반과 연루되었다고 의심하신다는 소문도 있지 않나. 이 시점에서 <몽유도원도>가 나타나면 어떤 식으로건 모반이나 역모의 빌미가 될 것이네. 이런저런 상황들을 짐작하여 내 거짓말을 너그럽게 용서해주시게.

안견이 주상전하께 <몽유도원도>를 찾을 가능성이 더 없는 것 같다고 말씀드리자, 주상전하께서는 처음으로 그 그림의 내용에 대해 호기심을 보이셨다네. 계곡의 산봉우리가 몇 개인지, 복숭아나무가 몇 그루였는지, 그 안에 절이 들어 있는지, 혹은 사람이 몇 명 그려져 있는지 등. 주상전하의 의중을 헤아릴 길이 없어, 안견은 세월이 아득하여 기억이 나지 않는다는 것과 처음에는 무릉도원을 그렸다고 생각했는데 나중에 보니 사람도 없이 너무 쓸쓸해서 무덤을 그린 것 같다는 느낌이 들었다는 자신의 솔직한 심정을 토로하니, 주상전하께서도 아무 말씀이 없으셨다 하네. 마지막으로 주상전하께서는 혹여 그 그림에 백팔과 관련된 이름이나 낙관이 찍혀 있지 않으냐고 하문하셨다는 것이네. 안견은 자신의 그림에 다른 이의 이름을 올릴 리가 없고, 백팔과 관련된 글귀나 비슷한 숫자는 전혀 없었음을 진언했다고 들었네.

이것이 <몽유도원도>에 관련해 내가 알고 있는 전부일세. 안견의 말을 듣고 천봉, 궁금한 것이 있네. 왜 주상전하께서는 소용 박씨의 마지막 말인 백팔 글자를 <몽유도원도>에서 찾으시려 했는지 궁금하네. 정인지 대감도 자네에게 백팔의 의미에 대해 물어보았으나 대답을 듣지 못했다고 들었네. 자네가 침묵을 지켰다는 것은 무엇인가 알고 있다는 이야기가 아닌가. 천봉, 주상전하의 명을 무시하고 <몽유도원도>를 빼돌린 사실과 영의정까지 지낸 자가 거짓말까지 했다는 것을 들킨 마당에, 무엇을 털어놓지 못하겠는가. 백팔이 누구의 이름인가. 모반의 주동자라도 된단 말인가.

최근 궐내 방…… 뭐라고 하는 환관이 『월인석보』 1권을 들고 와서 이것저것 묻더군. 『월인석보』 1권의 끝부분에 있는 '총일백팔장 摠一百八張'이 서책의 면수나 장수가 아니라 아무래도 사람을 의미하는 것 같다는 추론이었네. 그때는 서책의 내용에는 관심이 없고 부수적인 것에 관심을 가지는 태도가 마음에 들지 않아 허허 웃고 말았네. 그래도 돌아가지 않고 조금 집요하게 이런저런 것을 묻길래, 혹여 새로운 활자의 이름인가 하고 농으로 끝을 맺었네. 그런데 주상전하께서 <몽유도원도>에 백팔이라는 이름이나 낙관이 있었느냐고 물으셨다니, 백팔이 숫자가 아니라 누군가의 이름이라는 방 환관의 생각과 일치하여 깜짝 놀랐네. 천봉, 백팔장이 누구인가?

천봉, 불가에서는 고기를 먹지 못하게 하지 않나. 이는 부처가 돼지고기를 먹다가 죽었기 때문이라는 설도 있고, 고기를 많이 먹으면 동물이 죽을 때 느꼈던 분노와 두려움이 몸에 들어와서 인간의 몸에도 그대로 새겨지기 때문이라는 설도 있네. 한술 더 떠서 자네는 언젠가 살아 움직이는 동물뿐만 아니라 식물도 죽게 될 때 공포에 질린다고 말하지 않았나. 세상에 존재하는 모든 생명은 자신을 지키려는 의지가 있고, 어쩔 수 없이 죽여야 할 때는 그 고통이나 원망을 최소한으로 줄여야 한다는 말을 했었네. 좀 웃기게 들릴지 모르겠지만, 내가 <몽유도원도>를 마지막으로 보았을 때 받은 느낌은, 그림이 공포에 질려 있는 듯했네. 내 공포감이 투영된 것이라 하면 할 말이 없지만, 그림도 자신을 보호하기 위해 안간힘을 쓰고 있었던 것은 아닐까. 그래서 나는 내 찬시를 맨 위에 올려놓아, 그 그림이 지켜지면 나도 안전하리라는 암시를 걸었네. 내가 무사하다면 자네 또한 무사할 수 있겠지. 천봉, 그림이 혼자가 아니듯이, 나도 혼자가 아니라고 믿고 싶네. 자네, 언젠가부터 머물지 못하고 끊임없이 떠돌고 있는 것에 대해 가슴 아프게 느끼고 있네. 연통하시게나.

범옹 신숙주 씀

50

승려 덕중이 백일장에게

1466년 7월 5일

백일장 보게,

내 신변이 위태로운 상황임을 알려주어 고맙다. 더구나 땡추 백이장을 찾으라는 명이 떨어진 급박한 상황에서 말이다. 보내준 서찰을 읽으면서, 나는 극심한 자책과 번민을 느꼈다. 백팔장 모임이 만들어진 계기는 승려증 없이 끌려가던 '나의 개 체험기'가 시초가 되었고, 이후로 모임은 나라의 불교를 되살리고 융성시키는 역할을 잘 해왔다. 하지만 이 시점에서 우리는 한가지 의문을 가지지 않을 수 없게 되었다. 백팔장의 정치적인 손이 어디까지 닿았느냐는 것이다. 어린 왕이 나라와 백성을 이끌기에는 가당치 않다는 현실적인 판단에서 수양대군을 왕으로 세웠노라 믿어왔지만, 어쩌면 우리는 이미 기획된 모반의 꼭 두각시 노릇을 했는지도 모르겠다.

쉬운 예로, 승려 만우는 안평대군을 왕으로 세우려다 실패한 것으로 알고 있다가, 최근 그것이 수양대군을 세우기 위한 사전 작업이었음을 알게 되었다. 그리고 자네 백일장百一張은 '**나·랏: 말ᄊᆞ·미 듀귁·에 달·아**'로 시작되는 세종대왕의 어지를 백팔 자로 수정해서 훈민정음 언해본을 불교 서책인 『월인석보』와 묶는 작업을 했다. 당시 자네는 승려가 불교 서책을 손질하고 묶는 것은 당연한 일이라고 여겼지만, 이는 백팔장이 수양대군에게 요구했던 밀약의 일부를 실행한 작업이었다. 백이장百二張은 『월인석보』에 나타난 형과 아우의 몹쓸 인연을 문종 임금과 현왕의 관계로 재해석하는 일을 했노라고 말했다. 백장百張과 백칠장百七張 짝패는 현왕이 저지른 업보 때문에 두 왕자가 죽게 되리라는 것을 소문으로 퍼뜨리는 일을 맡았노라 고백했다. 이런 일련의 조각들을 맞추어볼 때, 정말 우리가 문종 임금의 죽음과 무관한가 하는 의문을 갖게 된다.

백일장!

수양대군과 백팔장의 이름이 함께 들어있는 특이한 밀약서를 내가 보관하고 있다고 했는데, 나는 사실 백팔장으로부터 밀약서를 받은 적이 없다. 나는 수양대군과 백팔장 사이의 전령 역할을 했지만, 비밀을 유지하기 위해 양쪽의 전언을 말로 전달

했을 뿐이다. 내가 백팔장으로부터 받은 종잇장이라고는 훈민
정음 언해본 세종어지 한 장뿐이었다. 백성의 소리를 부처에게
바친다는 약속을 지킨다는 뜻으로, 수양대군이 훈민정음 세종
어지를 백팔 자로 수정한 후 처음 인출한 것이라며 건네주었다.
왜 나에게 주느냐고 물었더니, 내가 백팔장 중의 일장—張이니
첫 인출본을 보관하는 것이 의미가 있지 않겠느냐고 말씀하셨다.

　그 종잇장이 밀약서일 리가 없는 이유는 수양대군의 이름이
나 백팔장이라는 이름을 전혀 찾아볼 수 없었기 때문이다. 내가
왜 밀약서를 알아보지 못하겠는가. 가만, 훈민정음 세종어지 끝
에 '총일'이라는 글자가 있었던 듯하다. 그렇지, 백일장에게 그

뜻을 물으니 첫 번째 인출했다는 표시일 것이라고 말했다. 아, 그리고 종이의 아랫부분이 잘려나간 상태였는데……오래되어 기억이 잘 나지 않지만…… 그뿐이었다.

그것은 밀약서도 아니었을 뿐만 아니라, 밀약서라고 해도 내가 지금 그것을 보관하고 있지 않다. 누가 가지고 있느냐 하면, 어떻게 된 것이냐 하면, 어느 날 수양대군의 사저에서 여종 덕중을 만났다. 야생초를 돌보던 여종 덕중에게 어떻게 그렇게 간단하게 어지 서문 54자를 108글자로 만드는 법을 생각해낼 수 있었느냐고 우연히 묻게 되었다. 그녀는 내 질문을 받고 눈빛이 조금 달라지는 듯했다. 두 손을 가슴에 모아쥐더니, 마음속에 항상 '백팔장'을 새기고 있으니 당연한 일이라고 했다. 백팔장! 순간, 나는 덕중이 백팔장 모임과 연관이 있는 사람이라고 여기게 되었다. 세종어지 54자를 108자로 만드는 법을 여종 덕중이 수양대군에게 가르쳐 준 것이 우연히 아니라고 여겼다. 백팔장이 미리 계획하여 그렇게 만든 것이라고 믿었던 것이다. 만우처럼, 그녀도 백팔장에는 가입하지 않았지만 중요한 임무를 비밀리에 띠고 있다고 여겼기에 매우 적극적으로 친분을 쌓아나갔다.

그러던 어느 날, 나는 우연히 수양대군 댁의 정원에 들렀다가 소용 박씨와 귀성군이 만나는 장면을 목격하게 되었다. 덕중은 내가 가까이에서 이야기를 나눈 유일한 여자였다. 여자를 가까이하지 못하는 승려의 몸인데, 덕중과 귀성군이 서로 가까이 지내는 모습을 보게 되자 질투 때문에 번민이 이만저만이 아니었다. 가슴이 뛰는 소리 때문에 밤에 잠을 잘 수도 음식을 삼킬 수도 없었다. 억눌러 놓았던 욕망들이 무섭도록 싱싱하게 살아나 고행이라 한들 그런 고행이 없었다. 남녀의 정사 장면을 처음으로 목격하게 되었을 때 받았던 충격을 자네는 이해하겠는가. 외면하려 안간힘을 쓰면서도 그들의 은밀한 모습을 보기 위해 더 자주 잠저로 향하는 자신을 발견했다. 나는 여종 덕중을 귀성군에게서 떼어 놓고 관심을 돌릴 방법을 찾다가, 무심코 백팔장이 나에게 준 것이라며 108자 훈민정음 세종어지를 보여주었다. 그녀는 내가 입에 '백팔장'을 올리는 것을 듣고 깜짝 놀랐으나, 이내 훈민정음 세종어지를 가지는 것이 소원이라고 했다. 백팔장에게 알리지 않는다는 조건으로 나는 기꺼이 그것을 건네주었다. 그때는 소용 박씨의 귀성군에 대한 애착이 그저 부여받은 임무에 지나지 않는다고 생각했다. 그녀가 진정으로 좋아하는 사람이 나라고 여긴 적도 있으니 말이다. 부질없는 젊은 날의 번민이었다.

내 이야기는 이쯤하고, 백일장 자네와 백이장에 대해 이야기하자. 백이장은 본래부터 땡추 두목으로 영혼이 자유롭기 그지없는 사람이다. 그도 백팔장 모임의 역할에 대해 회의를 품은 듯하다. 대표모임도 참석하지 않고 정식 통보도 없이 땡추 소굴로 돌아가 버리다니. 그렇다고 백팔장을 배반하려 한 것은 아닐 것이다. 하지만 조심하여야 한다. 배반이라고 여겨지는 순간, 예기치 않은 죽임을 당할 수 있다. 특히 백일장과 백이장, 자네들 서로에게 함정이 되지 않도록 주의해야 한다. 자네가 부탁한 대로 해주고 싶지만, 나는 밀약서를 가지고 있지 않으니 어찌한단 말인가.

몸 조심하게나.

덕중 씀

51

백팔장이 임금에게

1466년 7월 15일

전하, 옥체 만강하신지요?

산속에서 수도하는 소승들이야 세상 돌아가는 것에 신경 쓰지 않고 마음을 수양하는 것이 본래의 업이었습니다. 그런데 어느 날 사람들의 입에 '백팔자'라는 표현이 자주 오르내리는 것을 듣고 놀라움을 금치 못했습니다. 소용 박씨가 귀성군에게 연서를 보낸 죄로 처형을 당하면서 '백팔자'을 언급했다는 사실이 우리 중놈들 사이에서는 '백팔장'이었을 것이라는 추측도 돌아다녔습니다. 더구나 그 사건 이후로 주상전하로부터 어떠한 연통도 오지 않으니, 자라를 보고 놀란 가슴이 솥뚜껑 보고 놀란다고 과거 배척당한 경험이 있는 소승의 처지로는 혹여 전하께서 우리와 인연을 끊으려고 하시는 것이 아닌가 의혹이 생기기도 했습니다.

전하, 이제 보름쯤 있으면, 삼 년마다 한 번씩 열리는 백팔장 전체 모임이 계룡산에서 진행될 것입니다. 전하께서 참석하신다는 전갈을 주셨으니 어찌 그 의혹이 남을 수 있겠습니까. 이번 모임은 주상전하의 건강을 기원하고 새로 탄생하신 원손의 미래를 감축하기 위해 전국의 승려들이 불공을 드리는 것으로 되어 있습니다.

전하!

모임에 앞서 알려드릴 것이 있어서 서찰에 쓰게 되었습니다. 이번 백팔장 모임에 행차하시면, 밀약서가 도처에 있으며 어디에도 없다는 말의 진의를 풀어달라고 야단일 것입니다. 소신은 이번 계룡산 모임 때 전하 앞에서 그 진실을 밝히겠노라고 말했습니다.

당시 수양대군에게 신탁을 전하게 한 것은 소신이었습니다. 나라의 미래를 위해 능력 있는 임금을 세우기 위해 승려들이 뜻을 같이 했다고, 그래서 승려들이 백 여덟 조각의 천을 이어 만든 백팔장이라는 옷을 입기로 결의했다는 말을 듣고 감동하셨고, 뜻을 굳히셨습니다. 당시 대군이셨던 왕께서 우리 모임에 '백팔장'이라는 이름을 하사하셨고, 저를 백팔장의 수장인 '백팔장'에 명하셨습니다. 당시는 양쪽 모두 목숨을 걸고 거사를 치러야 하는 상황인지라, 저와 당시 수양대군은 짝패가 되기로 했습니다. 한 사람이 죽으면 다른 한 사람도 죽을 수밖에 없는 짝패.

우리는 목숨을 건 밀약서를 작성했습니다. 백팔장 모임은 새 왕을 세우고, 새 왕은 불교를 되살려 융성하게 한다는 약조였습니다. 그 밀약서는 조선왕조가 지속되는 한 영원히 보관되어야 하지만 그 누구도 눈치채서는 안 되는 위험한 것이었습니다. 우리는 훈민정음 언해본을 부처에게 바친다는 뜻으로 훈민정음 언해본에 '백팔장' 이름과 수양대군의 이름을 넣기로 합의했습니다. 당시는 서로를 배반할 수 없도록 묶어두기 위해, 밀약서에 서로의 이름을 넣고 반으로 찢어 나누어 가지기로 했습니다. 저는 훈민정음 세종어지와 수양대군의 친필 이름 부분을 찢어 가지고, 당시 수양대군은 저의 '백일장' 이름만 찢어 가졌습니다. 서로에 대한 믿음이 확인되면, 양쪽이 보관하는 밀약서의 일부분을 승려 덕중에게 주어 온전한 밀약서 원본으로 보관하기로 했습니다.

전하,
부왕인 세종대왕의 특별한 사랑을 받으신 대군께서는 여덟 왕자 중에 가장 많은 군호를 받으셨습니다. 12세 가례를 올린 해에 진평대군이 되셨고, 17세에 함평대군이 되셨으나 그 의미

가 천한 듯하다 하여 며칠 만에 다시 진양대군이 되셨고, 훈민
정음을 반포한 이듬해이자 29세가 되시던 해에 드디어 수양首陽
대군이 되셨습니다. 합의서 원본에 서명을 하려던 순간에, 대군
께서는 군호로 '수양'이냐 '총일'이냐를 두고 부왕께서 망설이셨
다고 말씀하셨습니다. 둘 다 '여럿 중의 으뜸'이라는 뜻을 지닌
것이었습니다. 총일은 '모두 합쳐서 하나'라는 풀이까지 더해져
혹여 '왕'을 지칭하는 의미로 사람들이 오해하게 될까 봐 '수양'
을 택하신 듯하다고 말씀하셨습니다. 소신은 앞으로 왕이 되실
분이니 더 큰 의미가 있는 '총일'을 사용하시라 권하였고, 그렇
게 양쪽이 서명했으니 '총일 백팔장'이 되었던 것입니다.

전하, 양쪽 서명이 들어간 합의서를 들여다보며, 동시에 무릎
을 치고 마주 보며 의기투합했던 그날을 기억하시는지요. 밀약
서에 서명한 자의 이름들을 만천하에 내놓고도 사람들이 눈치
못 채게 할 수 있는 묘책이 그때 떠올랐지요. 합의의 징표로, 부
처의 일대기를 다룬 『월인석보』 1권의 맨 앞에 백성의 소리인 훈
민정음 언해본을 108자 세종어지와 함께 넣고, 1권의 108면을
막아 끝부분에 '총일백팔장摠一百八張'을 삽입해 넣기로 한 것입
니다. 눈가림을 위해 摠一百八張(총일/백팔장)을 摠一百 / 八張(총
일백/팔장)으로 나누어 줄을 바꿔 넣는 세심한 전략까지 짠 것입
니다. 이로써 그 누구도 이것이 왕과 백팔장 모임의 공동 밀약
서임을 모르게 할 수 있는 비책을 찾아낸 것입니다.

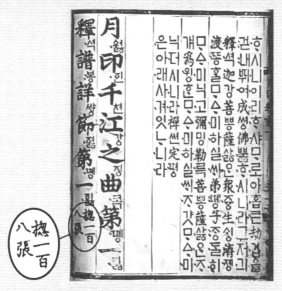

『월인석보』 1권의 마지막 페이지 끝부분에 있는 '총일백팔장'이라는 표기

　왕의 친필 이름이 든 부분은 제가 가지고 있다가, 『월인석보』1권이 완성되었을 때 약속대로 덕중에게 건넸는데, 물론 그때 덕중에게 밀약서 원본이라는 사실은 알리지 않았습니다. 나라의 운명이 걸린 중요한 밀약서를 보관하고 있다는 사실을 덕중이 오만하게 받아들여 혹여 일을 그르칠까 하여 그렇게 했습니다. 사실 밀약서는 그냥 봐서는 전혀 그런 내용을 알아챌 수 없도록 특이한 형태로 되어 있지 않습니까. 당시 예리한 덕중이 끝부분의 '총일'의 의미를 물었지만, 첫 번째 인출 표시일 것이라고 둘러댔던 기억이 납니다.

전하, 그런데 밀약서 원본과 관련하여 문제가 생겼습니다. 최근 승려 덕중의 동태를 살피고 있었는데, 이유는 그의 행태가 수상했기 때문입니다. 그가 최근 백이장-백일장 짝패와 연락을 취하고 있습니다. 금강산 땡추 두목인 백이장이 갑자기 우리 모임을 떠나버렸고, 백일장은 그를 찾아 떠난 상태입니다. 이처럼 백팔장 모임에 이탈과 의심이 생기고 있는 상황에서 승려 덕중이 백일장에게 보낸 회신에서 '문종 임금의 죽음의 비밀'을 캐내려한다는 것을 알 수 있었습니다. 전하의 안위와 불교의 발전을 위해 제일 먼저 해야 할 일은 승려 덕중에게서 밀약서 원본을 돌려받고, 그가 다른 마음을 먹지 못하도록 막는 일인 듯합니다.

승려 덕중은 백팔장 모임을 만들게 한 원동력이자 상징적인 '일장-張'입니다. 그가 조금이라도 모임에 회의懷疑를 가지면 그 여파가 걷잡을 수 없이 커질 수도 있습니다. 그가 전국적으로 뻗쳐 있는 금강산 땡추들의 활동 조직과 손잡아 다른 뜻을 품지 않도록 손을 봐야 할 것 같습니다. 그는 죽은 덕중의 짝패이니 죽음을 예감하고 무슨 일을 할지도 모릅니다. 그가 백일장과 백이장을 이용하기 전에, 필요하다면 백일장이나 백이장, 심지어 승려 덕중까지, 그 누구건 제거해야만 할 것이옵니다. 그럼 계룡산에서 뵈올 날까지 옥체 보전하소서.

백팔장 배상

환관 방비리와 잠녀 고아라는 푸른 물결처럼 펼쳐진 천 그루의 뽕나무밭을 함께 걸었다. 잠녀들이 뽕잎을 따서 누에에게 뿌려주었고, 교대 시간은 아직 멀어서 다들 쉬고 있는 시간이었다. 고아라는 지난 친잠례 때 중전마마로부터 특별한 칭찬을 받은 덕분에, 감찰상궁이나 '김 씨 형님'으로부터 지나친 간섭에서 벗어나서 행동이 비교적 자유로워졌다. 더구나 방비리도 중전마마의 신임을 받는 잠실의 감독관이니, 두 사람이 뽕잎이나 누에의 상태 등에 의견을 나눈다고 해서 뭐라고 할 사람도 없어졌다.

"요 며칠을 어떻게 보냈는지, 정신이 아득한 것이 꿈만 같네. 앞서 선잠례先蠶禮[42]도 치렀고, 친잠례 때도 조견의 수견의를 거쳐 모든 절차를 빠뜨리지 않았으며, 친잠례 후 주상전하께서 백관들에게 주악을 내리는 뒤풀이까지 온전히 진행했으니, 행사 규모가 어느 때보다 컸네. 그 누구도 한 치 실수가 없었던, 결과적으로는 성공적인 행사였네."

"감독관님이 철저하게 준비를 했기 때문이지요."

"그럴 리가, 아라 님을 포함해서 잠녀들이 애써 준 덕이지요. 중전마마께서 내외명부를 거느리고 나타나실 때만 해도, 나는 행사에만 신경이 가 있

---

[42] 조선 시대 선잠례는 늦은 봄의 길한 사일(社日)에 지냈으나, 3~4월에는 뽕잎이 싹이 트지 않아 5월 이후로 가변적으로 치르기도 했다.

었다네. 수레를 탄 중전마마께서 여신 같은 위엄과 아름다움으로 우리를 압도하고 계셨으니 말이지. 중전마마께서 수레에서 연으로 옮겨 타시고 친잠소의 채상단 동문 밖에 이르렀을 때, 내명부 채상녀인 근빈 박씨가 따라 내리지 않았나. 소용마마가 계셨다면 분명 중전마마와 함께 뽕잎을 따는 채상녀가 되었을 터이지. 그때 채상단 뒤쪽 뽕나무 옆에 서 있는 귀성군이 얼핏 보였네. 그리고 얼마 떨어지지 않은 곳에서 전 상선 어른이 귀성군을 지켜보고 있다는 것도 알게 되었네. 나는 모르는 척 행사 진행을 계속했지만, 그때부터는 행사보다 귀성군과 관련된 전 상선의 움직임이나 자네의 행동에 신경이 쓰여, 등에 진땀이 흐르는 것을 느꼈네."

"그런 일이 있었습니까? 저는 친참례에 몰두하느라 정신이 없었는데, 감독관님은 한눈을 파셨군요?"

"내가 한눈을 팔다니? 딴짓을 했다는 말인가."

"호호, 그런 것 같사옵니다."

"하하, 그게 누구 때문인데? 중전마마께서 채상단에 올라가 동향으로 서셨을 때, 상공**43**은 갈고리를 받들어 올렸고, 중전마마는 그 갈고리로 뽕잎을 따는 일을 시작하셨지. 모두 중전마마의 움직임을 주시하느라고 고개를 쳐들었지만, 전 상선만큼은 귀성군에게서 시선을 떼지 않고 있었네. 순간, 자네가 바늘구멍을 새긴 뽕잎 걱정 때문에 심장이 두근거렸네."

"소용마마가 뽕잎에 뭔가를 새긴 것은 친참례 행사 때 참석하는 귀성군에게 뭔가 전하기 위해서였어요. 두 분 만의 전갈인 것을 나중에 알게 되었어요. 친참례 때 귀성군이 서게 되는 위치가 바로 글자를 새긴 뽕잎 바로

---

43 친잠례 행사 때 내외명부에게 주어지는 직책으로 상의, 상궁, 상기, 상전, 상공, 전제가 있다.

옆이었거든요. 하지만 소용마마가 돌아가시고 귀성군이 소용마마의 마지막 글을 볼 수 없으니 애처로웠어요. 그래서 제가 동일한 무늬를 대신 새겼지요. 그 잎사귀가 지면 다시 새기고, 다시 새기고, 이번 친잠례 때 귀성군이 오시니 꼭 전하고 싶었어요."

방비리는 일부러 화난 목소리로 말했다.

"내가 멈추라고 그렇게 일렀건만……."

두 사람은 한동안 말없이 뽕나무 숲속으로 더 깊숙하게 걸어 들어갔다.

"이번에 귀성군이 보지 못하면 영원히 보지 못할 것 같았거든요. 새긴 글자가 백팔을 의미한다는 말을 감독관님께 전해 듣고, 마지막 순간에 뽕잎을 따버렸어요. 왜냐하면 소용마마가 백팔자인가 백팔장인가를 유언처럼 남기셨다니까, 귀성군도 들으셨겠다 싶었어요."

"자네가 그 뽕잎을 제거해 버렸기에 귀성군이 말려들지 않게 된 셈이네. 전 상선은 현장을 잡을 태세였던 셈이지. 그 수수께끼를 풀기 위해, 전 상선을 비롯한 몇 사람이 친잠례가 진행되는 내내 신경을 곤두세우고 살피는 것 같았지만, 귀성군은 그 문제의 뽕나무에 조금도 관심이 없었네. 그들은 귀성군의 무반응에 놀랐을 것이네."

"저도 속으로 얼마나 가슴을 쓸어내렸는지 몰라요."

"게다가 자네는 한술 더 뜨지 않았나. 중전마마께서 자네에게 뽕나무에 대해 설명하라고 했을 때, 자네는 뽕잎에 바늘로 구멍을 새기는 장면을 연출했네. 예상 밖의 행동에 놀라는 사람들 앞에서 자네는 당당히 설명했지. 뽕나무가 암꽃과 수꽃이 따로 피는 이과수여서 암꽃이 피는 나무에 표시를 해두면, 원유에 있는 천 그루의 뽕나무에 암꽃과 수꽃이 교대로 피는 것임을 알게 된다고. 채상단에서 바라볼 때 정 중앙에 있는 나무에 표시를 해두어 착각하지 않도록 한다고 대답했네. 그 나무가 바로 귀성군이 서 있도록 되어 있는 나무였지. 물론 중전마마도 귀성군도 전 상선도 모두 바라보고 있는 자리에서 일어난 일이어서 다르게 해석할 수가 없었지. 귀성군은 그 와중에도 그 행위가 소용 박씨와 관련된 것임을 깨달았을 것이네. 전 상선이나 상차 강원종은 어이가 없는 표정이었지."

환관 방비리는 고아라에게 말하지 않았지만, 그날 일어났던 아찔했던 순간을 떠올렸다. 잠모들이 잘게 썬 뽕잎을 누에들에게 뿌려주기 위해 중전과 내외명부가 잠실에 들어간 때였다. 잠실 바깥에서 기다리고 있던 방비리는 원종에게 다가가서 아무래도 그동안 누군가 수나방이를 빼돌린 것 같다고 귀띔하듯 슬쩍 던져보았다. 원종은 화들짝 놀라더니 발뺌하지 않고 담담하게 말했다.

"나도 왜 환관들이 수나방이를 그렇게 찾는지 여적 이해를 하지 못했어. 전 상선이 그렇게 하라고 해서, 그리고 또 환관들의 처지를 동정해서 눈감아준 것뿐이여. 수나방이를 빼돌려 내가 사용한 것이 있어야 말이지. 왜 환관들이 수나방이를 그렇게 먹고 싶어했는지 자네도 곧 이해하게 될 것 같으네. 자네 눈이 떨어질 줄을 모르는 잠녀가 생겼으니 말일세. 여자를 그리워하는 사람들을 조금 도와준 것 뿐이여…… 쯔쯥!"

방비리는 자신도 찔리는 부분이 있어 더 물을 수가 없었다. 그때 원종이 한순간 방비리의 눈을 깊숙하게 들여다보더니, 짓궂은 표정으로 덧붙였다.

"쯔쯥, 그 바늘구멍 말이여, 어느 잠녀가 어느 사내에게 은밀하게 보내는 표시가 아닌가 하고 한순간 의심을 했더랬어. 네가 수나방이 비밀을 건드렸으니 그 보답임."

원종은 방비리와 고아라의 관계를 겨냥해서 한 말 같았다. 방비리가 딴

생각으로 말없이 걷자, 고아라는 감독관이 무슨 생각에 깊게 빠졌나 싶어 이리저리 표정을 살피다가 회상에서 간신히 벗어난 방비리에게 생긋 웃으며 말했다.

"종이 서찰을 쓰면 10년씩 남을 수도 있어 문제가 되지만, 뽕잎 서찰은 곧 사라져가니 아주 좋은 방법이더라니까요."

"아라님, 이번에는 어찌어찌 위기를 넘겼지만, 소용 박씨와 관련된 일은 여기서 그만두면 어떨까 하네. 그것이 귀성군의 목숨까지 위협할 수도 있으니 말이지."

고아라는 약간 화가 난 표정을 지어 보이며 말했다.

"구멍 낸 뽕잎들은 따 버려서 의심받을 것도 없고 문제될 것이 없는데, 감독관님은 지나치게 걱정이 많아요. 그리고 이미 귀성군은 소용마마가 전하려고 하는 말을 알아들었을 것이기 때문에 제가 그럴 이유도 없어요."

방비리는 안심된다는 듯이 물었다.

"앞으로 뽕나무에 바늘구멍은 더 내지 않는다고 약속하게나!"

"앞으로 제가 뽕잎에 바늘구멍을 낸다면 암수구별을 위해서가 아니라…… 나도 누가 보고 싶다는 뜻이에요!"

53

백팔장이 승려 덕중에게

1466년 7월 17일

너 일장一張과 나 백팔장百八張은 우리 모임의 시작이며 끝이다. 우리는 서로의 진실을 알 권리가 있다. 너는 지금 묻고 싶을 것이다. 거두절미하고, 우리가 진정으로 문종 임금의 생사에 관여했는지 말이다. 그 질문이라면 모든 진실을 이야기해줄 수 있다.

우선 사냥을 즐기는 수양대군에게 살생을 멈추도록 설득한 너는, 참으로 큰일을 한 것이었다. 그것이 바로 불가의 뜻이 아니더냐. 어디 그뿐이더냐. 너는 사냥에서 살아남은 짐승들을 키우는 여종 덕중에게 쑥부쟁이, 초롱꽃, 자초기, 매발톱 등 아름다운 야생초들을 가져다주었다. 그것들을 구하기 위해 산으로 들로 백삼장百三張이 고생을 좀 했지. 식생활에 도움이 되는 원

추리, 민들레, 곰취, 털머위, 고사리도 부지런히 구해왔다. 백삼 장이 구해온 그것들을 너는 기꺼이 덕중의 정원으로 날랐다. 독 성이 있는 것은 피하고 또 조심해가면서.

죽음을 간신히 면한 짐승들이 여종 덕중을 만난 것은 행운이 었다. 식물이나 동물이나 생명이 붙은 것을 귀하게 여겼던 그 여자는 정성을 다해 그것들을 보살폈기 때문이다. 그렇게 잘 키 워진 짐승들은 귀성군을 통해 임영대군 댁으로 보내졌다. 조카 와 동생 임영대군을 위해 수양대군이 보낸 것이다. 얼마나 아름 다운 형제애더냐. 임영대군은 그 귀한 짐승들을 차마 먹어 없앨 수도 팔아 버릴 수도 없었을 것이다. 그러던 중에 궐에 계시는 형님이신 문종께서 꿩고기를 좋아하신다는 사실을 상기하고 최상품의 꿩을 보내기로 한 것이다. 궐에서 고기를 구입하는 사 옹원 환관들에게 동생 대군들이 형님을 위해 귀한 꿩을 대접하 고자 하니 가져가달라고 부탁했고, 그들은 기꺼이 그 꿩들을 공 식적으로 사온 꿩들과 바꾸어 궐에 들여갔던 것이다. 그 환관은 방 씨와 강 씨였는데, 현재 강 씨는 주상전하의 차茶를 담당하 는 상차가 되었고, 방 씨는 경복궁 잠실을 책임 맡은 환관이 되 었다. 그처럼 살생을 금하는 불가의 뜻과 왕족들의 형제애와 충 성스런 신하의 정성이 함께 어우러진 꿩을 당시 최고 요리사인 조 씨가 요리했는데, 그는 지금 완전히 출궁하여 꿩요리 전문 음식점인 '천복'을 막 열었다고 들었다. 문종 임금이 즐겨 드시던 꿩 요리라고 소문이 나자 백성들이 맛을 보기 위해 줄을 선다고 한다. 당연히 꿩고기 요리는 당시 기미상궁의 기미를 거쳐 안전하게 문종 임금의 수라상 위에 올라갔던 것이다. 어느 과정에서 사랑과 정성 없이 이루어진 일이 있더냐.

임금이 돌아가시면, 관례적으로 어의는 잘못이 있건 없건 벌을 받기 마련이고, 최악의 경우 목숨을 잃기도 한다. 문종 임금이 돌아가셨을 때도 사람들은 어의 전순의에게 세 가지 죄목을 들먹였다. 첫째, 종기가 번성했을 때 움직이는 것을 금해야 하는데, 전순의는 문종 임금에게 사신들을 접대하는 연회에 참석하라고 부추겼다고 했다. 둘째, 종기에 고름이 가득 차지도 않았는데, 침으로 종기를 건드려 도리어 염증을 악화시켰다는 것이다. 셋째는 종기에는 기름기가 많은 음식을 피해야 하는데, 계속 문종 임금에게 꿩을 드시도록 했다는 것이다.

자, 일장 덕중, 너는 현명하니 이 세 가지 죄목이 얼마나 어리석은 것인지 단숨에 파악했을 것이다. 왕이 사신을 접대한 일과 어의가 왕을 위해 종기의 고름을 짜낸 것이 어찌 죄가 된다는 말이냐. 기름기가 많은 돼지고기나 꿩고기를 피해야 한다는 것은 맞는 말이지만, 그렇다고 평생 종기에 시달리시는 임금님 음식에 고기 쪼가리는 아예 올리지 말라는 얘기인가. 그렇게 되면 영양이 모자라 도로 옥체를 상하시지는 않겠는가. 결국 내의원에서 쫓겨났던 전순의는 얼마 지나지 않아 고신을 돌려받았고, 현왕이 즉위했을 때는 아예 1등 공신이 되어, 지금도 임금님의 옥체를 돌보고 있지 않은가 말이지.

덕중아, 네가 진정으로 궁금해 하는 것을 알고 있다. 문종의 생사에 우리 백팔장 모임이 관여했는가 하는 것 말이다. 네 스스로 대답을 찾을 수 있도록 내가 알고 있는 모든 것을 알려주겠다. 만약에 문종의 생사에 누군가 관여했다면, 그가 누구일 것이라고 짐작하느냐. 누가 그 위험하고도 막중한 역할을 맡았을 것 같으냐. 대답은 이렇다. 여종 덕중은 수양대군 사저의 정원에서 닭이나 토끼, 심지어 노루까지 자유롭게 풀어 키웠다. 새나 꿩이나 날짐승도 큰 그물 속에 풀어 키웠다. 그것들은 풀을 마음껏 뜯어 먹을 수 있는 배려를 받았다. 꿩들이 생리적으로 가장 좋아하는 풀이 '반하'라는 것은 너도 알 것이다. 꿩들은 반하를 보면 사족을 못 쓴다. 너는 꿩들을 위해, 여종 덕중을 위해, 부지런히 반하를 가져다가 수양대군의 사저에 심지 않았느냐. 반하라는 풀은 음력 4월경이면 매우 독성이 강해진다. 반하는 소량이면 임신으로 인한 구토를 다스리는 약재로 쓰일 수도 있지만, 반하를 지속적으로 먹어 독성이 강해진 꿩은 인간이나 짐승에게 치명적일 수밖에 없다. 만약 문종의 생사에 관여했다면, 임금이 드실 꿩에 끊임없이 반하를 가져다주고 이를 먹여 키운 이들이 아니겠느냐.

덕중아, 놀랄 것 없느니라. 이 이야기를 하는 이유는 네 죄를 드러내기 위해서가 아니다. 도대체 네가 무슨 일을 했단 말이냐. 네가 한 일이라고는 수양대군과 백팔장 사이에서 중간자 역할을 한 것과 여종 덕중과 친분을 쌓으면서 이 나라에 불교가 다시 융성해지도록 공헌한 일 외에 더 있더냐. 하지만 최근 너의 행동에 의심을 품지 않을 수 없다. 백일장과 백이장 짝패와 관련해서 더욱 그렇다. 그들은 처벌을 면치 못할 것이다. 백이장은 아무런 이유없이 대표 모임에 오지 않고 이탈했으며, 백일장은 밀약서를 자신이 보관하고 있는 것처럼 너에게 위장해달라는 서찰을 보냈다는 것도 안다. 백일장이 거짓으로 살 궁리를 했으니 죽임을 당해도 억울하다 하지 못할 것이다. 더구나 이번 계룡산 모임에서 주상전하께서 도처에 있는 밀약서의 비밀을 밝힐 것인데, 감히 주상전하를…… 목숨을 잃어도 몇 번은 잃어야 할 것이다. 그렇지만 그들을 살릴 방도를 찾아야 하지 않겠나. 네가 더 다른 생각 없이 이번 계룡산 모임에 와서 본래의 역할을 다해 준다면, 그들의 목숨을 구제해 보도록 노력하겠다. 다시 말해 그들의 목숨을 살릴 수 있는 단 한사람이 바로 자네라는 뜻이다.

덕중, 자네가 마음을 다잡도록 도와주기 위해, 마지막으로 누가 문종 임금을 죽였는지 대답해 줌세. 그 범인은 흠, 누구부터 시작해볼까! 사냥을 즐긴 수양대군 그리고 살생을 금하도록 한 부처의 뜻을 전하도록 시킨 나 백팔장, 야생초를 구한 백삼장, 야생초를 나른 너 일장, 꿩을 키운 여종 덕중, 꿩을 아버지께 가져다 드린 귀성군, 꿩을 환관에게 전한 임영대군, 꿩을 바꿔치기 한 환관 방 씨와 강 씨, 꿩 요리를 왕에게 드리도록 한 전순의, 꿩을 요리한 조 씨, 꿩을 기미한 오씨 등, 숫자를 셀 수 없을 정도의 사람들이라네. 어디 그들뿐이겠는가. 반하를 좋아한 꿩, 반하를 무럭무럭 키운 대지, 그 대지에 자양분을 공급한 죽은 자들의 시체, 자양분이 뿌리로 흘러가게 만든 빗물, 비를 몰고 온 구름, 구름을 실어 나른 바람, 바람을 생기게 만든 삼라만상의 진행과 흐름이 전부 범인이 아니겠는가. 자신의 임무를 충실히 다한 자연과 온전한 사랑과 정성을 지닌 인연들이 임금을 죽인 것이지. 문종 임금만 그렇겠는가. 한 인간이 죽어 가는데 우리 모두가, 알게 모르게, 기꺼이 조력하게 되어 있다.

덕중! 이제 이해하겠나, 그 누구도 문종 임금을 죽이지 않았고, 우리 모두가 그를 죽였다.

계룡산에서 보세.

백팔장

54

세희 공주가 정희왕후에게

1466년 7월 30일

어머니, 살아서 이렇게 어머니께 서찰을 쓸 수 있다니 꿈만 같아요. 이 나라의 왕후이시니 어마마마라고 불러야 하겠지만, 곁에 머무른 기간이 얼마 되지 않아 어마마마라는 호칭이 낯설기에 이렇게 어머니라는 그리운 이름으로 부릅니다. 어머니, 저는 살아 있습니다. 건강한 남정네를 만나 아들까지 낳고 산다는 소식을 듣고 눈물을 흘리셨다지요. 어머니, 어머니도 건강하신지요? 어머니를 생각하면 가슴이 미어집니다.

어머니는 제가 어디 사는지 궁금하실 터이니 충청도 어느 깊숙한 곳, 계룡산 정도로 알려 드립니다. 저도 지아비의 신분은 여태 모르는 처지였어요. 그분에 대해 아예 알려고 하지 않았어요. 제 신분을 밝힐 수 없었기 때문에 상대방의 신분은 묻지 않기로 했답니다. 물론 궁금했던 것은 사실이었지요. 지아비도 마찬가지였겠지만, 따뜻하고 속 깊은 그 사람은 나에게 물어본 적이 한 번도 없어요. 그런데 그의 신분을 알게 된 예기치 못한 일이 일어났어요.

어머니, 저에게는 다섯 날 난 아들이 있어요. 다른 동무 없이 산속에서 어린 짐승이나 새들을 벗 삼아 자라는 아이랍니다. 아이가 잠깐 우리 거처를 벗어났던 모양입니다. 무슨 일이 있었는지 아세요. 글쎄, 집 뒤 남새밭에서 야채를 뜯어 돌아오는데, 집 안으로 말을 탄 몇 명의 사람들이 들이닥치는 것이 보였어요. 행색으로 보아서 관원들이나 병사들이 분명했으니, 나, 나를 잡으러 온 것이 분명했어요. 저는 급하게 굴뚝 뒤에 몸을 숨겼어요. 가슴이 뛰고 다리가 후들후들 떨렸어요. 정신을 차리고 보니, 마당 한가운데 아들이 서 있는 거예요. 다른 생각은 하나도 떠오르지 않고 오직 아들을 구해야만 하는 순간이었어요.

그때 지아비가 급하게 뛰어나와 마당에 무릎을 꿇었어요. 모든 것이 끝났구나 싶었지요. 그런데 사람들 중에서 아이에게 말을 걸고 있는 사람의 얼굴이 왠지 눈에 익은, 그러니까 키가 크고 눈빛이 날카로운 아, 아버지였어요. 나이가 드시어 예전보다 좀 더 주름지고 마른 듯했으나 분명, 아버지가 분명했지요. 아버지가 어떻게 앞마당에 서서 내 아들에게 말을 걸고 있으며, 지아비가 그 앞에 무릎을 꿇고 있을까요. 꿈을 꾸고 있는 것 같았어요. 그때 아득하게 익숙한 아버지의 목소리가 들렸어요.

"과인이 이 아이를 앞세워 집에 찾아든 연유는, 음, 이 아이의 얼굴이 누군가를 참으로 많이 닮은 듯하여, 정말이지 신기해서, 그 부모를 보기 위해 온 것이다."

어머니, 간신히 서 있던 다리가 힘이 풀리면서 그 자리에 주저앉고 말았어요. 걷잡을 수 없는 눈물이 쏟아졌어요. 아버지는 지아비에게 성과 이름을 물으셨지요. 그는 성이 김 씨라고 아뢰었어요. 무슨 사연이 있어 이렇게 깊은 산중에서 살게 되었느냐고 물으셨어요. 저도 궁금했지만 차마 물어볼 수 없는 질문이었어요. 그는 본관이 순천順天이고, 태종 임금 때 문과에 급제하고 세종 임금 때 함길도 도관찰사와 평안도 도절제사에 오른, 별호가 큰 호랑이였던 김종서 장군의 손자라고 말이에요. 오! 어머니. 어머니, 김종서 장군이 누구인가요? 김종서 장군은 할아버지 세종 임금을 도와 북방을 개척하고, 그 뒤 몽고족이나 여진족의 위협으로 나라가 위급할 때 총사령관이 되어 노구를 이끌고 변경으로 달려갔을 뿐만 아니라 지춘추관사, 지경관사, 지정균관사를 두루 역임한 유학자로 문무 양면에서 정상에 오르신 분이 아닌지요. 하지만 아버지는…… 양정과 임어을운을 데리고 김종서 장군의 집을 찾아가 철퇴로 김종서 장군과 그의 아들 김승규를 쓰러뜨림으로써 계유정난의 단초를 마련하지 않으셨는지요. 지아비가 바로 김종서 장군의 손자이자 김승규의 아들이었어요. 순간 아버지도 말을 잇지 못하시고 한동안 땅에 엎드린 그의 등만 바라보고 계셨어요.

지아비가 그렇게 훌륭한 가문의 자손이었다니 기뻤지만, 한편으로는 역모의 거두로 여기는 자의 손자이니 아버지가 결코 살려두지 않을 것이라는 생각이 들어, 눈물이 앞을 가려 아무것도 보이지 않았어요. 지아비와 아들을 구하려면 제가 나서야 하는 상황이었지요. 하지만 저는 이미 죽은 몸이 아닌지요. 죽은 공주가 왕과 그 신하들 앞에 버젓이 나타난다면, 아버지를 속이면서까지 저를 떠나보낸 어머니의 처지가 어떻게 될지 알 수가 없었어요. 이러지도 못하고 저러지도 못하고 있는데, 아버지께서 벌벌 떨면서 땅에 엎드려 있는 유모를 바라보더군요. 유모가 간신히 고개를 들자, 그 얼굴을 유심히 바라보고 계시던 아버지께서 말씀하시는 것이었지요.

"이제야 알겠노라, 이 아이가 왜 내 어릴 적 얼굴을 닮았는지."

순간 아버지는 아이의 어미가 누구인지 알아차린 듯했어요. 마음 같아서는 당장 달려나가서 아버지의 품에 얼굴을 묻고 싶었어요. 아버지를 미워한 것은 사실이에요. 그렇지만 저를 낳아 주신 아버지인걸요. 어릴 때 제 입이 올바르다 하여 아버지는 저를 참으로 많이 귀여워하셨어요. 아버지의 칭찬으로 키워진 입술이 아버지를 공격했으니, 왕으로서도 아버지로서도 딸에게 배신을 당했다고 여기셨을 거예요. 더구나 아버지가 어떤 분인데, 제가 하룻밤 사이에 죽었다는 어머니의 말만 그대로 믿고 장례를 치르게 하셨겠어요. 아버지는 저를 살리기 위해 유모와 저를 함께 빼돌렸다는 사실을 이미 알고 계셨을 거라는 생각이 그제야 드는 것이었어요. 울음이 나와서 입을 틀어막고 있었어요.

"과인은 계룡산 절에 가는 중인데, 불공행사가 끝나고 돌아갈 때 다시 들르도록 하겠다. 그때는 아이의 어미도 볼 수 있었으면 하는구나."

그렇게 아버지는 우리 집 마당을 떠날 채비를 하였답니다. 아버지가 나가시기 전 제 아들의 머리를 쓰다듬는 것이 보였어요. 나중에 지아비와 다시 들으니, 그때 아들의 머리를 쓰다듬으시며 아버지께서 이렇게 말씀하셨다는 거예요.

"김종서의 피를 물려받았다면 큰 인물이 되겠구나!"

그렇게 아버지와 수행하던 관원들이 떠나갔어요. 계룡산에서 거행되는 불공 행사에 가신다고 하셨어요. 계룡산에는 도를 닦는 승려들도 많고 또 왕이 참석하는 행사이니 국가적인 큰 불교 행사이겠지요. 돌아가시는 길에 아버지께서 다시 들르시겠다 하셨으니 어머니, 저는 어쩌면 좋아요.

어머니, 아버지가 가시고 나서 지아비와 많은 이야기를 나누었어요. 지아비는 제가 공주라는 것을 알고 있었대요. 제가 가지고 있던 패물이며 장신구들이 예사롭지 않았고, 노모가 딸에게 너무 깍듯해서 양반집 규수이지만 역모에 휘말려 자신과 같은 처지가 된 것이라고 짐작하고 있었대요. 그러다가 유모가 어머니에게 서찰을 보낸 일 때문에 제가 유모를 꾸중한 일이 있었는데, 그때 제 신분을 눈치챘었다고 그제야 얘기를 했어요. 그 사실을 알게 되자 자신의 처지도 털어놓고 싶었고, 피차에 그렇게 하는 것이 더 신뢰하는 관계가 될 것이라고 여겼던 터에, 이런 일이 일어난 것이라고 했어요. 우리는 앞으로 어떻게 해야 할까요.

그리운 어머니, 결국 우리는 한 가지 결론을 내릴 수밖에 없었어요. 우리는 이곳을 떠날 생각입니다. 불공 행사가 끝나고 아버지께서 다시 들르셔도 우리를 찾지는 못하실 거예요. 저는 이미 죽은 공주가 아닌지요. 다시 아버지나 어머니 곁으로 돌아갈 수도 없을 뿐만 아니라 돌아가서도 저는 결코 행복할 수 없을 거예요.

사랑하는 어머니, 앞으로는 어머니의 서찰을 받을 수도 어머니께 서찰을 보낼 수도 없게 될 거예요. 하지만 한 가지는 약속하겠습니다. 아버지와 어머니가 다스리는 이 나라의 선한 백성으로 우리는 잘 살아갈 것입니다. 어머니도 저에 대한 생각으로 절대 눈물 흘리지 마시고, 도리어 행복한 삶을 다시 찾은 딸을 축복해주시기 바랍니다. 건강하옵소서.

마지막 서찰, 세희 올림

왕은 어둠이 밝아오는 새벽까지 잠들지 못하다가 일어나 앉았다. 아랫것
들의 손이 닿지 않는 곳에 넣어두었던 작은 보자기 안의 낡은 종이를 펼쳤
다. 세월이 흘러 종이는 누렇게 변색하고, 얼마나 자주 들여다보았는지 손
때가 묻어 마치 반질반질한 얇은 가죽 같았다. 왕은 서찰을 펼쳤다.

百八張

　세상을 뒤집어놓았던, 귀성군이 임영대군과 함께 들고 들어온 소용 박
씨의 서찰에는 이 한 단어가 전부였다. 그 서찰은 수양대군 시절 귀성군을
통해 승려 덕중에게 전하려고 했던 밀약서의 일부인데, 귀성군은 이름을
혼동하여 사저의 여종 덕중에게 전했다. 처음 이 서찰을 펼쳐 '백팔장'이란
단어를 보았을 때, 왕은 마치 낙뢰를 맞은 사람처럼 온몸을 파르르 떨었
고 심한 외상을 입은 듯 놀랐다. 귀성군이 백팔장과 의기투합하여 새로운
모반을 꿈꾸고, 소용 박씨가 개입된 것인가 하는 생각에 당장 사로잡혔다.
하지만 귀성군은 서찰을 뜯어보지도 않았을뿐만 아니라 '백팔장'에 대해 아

는 바가 전혀 없었다. 하지만 의심을 접을 수가 없어서 귀성군에게 여러 절을 돌아다니며 승려 덕중을 찾아오라는 명령을 내려, 백팔장 모임과 연통하는지 알아보았다. 하지만 귀성군은 어느 절의 누구와도 특별한 접촉이 없었으므로, 중전이 친잠례에 귀성군을 초대하면서 자연스럽게 돌아왔다.

한편, 되풀이되는 국문 과정에서 소용 박씨는 귀성군을 입에 올릴 때마다 표정이 온화해졌다. 왕도 남자이니 소용 박씨가 귀성군을 단순히 시조카로 여기고 있지 있지 않음을 본능적으로 알았다. 소용 박씨는 귀성군으로부터 받은 밀약서의 한쪽을 연애편지로 받아들였고, '백팔장'을 귀성군의 애칭 혹은 둘만 아는 이름으로 착각했던 것이었다. 왕은 자존심을 다치고 분노가 치솟았지만, 임영대군의 의도대로 그 편지를 연애편지로 몰고 갈 수밖에 없었다. 모반이라고 여기고 조사를 하면 결국 왕과 백팔장의 관계가 드러날 수밖에 없었다. 사람들이 추측하는 대로 소용 박씨가 귀성군에게 쓴 연서라고 마무리를 지었다.

왕은 주체할 수 없는 감정에 휩말렸다. 백팔장! 이 이름이 귀성군의 애칭인 줄 알고 덕중이 마음속으로 얼마나 많이 불렀을지를 생각하니 왕은 심히 가슴이 저렸다. 너무 많이 불러 어쩌면 뼈 속까지 새겨졌을 이름, 백팔장! 그 연모의 이름의 실체를 생각하니 어처구니 없음에 왕은 저절로 눈물이 났다. 차라리 그곳에 '귀성군'이나 귀성군의 이름인 '준'이 들어있었다면 이렇게 허망하지 않았을까.

백팔장, 이 이름을 가슴에 품고 평생 산 한 여인의 연정이 너무 가슴이 아팠다. 소용 박씨가 '백팔장'이라 적힌 모반의 밀약서를 '환관을 통해' 귀성군에게 전달한 목적이 따로 있었음을 심문 과정에서 알게 되었다. 중전의 심부름으로 소용 박씨가 잠저로 나갈 때마다 귀성군도 잠저로 보내졌던 것이다. 덕중은 생강과의 다년초인 울금가루를 구하러 나갔고, 귀성군은 왕의 종기 치료를 위해 거머리를 구하러 갔다. 거머리 위에 울금가루를 뿌려 거머리가 환자에게서 빨아올린 피를 토하게 만들었기 때문이다. 왕의 종기 치료를 위해 거머리를 구하는 것을 귀성군을 시키고, 울금가루를 구하는 일을 소용 박씨에게 시켰다. 중전은 한 사람에게 시켜도 될 것을 두 사람에게 시켰다.

잠저에 들를 때마다 둘은 그 우연과 필연에 운명을 느꼈을 것이다. 덕중은 왕의 아이이자 귀성군의 아이를 낳았을 것이다. 중전에게 와서 의심과 궁금증을 토로했다고 들었다. 중전은 "아들이 죽어간 원인은 알 수 있어도 왕자들이 죽어가는 이유는 알 수 없는 법이다"라는 말로 위로해 주었다. 중전은 앞서 의경세자를 잃었는데, 아지는 다섯 살 아이였지만 당시 의경세자는 이미 청년이었고 더구나 보위를 이어 왕이 될 아들을 잃었으며, 현덕왕후의 혼이 원수를 갚은 것이라는 소문이 무성했으니, 중전이라도 어미의 고통이 오죽하겠냐고 했더니 같이 끌어안고 울었다 했다.

그런데 아지 왕자군은 왜 죽었을까?

소용 박씨는 이 의문을 꼭 풀고 싶었을 것이다. 장난기 많고 호기심 많았던 아지는 우연히 벽지를 뜯다가 그 밑에 쓰여 있던 '백팔장'이라는 글자를 본 모양이었다. 입맛을 잃은 왕을 위해 일부러 수라상에 앉혀진 아지는 막 익히기 시작한 글자를 자랑하기 시작했다. '백팔장' 중에 다섯 살 아지가 알아본 글자는 '백팔'이었던 모양이었다. 아지가 백팔을 입에 올렸을 때, 왕은 소스라치게 놀랐다. 무슨 뜻이냐고 물었을 때, 아지는 어머니가 가장 좋아하는 숫자라고 했다. 글자 자랑에 신이 난 아지는 손으로 '百八'을 써보였을 뿐 아니라, 읽을 줄도 모르는 마지막 글자 '張'까지 대강 그려내는 것이었다. 왕의 얼굴이 저절로 일그러지고 눈은 점점 날카로워졌다. 소용 박씨가 백발장과 연결되어 있다고 여겼고, 그때부터 소용 박씨를 여자로 가까이하지 않았다. 며칠 후 수라상 앞에서 아지는 발작을 했고, 아지는 여러 날 고통에 몸을 떨며 비틀다가 결국 죽었다.

왕은 심문을 통해 여태 모르던 다른 사실도 알게 되었다. 수양대군 사저 시절에 승려 덕중과 귀성군은 서로 잘 통했던 모양이었다. 당시 여종 덕중은 무의식 중에 승려 덕중 앞에서 '백팔장'이라는 표현을 입에 올린 적이 있었다. 승려 덕중은 놀라며 어떻게 백팔장과 연락을 취하느냐고 물었다. 덕중은 귀성군과의 비밀이 드러날까 봐 아무런 대답도 하지 못했는데, 다음 만남에서 승려 덕중이 훈민정음 세종어지 백팔 자가 든 종이를 보여주며 '백팔장'에게 받은 것이라 은근히 자랑했다. 사랑의 감정에 빠져 있던 여종 덕중은 그것을 갖기를 원했다. 승려 덕중은 그것이 밀약서인 줄도 모르고 순순히 마음에 품고 있던 여인 덕중에게 건네주었다. 앞서 귀성군이 건네주었던 '백팔장'이라 적힌 종이와 백팔장이 주었다는 승려 덕중의 종이를 붙이니, 두 개가 꼭 맞물리는 한 장의 종이가 되었다. 덕중은 귀성군이 승려 덕중을 통해 자신에게 연서를 전한 것으로 알았고, 그것을 궁궐까지 가지고 들어왔다.

궁궐에 들어와 후궁이 된 후에도, 귀성군이 보내준 두 쪽짜리 연서를 하나로 이어 벽에 붙이고, 종이를 덧발라 숨겨두었다. 왕과 밤을 같이 보내는 전각의 벽지 뒤에 연서를 숨겨놓고, 혹여 왕이 눈치를 챌까 봐, 낮의 새와 밤의 쥐가 이를 까발릴까 봐, 한 여인의 비밀처럼 그 연서를 혼자 간직한 나랏말ᄊᆞ미 中듕國귁에달아 文문字ᅑᆞ와로서르ᄉᆞᄆᆞᆺ디아니홀ᄊᆡ 이런젼ᄎᆞ로어린百ᄇᆡᆨ姓셩이니르고져 홇배이셔도 ᄆᆞᄎᆞᆷ내제ᄠᅳᆮ을시러펴디몯ᄒᆞᇙ노미하니라 내이ᄅᆞᆯ爲윙ᄒᆞ야어엿비너겨 새로스믈여듧字ᅑᆞᄅᆞᆯ밍ᄀᆞ노니 사ᄅᆞᆷ마다ᄒᆡᅇᅧ수ᄫᅵ니겨날로뿌메便안킈ᄒᆞ고져ᄒᆞᇙᄯᆞᄅᆞ미니라

摠一　百八張

채 살아왔다는 생각에 이르자, 왕의 몸 안에서 짐승같은 울부짖음이 터져나왔다. 소용 박씨가 왕의 품에 안겨서도 그 벽을 바라보며 사랑을 나누었을 것을 생각하니, 왕은 분노와 수치와 허망함에 몸이 앞으로 고꾸라졌다.

결국, 아지 왕자군이 '백팔장'을 언급한 다음에 왕의 얼굴이 무섭게 일그러진 것을 보았던 소용 박씨는 뭔가 비밀이 있다고 여겼을 것이고, 일부러 나인과 환관을 통해 공개적으로 귀성군에게 서찰을 돌려보낸 것이다. 정말 귀성군이 자기에게만 준 애칭이었는지 여자로서 알고 싶었을 것이고, 그리고 이 서찰이 왕과 관련된 것인지 밝히고 싶었던 것이다. 그녀는 자기 아들의 죽음이 결코 '백팔장'과 무관하지 않다는 것을 어미의 본능으로 안 것이었다. 소용 박씨와 귀성군의 관계, 승려 덕중과 귀성군의 관계, 그리고 도대체 아들이 왜 백팔장이라는 이름 때문에 죽어갔는지 등 풀어야 할 수많

은 의문에 봉착했을 것이다. 아들을 잃은 어미가 무엇을 두려워했겠는가.

그런데 귀성군이 그 서찰을 들고 입궐하여 문제를 일으키자, 소용 박씨는 벽지 뒤에 숨겨놓았던 연애편지(밀약서)를 사람들이 볼 수 있도록, 더 눈에 띄도록 드러내놓았다. '백팔장' 서명만을 귀성군에게 보냈으니, 훈민정음 세종어지에는 '총일'이 적힌 부분이 벽에 남은 것이다. 소용 박씨의 벽에 세종어지가 붙어 있다는 이야기를 듣고, 왕은 직접 전각에 들러 세종어지의 마지막 부분의 '따름이니라' 끝부분의 종이를 떼어 보았고, 밀약서의 '총일'이라는 글자가 다행히 왕 앞에서 모습을 드러냈다.

이로써 밀약서 원본에 들어간 두 사람의 친필 이름이 모두 왕의 손에 들어온 셈이었다. 이제 끌려가면 살아 돌아오기 어려울 것을 안 덕중이 보여준 마지막 연서였다. 왜냐하면, 왕은 백팔장이라고 적힌 서찰을 소용 박씨가 귀성군의 연서로 믿겠끔 그대로 두었기 때문이다. 백팔장이 누구인지 밝히면 과거의 역모를 스스로 밝히는 일이었다. 임영대군도 그것을 눈치챘기에 연애편지로 몰아가도록 했던 것이다. 진짜 백팔장은 왕의 손 안에 밀약서 두 쪽 모두, 온전한 밀약서가 들어왔음을 알지 못하고 있었다. 왕이나 백일장이나 양쪽 모두 밀약서 원본을 다시 확인해보지 않은 것은 『월인석보』 안에 숨겨놓은 밀약서 사본들 때문이었다. 도처에 있으니 굳이 원본을 찾을 필요가 없었다. 앞으로는 밀약서 원본은 어디에도 없을 것이다. 아니 밀약은 아예 없었다. 앞으로 백팔장 모임의 수장인 백팔장은 밀약서의 원본을 찾아 승려 덕중과 목숨을 건 싸움을 할 수밖에 없을 것이다. 그들은 정치와 종교가 서로 짝패였음도 알게 될 것이다.

펵!

왕은 양정이 김종서의 머리를 내리칠 때의 둔탁한 울림을 듣고 소스라쳤다. 왕으로서 마음의 평정을 잃고 무너지기 시작한 것은 양정을 죽인 후였다. 양정은 김종서를 철퇴로 죽인 계유정난의 선봉이었는데, 양정을 죽인 것은 계유정난의 의미를 무화하는 첫 번째 행위였다. 수양대군은 왕이 되고 나서 즉위 과정에 도움을 준 사람들에게 공신 칭호와 과분할 정도의 토지와 집과 노비들을 하사했지만, 그중에 내린 가장 큰 상이 '비록 죄를 범하여도 영원히 용서한다'는 무죄 선언이었다. 그런데 공신의 칭호를 받고도 오랜 시간 변방에서 나라를 지키느라 힘들어 한순간 불만을 터뜨린 양정을 죽이고 말았다. 이 명령을 내린 순간부터 왕은 여태 디디고 있는 땅의 밑장이 빠지는 느낌이었다. 왕의 말은 번복할 수 없는데도 말의 존엄을 스스로 저버렸다. 인간으로서도 은인도 저버렸다. 자신의 말을 스스로 무너트렸다. 왕좌의 굳건함과 권력의 단단함이 퍽 소리와 함께 무너지는 것을 내면 깊숙이 느꼈다.

김종서뿐만 아니라 다른 많은 신하의 머리를 차례로 치는 소리가 이어지고, 심지어 세희의 남편인 김종서 손자의 머리를 치는 소리가, 나중에는 외손자의 머리를 치는 소리가 들리는 듯했다. 계룡산 산길에서 본 외손자를 죽이는 환상은 어린 노산군을 죽이는 환상으로 이어졌다. 그 어린 왕이 무엇을 할 수 있어서 그를 그토록 잔인하게 죽였을까. 몸 안의 둔탁한 울림이 이제는 메마른 울음소리로 변해 새어 나왔다. 새벽은 아직 온전히 밝지 않았고, 내전 밖에서 보초를 서는 환관들이 그 울음소리를 들을까 곁에 둔 손수건으로 입을 막았다. 울음의 샘이 막힌 것인지 터진 것인지 알 수 없는 이상한 소리가 몸밖으로 새어나왔다. 양팔을 휘저으며 왕은 메마르게 울었다.

죄를 영원히 용서한다!

인간이 할 수 있는 약속이 아니었다. 누가 누구를 용서한다는 말인가. 인간을 영원히 용서할 수 있는 자는 사랑과 자기희생으로 온전한 자여야 하는데, 인간이 어떻게 인간의 죄를 영원히 용서할 수 있을까. 더구나 이처럼 죄의 덩어리나 다름없는 왕이! 왕이 죽인 사람들의 숫자를 백성들이 세고 있다고 하지 않던가. 비로소 사람을 죽이는 일이 왕의 권력이 아니라 돌이킬 수 없는 죄라는 생각이 들었다.

그들이 진정 죄가 있어서 죽어갔던가. 그들은 자신이 모시던 왕을 위해 끝까지 목숨을 바쳤던 충신들이었다. 그들을 죽인 모든 죄는 바로 자신의 죄였다. 퍽, 퍽, 퍽! 머리가 깨지는 소리들이 가슴에서 계속 울렸다. 이 세상에서 가장 죄를 많이 지은 순서로 줄을 세운다면, 왕이 맨 앞에 서야 할 자였다. 왕이 모든 죄를 용서해줄 수 있다고 생각했는데, 왕은 아무도 용서할 수 없는 죄의 허수아비였다. 왕이 용서한다고 하면서 지은 죄가 시체처럼 쌓여 있었다.

정말 누가 영원히 사람의 죄를 용서할 수 있을까.

사람이, 어디서 와서 어디로 가는지도 모르는 사람이 죄를 영원히 용서할 수 없다. 인간의 죄를 용서할 권능을 가진 자가 있다면, 인간의 죄를 영원히 용서할 지혜로운 절대자가 있다면, 왕은 죽어서 몸이 썩어가도 그를 만나기를 속으로 간절히 바랐다.

내전 문밖에 전 상선과 환관들은 오늘따라 웬일인지 새벽에 이름 모를 새의 울음소리가 들린다고 생각하며 서 있었다.

세조대왕가계도

<table>
<tr><td rowspan="16">세조대왕 가계도</td><td></td><td>정희왕후</td></tr>
<tr><td>1남</td><td>의경세자(덕종)
-소혜황후(한확의 딸)</td></tr>
<tr><td>2남</td><td>해양대군(예종)
-장순왕후(한명회의 딸)
안순왕후 한씨(한백륜의 딸)</td></tr>
<tr><td>1녀</td><td>의숙공주</td></tr>
<tr><td></td><td>근빈 박씨</td></tr>
<tr><td>서 1남</td><td>덕원군</td></tr>
<tr><td>서 2남</td><td>창원군</td></tr>
<tr><td></td><td>소용 박씨</td></tr>
<tr><td>서 3남</td><td>아지 조졸(1459~1463)</td></tr>
<tr><td></td><td>숙원 신씨</td></tr>
</table>

태조(1대)
|
정종(2대)
|
태종(3대)
|
세종(4대)
|
문종(5대)
|
단종(6대)
|
세조(7대)

---

* 세조의 뒤를 이어 둘째 아들 해양대군이 왕위에 올라 예종이 되고, 첫째 아들 의경세자는 사후(死後)에 덕종으로 추존된 것이다.
* 세희공주는 선원록에서 지워져 야사에서만 전해진다.

덕중의 정원

1판 1쇄 인쇄 2023년 9월 20일
1판 1쇄 발행 2023년 9월 26일

지은이 김다은
펴낸이 이재유
편　집 김아롬
디자인 design ko

펴낸곳 무블출판사
출판등록 제2020-000047호(2020년 2월 20일)
주소 서울시 강남구 연주로 647, 402호 (우 06105)
전화 02-514-0301
팩스 02-6499-8301
이메일 0301@hanmail.net
홈페이지 mobl.kr

ISBN 979-11-91433-62-3 (03810)